U0455235

东坡集（上）

［宋］苏轼 著

朱刚 导读

陕西新华出版 三秦出版社

目 录

I

II

IV

V

导读

　　苏轼是北宋著名文学家，在诗、词、文三个领域都留下了众多脍炙人口的经典作品。当苏轼还在世的时候，他的文学作品就已经相当流行，待其身故之后，又很快得以经典化，成为南宋至今每一代中国人的宝贵文化财富。今日的中国人多少能背上几首他的诗词，讲上几段他的逸闻趣事，东坡这个名字和李白、杜甫一起，成为我们这个民族永恒的文化符号与记忆。而苏轼在自我人生不同阶段予以的生命思考及其回答，更能够提供给我们强大又充满温情的精神力量。苏轼思考与回答的痕迹便保存在他的作品之中，其创造作品的一生，也和历史上所有伟大作家一样，就是追寻人生意义的历程。因此，在进入苏轼的作品之前，有必要先对他的生平有个大致的了解。

　　苏轼的家乡在四川的眉山，北宋的时候眉山与青神、丹棱、彭山三县同属眉州治下，而州治便设在眉山。宋仁宗景祐三年的农历十二月十九日，也就是公元1037年1月8日，苏轼出生于眉山城内纱縠行的家中。按照中国传统的干支纪年法，1037年是丁丑牛年，不过由于苏轼出生在本年的1月8日，此时距离丁丑年的正月初一还有十一天，所以苏轼其实出生在旧历丙子鼠年的岁末。古人是用虚岁来计算年纪的，出生的时候便是一岁，农历除夕一过，就增添一岁。这样算来，刚刚出生十来天的苏轼，就已经两岁了。于是我们在计算苏轼年龄的时候，始终需要牢记虚两岁的原则，也就是在周岁上加2，这样才是苏轼本人的年龄意识，由此才能更为贴切地体认他在作品中流露出的情感与心态。

苏轼出生两年之后，他的弟弟苏辙也来到了人间。他们的父亲苏洵（字明允），在兄弟俩十来岁的时候正式给他们取名轼、辙，取字子瞻、子由，并写了一篇短文《名二子说》，将命名取字的含义记录了下来。在此之前，兄弟俩的称呼应该是含有排行之意的"和仲"与"同叔"。由于仲是老二的意思，因此苏洵在苏轼、苏辙之前还有过一个儿子，他叫苏景先，不幸夭折了。除此之外，苏洵还有过三个女儿，长女和次女均遗憾早逝，幼女八娘在十八岁的时候嫁给了舅舅程濬的儿子程之才，但却不幸遭遇虐待，过门未满两年便去世了，为此苏洵相当自责，与程家绝交了几十年。于是兜兜转转，苏洵就只剩下苏轼、苏辙这两个孩子顺利长大成人，而且还都成就斐然，父子三人也被后世统称为"三苏"。

在四川悠久而深厚的文化底蕴下，苏轼在孩提时期便接触到了往圣与时贤的文教熏陶。仁宗庆历三年（1043），八岁的苏轼跟随天庆观道士张易简读书，儒家经典之外，还首次听闻了当今天下有十一位贤人，尤以韩琦、范仲淹、富弼、欧阳修四人，是最为突出的人杰。十岁的时候，苏轼曾在母亲程氏的指导下阅读《后汉书》，当读到《范滂传》时，程氏不禁为范滂的从容就义而慨然叹息，苏轼突然发问道："如果我也成为范滂，母亲也会像范滂的母亲那样让我慷慨就义么？"程夫人从容答道："如果你能够成为范滂，那么我为什么就不能做范滂的母亲呢？"在母亲的激励下，苏轼更加奋励有当世志，奠定了日后成为范仲淹、欧阳修那样以天下为己任的士大夫之基础。庆历七年（1047），因为祖父苏序的去世，父亲苏洵归乡守孝。也是从本年开始，苏洵刻苦钻研《论语》、《孟子》、韩愈文等典籍，逐渐成为自立一家的学者，并亲自教两个儿子读书。苏轼与苏辙在父亲的精心培养下饱读诗书，加之二人极高的天赋才思，兄弟俩在步入青年之际便已经学识渊博、见解卓异、文采斐然又果决自信了。也是在共同的读书成长中，兄弟之间的情谊愈发深厚，甚至在读到韦应物"宁知风雨夜，复此对床眠"一句时，相互许下了关于未来的约定：待功成名遂之时，一定要早日退休，在对床夜雨中共度晚年。

　　至和元年（1054），十九岁的苏轼娶王弗为妻。也是在这一年，大臣张方平出任成都知府，访求四川当地乡贤，苏洵就这样被张方平知晓，并于次年带着苏轼前去拜会。张方平相当赏识苏洵，特地为苏洵写了推荐信以示韩琦、欧阳修等当朝重臣。到了嘉祐元年（1056），苏洵便带着推荐信，领着苏轼、苏辙兄弟前去京城开封应科举考试了。这一次的出川，使得苏洵迅速摆脱了此前的潦倒坎坷，成为当代文章宗师，而苏轼、苏辙兄弟也以少年得志、名动京师的光鲜亮丽开启了政治生涯。嘉祐二年（1057），二十二岁的苏轼与十九岁的苏辙双双中举，苏轼更凭借一篇省试试文《刑赏忠厚之至论》轰动开封，获得主考官欧阳修的极大赏识，成为欧阳修相识甚晚，却深受喜爱的门生。嘉祐二年的这一次科举，可谓北宋科举史上得士最盛的一次，除了苏轼、苏辙之外，曾巩、曾牟、曾布、曾阜兄弟四人，理学家程颢、张载，重要的新党士人吕惠卿、章惇等都被欧阳修在省试时录取，不得不令人感叹欧阳修非凡的识鉴人物能力。不过令人遗憾的是，就在二苏兄弟高中不久，母亲程夫人病逝的消息从蜀中传来，父子三人仓皇离京，回乡奔丧。程氏并没有亲眼看到丈夫与儿子的名动天下，不禁让苏轼深深感到人事的无常与生命的悲剧底色，他在今后诸多"人生如梦"的表达，在此刻便已蕴藏着了。嘉祐五年（1060），守孝结束的二苏兄弟又回到了京城，次年在欧阳修等人的推荐下参加了难度更大的皇帝特别下诏的制科考试，全名为"贤良方正能直言极谏科"。兄弟二人再次双双入选，苏轼还考入了极高的第三等，从而获得了状元待遇的政治起点，被授予了人生第一任官职大理评事、凤翔府签判。凤翔府在今天的陕西省宝鸡市，签判是该地的第二行政长官，这个官职相当于今天规模较大的县级市副市长，考虑到苏轼年仅二十六岁的年纪，他显然在起步阶段就遥遥领先于同辈。

授官之后，苏轼第一次离开弟弟，于嘉祐六年（1061）

年底独自赴任凤翔。英宗治平二年（1065）年初，苏轼任满回京，经学士院考试，授职直史馆。这是一个清要的官职，任期通常在一到两年之间，重要的是，任满后大概率会被委以重任。但是人生的变故再次到来，本年五月，苏轼的妻子王弗逝世于京，未满一年，父亲苏洵又在治平三年（1066）四月去世，苏轼、苏辙随即踏上了护柩归乡的里程。二十七个月后的熙宁元年（1068）下半年，二苏兄弟守孝结束，苏轼续娶王弗堂妹王闰之为妻，再次离开四川，回到京城。然而此时的京城已和归乡守孝的时候大不相同，颇为赏识苏轼的宋英宗已经崩逝，继位的宋神宗是一位欲有为之君，起用王安石为参知政事，开始推行闻名后世的"王安石变法"。这一番政策变动使得北宋朝臣迅速分成了两派，一派支持王安石的变法，被称为新党，另一派反对王安石的变法，被称为旧党。苏轼坚定地站在了反对王安石的一边，于熙宁二年（1069）十二月写了一封长达万言的《上神宗皇帝书》，对新法逐条予以批驳，系统地阐明了自己的反对意见。如此一来，苏轼与王安石的斗争不断激化，王安石甚至在熙宁三年（1070）指派自己的亲家御史谢景温上疏弹劾苏轼在护丧归蜀的途中贩卖私货、冒借兵卒。尽管最终查无实据，是一场诬告，但苏轼在神宗心中的形象已然一落千丈，使其不得不自请外任。熙宁四年（1071）六月，苏轼被任命为杭州通判，带着失败的愁闷，离开了京城。

抵达杭州后，苏轼遇见了喜爱湖山宴饮的知州陈襄，并在席间结识了年过八十的老词人张先，其后又喜遇同样热衷填词的四川友人杨绘接任杭州知州，从而伴随着清丽的西湖山水，苏轼开启了文学生命中大规模填词的序幕。杭州通判任满之后，苏轼正式出任地方长官，被任命为密州知州，随后又相继出任徐州知州与湖州知州。尽管苏轼的艺术修养极高，但并没有影响他同时具备极强的地方行政能力，他在地方知州任上还是颇有政绩的。密州时期，苏轼成功抗击了蝗灾与旱灾，亲自提倡节俭，并沿城捡收弃婴，所活小儿近千人。到任徐州之初，苏轼便遇上了黄河决堤，水淹四十五个州县、三十万顷良田，徐州城下水高二丈八尺。苏轼亲自住在城墙之上，劝导逃亡的人民返回城中，号召军队与徐州百姓共同筑堤护城，如此奋战两月之后，洪水终于退去，徐州得以保全。苏轼随即上报朝廷增筑城墙，以防洪水复来，徐州军民特地在城东门上修建了一座大楼，以土克水之义涂上黄土，并命名为黄楼，以纪念苏轼抗洪之功绩。待到元丰二年（1079）苏轼离任徐州改知湖州时，州民纷纷拜于马前，献酒送行，以示感激之情。

人生的风雨总在不经意间到来。元丰二年（1079）四月，苏轼到任湖州。按照宋朝制度，新上任的地方官到任后首先要给皇帝进呈一封谢表，以示自己对浩荡皇恩的感激。苏轼到达湖州之后，也按照惯例给皇帝写了一封感谢信，叫作《湖州谢上表》。在这篇谢表里，苏轼还是跟先前一样，融入了几句牢骚之辞，把支持变法的新党人士讽刺为阿谀奉承的小人，把他们的种种变法主张讽刺为"生事"。这个行为本来并没什么风险，苏轼在地方任职的这几年时不时地就会写一些带有不满情绪的诗文，神宗知道后也并没有把他怎么样。然而这一年情况发生了根本性的变化，王安石在前一年年初被免去了宰相一职，回到金陵家中彻底退休。宋神宗从幕后走到台前，亲自主持变法事宜。于是乎，在此之前讽刺变法可以说是在批评王安石，但从此之后再讽刺变法那就是指责皇帝本人了，这是绝对不能容忍的事情。此时司马光等人早已保持沉默，但苏轼还是在一如既往地发表反对言论，从而被新党士人迎头痛击。御史中丞李定、御史舒亶、何正臣以及国子博士李宜等人连续上章弹劾苏轼，指摘其诗文讥讽新法、愚弄朝廷、指斥乘舆、无君臣之义。神宗亦以为然，旋即下令御史台审理苏轼，由台官皇甫遵火速赶往湖州，在七月二十八日将苏轼逮捕，八月十八日押解至京，投入御史台的大狱之中，接受一轮轮的审讯。据说御史台的衙门前种了一些乌柏树，所以又被人称作乌台；也有一种说法是因为汉代御史台前的柏树上停满了乌鸦，故而被人戏称为乌台，一直沿用到了北宋。无论何种说法是正确的，苏轼这番因诗文获罪而遭受御史台审讯的经历，日后被称作"乌台诗案"。

并不能说"乌台诗案"是一次冤假错案，毕竟苏轼确实写了讽刺批评新法的诗文。只是因为他不幸地正好撞在了时局变化的枪口上，再加之他的名气实在太大，无论官员还是百姓，都会争相传阅他的新作，从而遭受了最严厉的处罚。经过了御史台的多番审讯，苏轼基本上将以诽谤君上的罪名接受审判，如果该罪名成立，等待他的将会是极刑。苏轼自己对此也有所感觉，他甚至在狱中写下了两首给弟弟苏辙的绝笔诗，在第一首诗里有这么两句感人肺腑的话："是处青山可埋骨，他年夜雨独伤神。与君今世为兄弟，更结来生未了因。"足以见得二人的兄弟情深。不过宋神宗倒没有为这两联而感动，他更关注诗的首联："圣主如天万物春，小臣愚暗自亡身。"对此他说了一句："苏轼终是爱君。"杀苏轼的念头也就有些动摇了。实际上，宋朝有个不成文的惯例，就是不杀士大夫，两宋被皇帝直接杀掉的文臣也确实屈指可数，所以神宗本来就应当是犹豫的。不仅如此，许多大臣不断劝谏皇帝莫杀苏轼，苏辙甚至请求削去他的所有官职，以换兄长一命。就在神宗徘徊不定的时候，太皇太后不幸去世，依例需要大赦天下，神宗也就顺水推舟地从轻发落了苏轼。

苏轼最终遭受的责罚是谪为检校水部员外郎，充黄州团练副使，本州安置。检校水部员外郎是给苏轼定官员等级的，以此确定他的工资收入。水部就是工部的第四司，员外郎即为该司的副长官，然而其前的检校则是寄衔之意，非正任官，因此苏轼的薪水要予以减半。至于黄州团练副使，则是苏轼实际担任的官职，乃地方军事助理官，是个安置罪官的闲职。从而"黄州安置"才是真正标识苏轼此时身份的名衔，即苏轼是待罪官员，并不能参与公事，只是被安置在黄州。他在黄州有指定居所，每日还需接受一定的点卯，从而实际的生活状态接近于流放。然而相比于岭南甚至海南岛，被贬至隶属北宋繁华经济带并位于长江之北的黄州，还算是一次"宽典"了。

元丰三年（1080）二月初一，苏轼抵达黄州，也就是今天的湖北黄冈，开始了黄州安置的生涯。后来他将家小安置在一个叫临皋亭的地方，就在长江岸边，于是他得以时常泛舟江上。这一年的苏轼已经四十五岁了，留给他实现人生理想与发挥生命价值的时间已然不多。年方三十三岁的宋神宗对变法有着异乎寻常的执着，于是在当时的苏轼看来，他的政治生涯算是到头了，因为和他政见完全相反的皇帝并不会回心转意废除变法，他将一直以罪臣的身份度过余生。于是初到黄州的苏轼回首往事，一定会非常感慨。从凤翔府签判算起，已在宦海中摸爬滚打了十九年，这段时光存在着严重的前后落差。起初的时候少年得志，春风得意，晋升速度非常快，算是集万千宠爱于一身。但随着王安石变法的开始，他陷入了停滞，但好歹始终保持着地方大员的身份。而乌台诗案又将停滞变成了幻灭，不仅地位、尊严、荣誉荡然无存，实现理想的可能与期待也完全丧失，他需要寻觅让心态平和的方式，让自己能够接受理想破灭，人生价值无从实现的现实，并在此状态下度过余生。

苏轼为自己寻觅的答案首先就是心安地为民。元丰四年（1081），书生马正卿替他向黄州官府申请到了一块荒地，他得以躬耕其上，以供家用。这块荒地在州城旧营地的东面，苏轼因而效法白居易将其命名为"东坡"，并自号"东坡居士"，使得中国文化史上的重要文化符号"苏东坡"得以出现。其次便是保持健康的身体与乐观的精神，由此苏轼参禅修道，试图通过内外兼修的方式为自己调和心态，延年益寿。除此之外，苏轼还利用这段空闲无事的时间钻研学问、注释经典、阐明己说，以此与王安石的"新学"相抗。整个黄州时期，他完成了《易传》九卷、《论语说》五卷的初稿，以及《书传》的开篇。当然，更为重要的是，黄州时期为苏轼的文学创作带来了超越性突破，不仅散文创作由之前的策论、政论为主转变为以随笔、题跋、书简等抒情性较强的文体为侧重，而且清旷语句间寄寓的厚重人生感慨推动着苏轼文学创作走向高潮。著名的《念奴娇·赤壁怀古》以及前后《赤壁赋》便作于此时，为中国文学留下了难以逾越的艺术巅峰。

元丰七年（1084）正月，神宗出手札云："苏轼黜居思咎，阅岁滋深，人材实难，不忍终弃，可移汝州团练副使，本州安置。"汝州（今属河南）在北宋的京西北路，离政治中心开封相对较近，因此神宗的这番手诏算是一种谅解苏轼并意欲重新起用他的暗示。本年三月，诏令被传达到了黄州，苏轼便在四月启程，离开了谪居了四年多的黄州。苏轼并没有直接从陆路前往汝州，而是选择乘船，先顺长江东行，至镇江转运河北上，再于泗州（今江苏盱眙东北）转入淮河西行，复经汴河至河南境内后再舍筏登岸，陆行至汝州。苏轼之所以要如此规划前往汝州的路线，主要是因为兜这么个圈子可以为他提供诸多游历与会晤的方便。苏轼首先沿江东行到了江州（今江西九江），随即从北坡登上了庐山。此时苏轼的禅僧好友佛印了元正担任庐山归宗寺的住持，曾写信邀请苏轼来庐山一游。不过苏轼此刻更想见的是苏辙，所以他并没有顺道探望佛印，而是急急忙忙地翻过庐山，赶赴庐山之南的筠州（今江西高安），苏辙因乌台诗案的缘故，被贬谪在那里监盐酒税。五月初，苏轼抵达筠州，与苏辙相聚十日而别，重新踏上前往汝州的脚步。告别苏辙之后，苏轼又从南麓登上庐山，此时佛印已经改任镇江金山寺的住持，因此他并没有见到这位老友。倒是另一位禅僧友人参寥子道潜与他共游庐山，并在庐山东林寺会晤了一代高僧东林常总禅师。苏轼与常总谈了一个晚上的"无情话"，具体内容自不得而知，只能知道苏轼在谈话前写下了千古名作《题西林壁》，而在谈话结束的拂晓时分，写了这么一首《赠东林总长老》的偈子："溪声便是广长舌，山色岂非清净身。夜来八万四千偈，他日如何举似人。"东林常总由此许可苏轼已经参悟了禅机，而经历庐山之悟的东坡居士，得以更好地回应接下来的人生，启发一代又一代的后来生命。

从庐山回到长江的苏轼继续乘舟东行，于元丰七年（1084）七月进入今日江苏境内，抵达了江宁府（今江苏南京），他前去拜访了已在江宁罢相致仕七年的王安石。苏轼与王安石的这番会面要比与东林常总的夜谈更为神秘，使得好言琐闻的宋人在笔记中留下了各式各样的有趣故事，但大多数似乎不是那么的靠谱。无论如何，苏轼与王安石的这次会面是和谐而欢乐的，二人就过往的种种达成了和解。王安石甚至还邀请苏轼在江宁附近买田安家，苏轼也有此想法，只不过最终并没有如愿，倒是在朋友的帮助下，于常州宜兴（今属江苏）购置了田产，作为自己归老之所。苏轼还特别向皇帝上表，申请朝廷允许自己不去汝州，而是改为常州居住。这道奏表最初是在扬州上呈的，不过扬州官员似乎觉得这有些荒诞，便没有给他继续递交，苏轼也只好顺着运河继续北上，在年末的时候抵达泗州，再次上表请求改至常州居住，并专门派人递交至京城。元丰八年（1085）正月下旬，已经行至南京应天府（今河南商丘）的苏轼接到了朝廷的批准诏令，旋即掉头回转，再赴常州去了。

就在苏轼如此兜转的时候，朝政发生了剧变。元丰八年（1085）三月，宋神宗因心力交瘁而英年早逝，继位的哲宗皇帝赵煦年方十岁，故而神宗的母亲高氏以太皇太后的身份垂帘听政。高氏执掌政权后，旋即起用赋闲洛阳的司马光，开始了废除新法、否定新学的更化。这场政治剧变对于苏轼、苏辙来说自是时来运转，本年五月刚刚抵达常州的苏轼便接到了恢复乌台诗案之前官阶，并授知登州（今山东蓬莱）的命令。待其在十月才在登州任上做了五天的时候，便再次接到奉调入京的命令。苏轼在此番由登州赴京的路上，途经青州（今属山东），其时乌台诗案的最大炮制者李定正任青州知州，苏轼也就与他不期而遇。然而苏轼与前番江宁会晤王安石一样，在青州与李定也达成了真挚的和解。十二月，苏轼抵达开封，旋即升任起居舍人。待到第二年改元元祐（1086），苏轼进一步获得骤迁，先是在三月出任中书舍人，又于九月升为翰林学士，与东坡居士齐名的另一个苏轼重要文学形象苏学士便出现了。元祐一朝可以算是苏门中人的黄金时代，不仅苏轼、苏辙重回京城，跻身宰执侍从，诸位苏门学士也相继供职馆阁，成为当日开封城中相当重要与璀璨的文学团体。

不过政坛的险恶风波仍在继续，经历乌台诗案的苏轼始终被朝臣猜测对神宗抱有极大的怨恨，从而尽管太皇太后高氏对苏轼始终恩赏有加，但在朝臣的激烈进言下，苏轼升迁的脚步就停止于翰林学士，始终没有跨越最后的这道关口，实现梦寐以求的拜相之愿，眼睁睁地看着后来者，也包括弟弟苏辙，越过他晋升至执政宰辅。不仅如此，旧党内部在司马光去世之后也发生了分裂，大致分成了以苏轼、苏辙为首的蜀党，以刘挚、刘安世等为首的朔党，以程颐、朱光庭为首的洛党，在元祐朝形成了新一轮党争，局面可谓此起彼伏、复杂激烈，但最终的结果毫无疑问是两败俱伤的，使得旧党落得终无大建树的结局。苏轼基本没什么热情去应对这新一轮的党争，随着弟弟的官职越来越高，他也不断以避嫌为借口，请求朝廷外任他为地方官。元祐四年（1089）三月，朝廷批准了他的请求，任命他为地方知州，而他将要前往的州郡，居然就是上一轮的外任起点杭州。

元祐四年（1089）七月，苏轼再次来到杭州，除了不断用文学书写感慨这番重逢，身居知州之任的他也积极投身于治州事业。本年杭州不幸遭遇瘟疫，苏轼一面向朝廷申请减免租税、开仓赈济，一面在杭州创设病院、抓捕盗贼。疫情退去后，他又带领杭州军民挖掘淤塞西湖的葑草以疏浚湖底，并将挖出来的葑泥堆建长堤于里湖、外湖之间，中开以供水流的六座石桥，筑成了今日闻名的西湖苏堤。为防止西湖继续被淤塞，苏轼还提议在湖上建造三五处小石塔，以划定禁止种植水生作物的区域，最终建成三座，又为西湖带来了三潭印月的景观。元祐六年（1091），苏轼于杭州再次被召还京师，又出任翰林学士。但未过数月，他又申请避嫌外任，这回他来到了座师欧阳修晚年致仕退居的颍州，并为颍州的西湖也发起了引水修闸的疏浚工程。在颍州西湖的疏浚工程尚未竣工的时候，苏轼便于元祐七年（1092）春改任扬州知州，这也是座师欧阳修曾任知州的地方，苏轼在扬州的瘦西湖畔与时任通判的门生晁补之留下了不少唱和。本年九月，苏轼再次回朝，参与郊祀大典，进官至其一生最高的官位：端明殿学士、翰林侍读学士兼礼部尚书。而苏辙则任太中大夫守门下侍郎，成为宰执。二苏兄弟如此的权势之盛自然遭遇了政敌的疯狂攻击，苏轼也屡屡请求外任，终在元祐八年（1093）六月获知定州（今属河北）。然而元祐之政至此时已是气运将尽，太皇太后高氏于本年九月逝世，哲宗亲政，他拒绝了此时启程赴任定州的苏轼惯例面辞申请。在此之前的八月，苏轼刚遭遇了妻子王闰之的逝世之痛，而此刻的君臣隔阂想必令他更为绝望，应该是带着山雨欲来的沉重心情抵达定州。

政治情状也确实如苏轼所料急转直下，但可能残酷程度还要远超他的设想。亲政后的哲宗迅速召回贬谪岭南的新党人物，以"子承父业"的"绍述"旗号，全面恢复神宗的新法，并改元绍圣（1094），开始疾风骤雨般地贬谪旧党人物。首先遭到贬谪的便是苏辙，他遭遇到了讥讽神宗穷兵黩武的弹劾，由此被罢去执政，出知汝州。其后苏轼便遭遇到了新一轮的讥斥神宗的弹劾，很快就被罢去端明殿学士、翰林侍读学士这两职，并降一级官阶，责知英州（今广东英德）。在苏轼前往英州的路上，他连续不断地接到新的谪降诏令。在尚未出河南境时，官阶便又被降了一级；途经当涂（今属安徽）时，再贬为建昌军（今江西南城）司马、惠州（今广东惠阳）安置；途经庐陵（今江西吉安）时，又接到了改贬宁远军（今湖南宁远）节度副使，仍惠州安置的诏令。而苏辙则在连续的贬谪后，最终降为左朝议大夫、试少府监、分司南京、筠州居住，居然又回到了乌台诗案后的贬谪之地。苏门学士中的黄庭坚与秦观，也分别被贬至黔州（今四川彭水）与处州（今浙江丽水）。绍圣元年（1094）十月，苏轼抵达这场万里南迁的终点惠州。

经历了四年多的黄州谪居，苏轼抵达惠州后的心态较上次要相对平和一些。此时表兄程之才出任广东提点刑狱，大概是因为朝臣中有知道苏、程两家矛盾的人，故而特别将程之才调来广东，想要由此让苏轼多受点罪。然而苏轼再次展现了与人和解的能力，他和这位父亲与之断交二十余年的程家表兄重叙亲情，不仅让政敌的愿望落空，还获得了程之才的接济帮助。绍圣三年（1096），苏轼在惠州白鹤峰买下一块地，着手建造住房，就准备在此地终老。然而新的打击再次到来，自杭州通判任上便跟随身边的侍妾王朝云染病去世，使其失去了仅剩的精神相契的异性伴侣，彻底落入晚景凄凉的境地。然而苏轼继续用顽强的心态与博大的智慧对抗人生的苦难，一方面不断深入研习佛道思想，一方面则大规模和韵陶渊明的诗作，希望借助陶渊明的人生和诗歌境界帮助自己应对当下。绍圣四年（1097）二月，惠州白鹤峰新居竣工，苏轼迁居于此，长子苏迈也带着先前被安置在宜兴的家小来此团聚，看起来就要过上安适的日子了。

　　然而新一轮的政治风暴击碎了苏轼的愿望，就在白鹤峰新居建成的同时，朝廷开启了对于"元祐党人"的又一次大规模追贬。张耒被贬到黄州监酒税，秦观被移送横州（今广东横州）编管，苏辙责授化州别驾、雷州（今广东海康）安置，苏轼则责授琼州别驾、昌化军（今海南儋州）安置。这一次再贬给了二苏兄弟最后一次见面的机会。当苏轼行至梧州（今属广西）时，从当地父老那里听闻苏辙刚刚路过，便急忙追去，在五月十一日于藤州（今广西藤县）追上了苏辙，一起同行至雷州。六月十一日，苏轼在雷州告别苏辙，渡过琼州海峡，于七月二日抵达昌化军贬所，开始了与弟弟隔海相望的生涯，但却再也没有获得与弟弟重见的机会了。海南的生活自然比惠州更加艰难，但苏轼却还是能发现新的生活慰藉。他在海南安然地食芋饮水，与当地的黎族乡人结下了深厚的友谊，亦试图在海南也置地安家，还对自我一生的学术思想作了总结。苏轼先修订了作于黄州的《易传》《论语说》，又全力完成了《书传》，还计划完成一部史学批评著作《志林》，不过最终未能如愿。

　　元符三年（1100）正月，不满二十五岁的哲宗暴崩，其弟端王赵佶在向太后与曾布的支持下继位，这便是以艺术著名的风流天子宋徽宗。徽宗即位之初，对贬谪岭南的旧党成员渐次予以宽赦，局势似乎又将倒向新一轮的更化。苏辙敏锐地捕捉到了政治变化的微妙，在接到量移永州（今属湖南）的诏令后便迅速启程北上，一路上不断接到继续量移的命令，至十一月时，朝廷已允许苏辙任便居住，而他也已经抵达了距开封不远的颍昌府（今河南许昌），试图寻找归朝的机会。相比之下，苏轼完全没有类似的念头，慢悠悠地开启了北归的行程。本年二月，诏令量移廉州（今广西合浦），四月又量移永州，而他要到六月才动身离开海南岛。到了十一月接到任便居住的命令时，苏轼还身处广东英州（今广东英德），直到年末还未越过大庾岭，显然对于重新归朝未抱希望。局势的发展符合苏轼的预期，次年徽宗便改元建中靖国（1101），试图在新旧两党之间取一条折中路线，以结束党争。这样一来，身为尚在人世的旧党领袖苏轼、苏辙兄弟就不会被朝廷重新重用了，苏辙便留在了颍昌府，等待兄长由岭南北归，与其团聚。

苏轼在建中靖国元年（1101）正月越过大庾岭后，继续他慢悠悠的北归脚步。渐次经虔州（今江西赣州）、庐陵（今江西吉安），此时他遇见了同样由岭南北归的元祐政敌、朔党领袖刘安世，苏轼又与其尽释前嫌。其后苏轼由赣江入鄱阳湖而进长江，一路东行，经当涂、江宁、镇江、常州等地，想要前往宜兴，但却病倒在小舟之中。本年六月一日，苏轼在长江上喝了过多的冷水，半夜痢疾暴起，数日后又瘴毒大作，腹泻不止。至七月十五日病势转重，一夜间发起高烧，齿间出血无数。苏轼懂得医术，能开药方，此前病起时便给自己开了黄蓍粥以治病，此时复认为遭遇热毒，当以清凉药医治，遂用人参、茯苓、麦门冬三味药煮浓汁饮下。但遗憾的是药物无效，气浸上逆，无法平卧，有赖晋陵县令陆元光特为送来类似今日之躺椅的"懒版"，苏轼才得以休息。后人根据苏轼病情的描述认为苏轼误开药方，以至病情加重，加快了死亡的到来。但苏轼当时也是做好了大限的准备，平静地回顾自己的一生，告诫自己的家人不必悲伤哭泣。七月二十三日，苏轼在杭州结识的禅僧径山维琳来到常州，专程为苏轼生死大事而来，苏轼与其对榻倾谈，二十六日留下绝笔诗《答径山琳长老》，于二十八日在懒版上了无牵挂地随风归去，溘然长逝。苏辙遵照苏轼的遗愿，将其安葬在汝州郏城县的小峨眉山，开启了独对萧瑟夜雨的晚年。十一年后，苏辙逝世，也安葬于此，获得了与兄长永远的团聚。

匆匆概览了苏轼的一生，不难发现苏轼基本完整地经历了一个人会在承平岁月可能遇到的种种悲欢离合。春风得意时如少年中举、制科高中、玉堂草诏，落拓愁冈处如黄州江涛、朝中党争、万里南迁、海角天涯，更有日常生活间的人情冷暖如兄弟亲睦、爱妻早逝、重逢故友、和解旧敌。除了因战乱而纷离流落，每一个后来者都能够从苏轼的一生寻觅到自我的相似，并通过他的选择因应寻觅自己生命的下一步方向，特别是在遭遇人生困境的时候。实际上，宋仁宗四十二年的太平盛世为成长于斯的苏轼提供了极高的文化艺术起点，而神宗、哲宗两朝持续的和平安定又是苏轼得以充分挥洒天才与积学的保障，加上世人罕逢的亲自跻身权力中枢的经历，才使得苏轼的种种人生思考显得如此真切与深刻，才使得苏轼对于人情美好的期待、追求以及亲身实践如此地令人感动。苏轼的这些生命痕迹就被记录在他的高妙文字之间，希望本书收录的苏轼全部三百六十余阕词作以及按照写作时代先后为序编选的近两百首诗歌、三十余篇文章，能够给读者提供一扇了解苏轼人生及其思考的窗口，在苏轼留下的三千弱水间获得一瓢之饮。

1072

宋神宗　熙宁五年

是年苏轼三十七岁，在杭州通判任上。

一般认为此年为苏轼填词之始。

浪淘沙

昨日出东城。试探春情。

墙头红杏暗如倾。

槛内群芳芽未吐，早已回春。

绮陌敛香尘。雪霁前村。

东君用意不辞辛。

料想春光先到处，吹绽梅英。

东城：城东。
绮陌：风景美丽的郊野道路。
东君：司春之神。

双荷叶

湖州贾耘老小妓名双荷叶

双溪月。清光偏照双荷叶。

双荷叶。红心未偶，绿衣偷结。

背风迎雨流珠滑。轻舟短棹先秋折。

先秋折。烟鬟未上，玉杯微缺。

荷花媚

霞苞电荷碧。天然地、别是风流标格。

重重青盖下，千娇照水，好红红白白。

每怅望、明月清风夜，甚低迷不语，夭邪无力。

终须放、船儿去，清香深处住，看伊颜色。

贾收，字耘老，乌程人，湖州当地著名处士。此词为赠贾收家妓双荷叶所作。

双溪：指苕（tiáo）溪和霅（zhá）溪。苕溪在浙江湖州，源起天目山，分为东苕溪和西苕溪。东西苕溪流至吴兴汇合，称霅溪。

绿衣：代指婢妾。

夭邪：婀娜多姿。

1073

宋神宗　熙宁六年

是年苏轼三十八岁，在杭州通判任上。

行香子

过七里濑

一叶舟轻。双桨鸿惊。

水天清、影湛波平。

鱼翻藻鉴，鹭点烟汀。

过沙溪急，霜溪冷，月溪明。

重重似画，曲曲如屏。

算当年、虚老严陵。

君臣一梦，今古空名。

但远山长，云山乱，晓山青。

七里濑在浙江桐庐县南。两山夹峙，东阳江奔泻其间，水流湍急，连亘七里，故名。北岸之富春山，传说为东汉著名隐士严光耕作垂钓处。

藻鉴：喻可见水草的清澈江面。鉴，镜子。

严陵：即严光，东汉会稽余姚人，字子陵，省称严陵。少有高名，与光武帝刘秀同学。刘秀即位，严光变姓名隐居。聘至京师，与光武帝相处如昔。光武欲其出仕，答以"士故有志，何至相迫乎"。除谏议大夫，不就，归，耕钓于富春山。

祝英台近

挂轻帆，飞急桨，还过钓台路。

酒病无聊，欹枕听鸣舻。

断肠簇簇云山，重重烟树，回首望、孤城何处。

间离阻。

谁念萦损襄王，何曾梦云雨。

旧恨前欢，心事两无据。

要知欲见无由，痴心犹自，倩人道、一声传语。

钓台：指严光垂钓处。
襄王：楚襄王。传说楚襄王游高唐之台，梦中与巫山神女欢会，神女化
云化雨于高台之上。后以"襄王梦""巫山云雨"为男女欢合之典。
倩：请。

瑞鹧鸪

寒食未明至湖上，太守未来，两县令先在。

城头月落尚啼乌。朱舰红船早满湖。
鼓吹未容迎五马，水云先已漾双凫。

映山黄帽螭头舫，夹岸青烟鹊尾炉。
老病逢春只思睡，独求僧榻寄须臾。

太守指陈襄，字述古，时任杭州知州。两县令，指钱塘县令周邠、仁和县令徐畴。

朱舰红船：红色的官船。
五马：汉朝太守乘坐的车用五匹马驾辕，后以五马代指太守、知州。
双凫（fú）：凫，野鸭。东汉王乔做县令时，能化为双凫飞到京都，朝见皇帝，事见《后汉书·方术传》。此处代指两位县令。
黄帽：西汉邓通善驾船，时人称之黄头郎，故后世以黄帽代指船夫。
螭（chī）头舫：饰有龙首之船。
鹊尾炉：有柄之香炉。

又

观潮

碧山影里小红旗。侬是江南踏浪儿。
拍手欲嘲山简醉，齐声争唱浪婆词。

西兴渡口帆初落，渔浦山头日未欹。
侬欲送潮歌底曲，尊前还唱使君诗。

山简：西晋名士，字季伦，性嗜酒，醉后常倒戴头巾骑在马上，醉态可
掬，时有童谣嘲之醉态。
浪婆词：浪婆，波涛之神。浪婆词，咏唱浪婆之歌词。
西兴渡口：在今浙江杭州。本名西陵，五代时改名西兴，为吴越要津。
底曲：什么曲子。底，唐宋俗语，即"什么"。
使君：指杭州知州陈襄。

临江仙

风水洞作

四大从来都遍满，此间风水何疑。

故应为我发新诗。

幽花香涧谷，寒藻舞沦漪。

借与玉川生两腋，天仙未必相思。

还凭流水送人归。

层巅馀落日，草露已沾衣。

风水洞在杨村慈岩院，距离钱塘县五十里。洞极大，流水不竭，洞顶又有一洞，清风微出，故名风水洞。

四大：佛教以地、水、火、风为四大，视为万事万物之所由出。

玉川：唐朝诗人卢仝自号玉川子，作咏茶诗云："唯觉两腋习习清风生。"

相思：犹言羡慕，此句倒装，即不再羡慕天仙。

江城子

湖上与张先同赋，时闻弹筝。

凤凰山下雨初晴。

水风清。晚霞明。

一朵芙蕖，开过尚盈盈。

何处飞来双白鹭，如有意，慕娉婷。

忽闻江上弄哀筝。

苦含情。遣谁听。

烟敛云收，依约是湘灵。

欲待曲终寻问取，人不见，数峰青。

张先（990—1078），字子野，乌程（今浙江湖州）人。北宋著名词人。

凤凰山：在杭州西南，北近西湖，南接钱江，形若飞凤，故名。

湘灵：湘水之神，善鼓瑟。一说即为舜妃娥皇、女英。

又

陈直方妾嵇,钱塘人也。求新词,为作此。钱塘人好唱《陌上花》缓缓曲,余尝作数绝以纪其事矣。

玉人家在凤凰山。

水云间。掩门闲。

门外行人,立马看弓弯。

十里春风谁指似,斜日映,绣帘斑。

多情好事与君还。

闵新鳏。拭馀潸。

明月空江,香雾著云鬟。

陌上花开春尽也,闻旧曲,破朱颜。

《陌上花》为北宋杭州地区盛行之曲。苏轼有《陌上花》诗,序云:"游九仙山,闻里中儿歌《陌上花》。父老云:吴越王妃每岁春必归临安,王以书遗妃曰:'陌上花开,可缓缓归矣。'吴人用其语为歌,含思宛转,听之凄然。"

弓弯:舞蹈动作,舞者反身贴地,状如弯弓,故得名。唐代传奇小说《异梦录》记载,长安将门子弟邢凤曾梦见一吟诗的古装美人。美人授邢凤诗曰:"长安少女踏春阳,何处春阳不断肠。舞袖弓弯浑忘却,罗帷空度九秋霜。"并为邢凤演示弓弯之舞。后世以此典故形容美人善舞。此处指陈直方之妾。

闵:同"悯"。

新鳏(guān):鳏,丧妻之男子。时陈直方新丧其妻,故云。

旧曲:指《陌上花》。

破朱颜:展颜一笑。此言陈直方虽然新丧其妻,但身边幸好还有小妾嵇氏相伴,聊可安慰。

1074

宋神宗 熙宁七年

是年苏轼三十九岁，在杭州通判任上。

九月，移知密州（今山东诸城）。

本月，启程赴密州，十二月到任。

浣溪沙

送梅庭老赴上党学官

门外东风雪洒裾。山头回首望三吴。
不应弹铗为无鱼。

上党从来天下脊，先生元是古之儒。
时平不用鲁连书。

减字木兰花

晓来风细。不会鹊声来报喜。
却羡寒梅。先觉春风一夜来。

香笺一纸。写尽回文机上意。
欲卷重开。读遍千回与万回。

上党，今山西长治。

天下脊：山西恒山，在天下之北，犹如人之脊梁。

鲁连书：齐国田单攻聊城不下，鲁连作书，用箭射入城中。守将见书，泣三日，犹豫不能决，自杀，聊城遂破。后以之谓以文克敌，不战而胜。

回文：晋人苏蕙作回文诗，以锦线织于布上，寄给远方的丈夫。此处代指王闰之寄来的书信。

行香子

丹阳寄述古

携手江村。梅雪飘裙。情何限、处处消魂。

故人不见，旧曲重闻。

向望湖楼，孤山寺，涌金门。

寻常行处，题诗千首，绣罗衫、与拂红尘。

别来相忆，知是何人。

有湖中月，江边柳，陇头云。

丹阳，今属江苏。本年初苏轼曾至丹阳公干，作此词寄赠陈襄。

梅雪：飘落的白梅花瓣。
望湖楼：杭州名楼，吴越忠懿王钱俶所建，在杭州钱塘门外一里。
孤山寺：杭州永福寺，因在西湖孤山之上，故亦名孤山寺。
涌金门：宋代杭州西门之一，门临西湖。

昭君怨

金山送柳子玉

谁作桓伊三弄。惊破绿窗幽梦。

新月与愁烟。满江天。

欲去又还不去。明日落花飞絮。

飞絮送行舟。水东流。

金山，在今江苏镇江西北。柳瑾，字子玉，丹徒人，书法家，其子柳仲远娶苏轼堂妹。

桓伊三弄：东晋名士桓伊擅吹笛，曾为王徽之吹奏三调，后以桓伊三弄代指笛曲。

绿窗：代指女子居室。

少年游

润州作，代人寄远。

去年相送，余杭门外，飞雪似杨花。
今年春尽，杨花似雪，犹不见还家。

对酒卷帘邀明月，风露透窗纱。
恰似姮娥怜双燕，分明照、画梁斜。

润州即镇江旧名，因城东有润浦口，故名。

姮（héng）娥：嫦娥，代指月亮。

蝶恋花

京口得乡书

雨后春容清更丽。

只有离人，幽恨终难洗。

北固山前三面水。碧琼梳拥青螺髻。

一纸乡书来万里。

问我何年，真个成归计。

白首送春拚一醉。东风吹破千行泪。

京口，今江苏镇江。

北固山：在今镇江城北，下临长江，其势险固，故名北固。

碧琼梳：喻指清澈江面。

青螺髻：喻指青山。

拚（pàn）一醉：只求一醉。

醉落魄

离京口作

轻云微月。二更酒醒船初发。

孤城回望苍烟合。

记得歌时，不记归时节。

巾偏扇坠藤床滑。觉来幽梦无人说。

此生飘荡何时歇。

家在西南，长作东南别。

卜算子

自京口还钱塘，道中寄述古太守。

蜀客到江南，长忆吴山好。

吴蜀风流自古同，归去应须早。

还与去年人，共藉西湖草。

莫惜尊前仔细看，应是容颜老。

巾：头巾。
西南：代指苏轼故乡四川。
东南：代指吴越之地。

共藉（jiè）：共枕。

减字木兰花

钱塘西湖有诗僧清顺，所居藏春坞，门前有二古松，各有凌霄花络其上，顺常昼卧其下。时余为郡，一日屏骑从过之，松风骚然。顺指落花求韵，余为赋此。

双龙对起。白甲苍髯烟雨里。
疏影微香。下有幽人昼梦长。

湖风清软。双鹊飞来争噪晚。
翠飐红轻。时下凌霄百尺英。

双龙：喻指藏春坞门前的两棵古松。
白甲：喻指盘于古松上的凌霄花。凌霄花多黄赤之色，然西湖凌霄花有色白者。
苍髯：喻指松针。

鹊桥仙

七夕送陈令举

缑山仙子，高情云渺，不学痴牛騃女。

凤箫声断月明中，举手谢时人欲去。

客槎曾犯，银河波浪，尚带天风海雨。

相逢一醉是前缘，风雨散、飘然何处。

陈舜俞，字令举，乌程人。博学强记，登进士，又举制科第一。

缑（gōu）山仙子：传说仙人王子晋于河南缑氏山得道成仙。

痴牛騃（ái）女：牵牛、织女二星。

"客槎"（chá）句：晋张华《博物志》记载，传说银河与海通，有人居海滨，乘浮槎渡海至银河，遇织女、牵牛。槎，木筏子。

虞美人

有美堂赠述古

湖山信是东南美。一望弥千里。

使君能得几回来。便使尊前醉倒、更徘徊。

沙河塘里灯初上。《水调》谁家唱。

夜阑风静欲归时。惟有一江明月、碧琉璃。

有美堂在杭州吴山之上。北宋仁宗嘉祐二年（1057），梅挚出守杭州，仁宗赐诗，有"地有吴山美"之句，梅挚因作堂名之。本年七月，陈襄将罢任杭州知州，临行多次宴别僚佐，此词即宴别陈襄于有美堂上所作。

沙河塘：水塘名，在杭州城南五里处，为北宋杭州繁会之地。

《水调》：《水调歌》，唐宋时期著名流行曲子。

江城子

孤山竹阁送述古

翠蛾羞黛怯人看。

掩霜纨。泪偷弹。

且尽一尊，收泪听《阳关》。

漫道帝城天样远，天易见，见君难。

画堂新创近孤山。

曲阑干。为谁安。

飞絮落花，春色属明年。

欲棹小舟寻旧事，无处问，水连天。

竹阁，在西湖孤山广化寺，白居易所建。

霜纨（wán）：精致的白色薄绢，指扇子。
帝城天样远：言京城如天边一样遥远，因陈襄将归京城，故有此语。
棹（zhào）：划船。

清平乐

送述古赴南都

清淮浊汴。更在江西岸。

红旆到时黄叶乱。霜入梁王故苑。

秋原何处携壶。停骖访古踟蹰。

双庙遗风尚在，漆园傲吏应无。

南都，即应天府，今河南商丘。

梁王故苑：西汉梁孝王刘武所建大型园林。

停骖（cān）：停车。骖，驾车时两侧的马。

双庙：唐人张巡、许远于安史之乱时守睢阳（即应天府），力困城破，
死于贼。后人建祠共祀之，号曰双庙。

漆园傲吏：庄周曾为蒙（即应天府）漆园吏，楚威王遣使厚币迎之，许
以为相，庄周佯狂不受。

菩萨蛮

杭妓往苏迓新守杨元素，寄苏守王规甫。

玉童西迓浮丘伯。洞天冷落秋萧瑟。

不用许飞琼。瑶台空月明。

清香凝夜宴。借与韦郎看。

莫便向姑苏。扁舟下五湖。

杨绘（1027—1088），字元素，号先白，绵竹（今属四川）人。本年七月，杨绘自应天府来替任陈襄知杭州。王诲，字规甫，真定（今河北正定）人，神宗熙宁六年（1073）知苏州。唐宋时官员赴任，或有官妓相迎之例。迓，迎接。

玉童：代指歌妓。
浮丘伯：传说中的嵩山道士，后得道仙去，此处代指杨绘。
许飞琼：传说中西王母的侍女。
瑶台：昆仑山之别名，西王母所居。
借与韦郎看：唐人韦皋与歌女玉箫有私情，情事常为后人征引，以"韦郎"泛指多情的男子。而唐代诗人韦应物任苏州刺史时，曾赋诗有"宴寝凝清香"之句。此处两个典故合用，以调侃苏州太守王诲：杭妓只是暂到苏州，借你一看。
五湖：太湖。传说范蠡助越王勾践灭吴后，携西施泛舟五湖而去。

又

西湖送述古

秋风湖上萧萧雨。使君欲去还留住。

今日漫留君。明朝愁杀人。

佳人千点泪。洒向长河水。

不用敛双蛾。路人啼更多。

又

西湖席上，代诸妓送陈述古。

娟娟缺月西南落。相思拨断琵琶索。

枕泪梦魂中。觉来眉晕重。

华堂堆烛泪。长笛吹《新水》。

醉客各西东。应思陈孟公。

《新水》：《新水调》曲。

陈孟公：陈遵，字孟公，东汉时杜陵人。好客，每大宴，宾客满堂，辄关门，取客车辖投井中，即便客有急事，亦不得离去。

诉衷情

送述古，迓元素。

钱塘风景古今奇。太守例能诗。
先驱负弩何在，心已浙江西。

花尽后，叶飞时。雨凄凄。
若为情绪，更问新官，向旧官啼。

南乡子

送述古

回首乱山横。不见居人只见城。
谁似临平山上塔，亭亭。迎客西来送客行。

归路晚风清。一枕初寒梦不成。
今夜残灯斜照处，荧荧。秋雨晴时泪不晴。

先驱负弩：背负弓箭，开路先行，为古代迎接贵宾之礼。

临平山：位于杭州。

更漏子

送孙巨源

水涵空，山照市。西汉二疏乡里。
新白发，旧黄金。故人恩义深。

海东头，山尽处。自古客槎来去。
槎有信，赴秋期。使君行不归。

孙洙（1032—1080），字巨源，真州（今江苏仪征）人。皇祐元年
（1049）进士，博学多才，文章典雅，有西汉之风。熙宁四年（1071）
任海州（今江苏连云港）知州，本年八月十五日，奉诏离任回京。

二疏：指西汉疏广、疏受叔侄。疏广为太子太傅，疏受为少傅，二人乞
致仕归乡，宣帝、太子皆赐金。公卿大夫等饯别京郊，观者皆称其贤。

醉落魄

席上呈杨元素

分携如昨。人生到处萍飘泊。

偶然相聚还离索。多病多愁，须信从来错。

尊前一笑休辞却。天涯同是伤沦落。

故山犹负平生约。西望峨嵋，长羡归飞鹤。

诉衷情

小莲初上琵琶弦。弹破碧云天。

分明绣阁幽恨，都向曲中传。

肤莹玉，鬓梳蝉。绮窗前。

素娥今夜，故故随人，似斗婵娟。

归飞鹤：传说西汉辽东郡人丁令威学道于灵虚山，成仙后化为仙鹤，飞归故乡。

小莲：小怜。北齐冯淑妃名小怜，擅弹琵琶。后多以小怜代指琵琶女。
"弹破"句：指琵琶曲调高昂，可将天空震破。
素娥：代指月亮。故故：故意、特意。斗婵娟：与人间佳人争美。

南乡子

和杨元素，时移守密州。

东武望余杭。云海天涯两渺茫。

何日功成名遂了，还乡。醉笑陪公三万场。

不用诉离觞。痛饮从来别有肠。

今夜送归灯火冷，河塘。堕泪羊公却姓杨。

密州，今山东诸城。苏轼在杭州通判三年任满后上书朝廷，请求到京东路任职，以便离当时在齐州（今山东济南）任掌书记的弟弟苏辙近一些。本年九月，朝廷任命苏轼为密州知州。调令下达后，苏轼多次宴别僚友。此词为宴上答杨绘所作。

"东武"句：当时苏轼调任密州，杨绘仍守杭州，故曰"东武望余杭"。东武，密州之古称。

三万场：李白《襄阳歌》："百年三万六千日，一日须倾三百杯。"

堕泪羊公：西晋名将羊祜驻襄阳，常登岘山游览。羊祜去世后，襄阳百姓在岘山建碑立庙，每年祭祀，见碑者莫不流泪。

浣溪沙

自杭移密守，席上别杨元素，时重阳前一日。

缥缈危楼紫翠间。良辰乐事古难全。
感时怀旧独凄然。

璧月琼枝空夜夜，菊花人貌自年年。
不知来岁与谁看。

又

白雪清词出坐间。爱君才器两俱全。
异乡风景却依然。

可恨相逢能几日，不知重会是何年。
茱萸仔细更重看。

白雪：楚国有《阳春》《白雪》之曲，国中不过数人能和，后世以之代指优美高雅之歌。

泛金船

流杯亭和杨元素

无情流水多情客。劝我如相识。

杯行到手休辞却。似轩冕相逼。

曲水池上，小字更书年月。

还对茂林修竹，似永和节。

纤纤素手如霜雪。笑把秋花插。

尊前莫怪歌声咽。又还是轻别。

此去翱翔，遍上玉堂金阙。

欲问再来何岁，应有华发。

本年九月，苏轼自杭州赴密州知州任，杨绘携僚友为苏轼赠别，即席作《劝金船》一曲，苏轼和之，作此词。流杯亭，古时文人行曲水流觞之雅事的场所。

杯行到手：酒杯随流水行至面前。

小字：小楷。

永和节：东晋永和年间，王羲之与友人集于会稽兰亭，作《兰亭集序》。

玉堂金阙：玉堂，代指翰林院；金阙，代指皇宫。苏轼收到将移知密州消息后不久，杨绘亦被召回京城，供职翰林院，故词中有此指涉。

南乡子

旌旆满江湖。诏发楼船万舳舻。

投笔将军因笑我，迂儒。帕首腰刀是丈夫。

粉泪怨离居。喜子垂窗报捷书。

试问伏波三万语，何如。一斛明珠换绿珠。

舳舻（zhú lú）：船尾和船头，泛指船只。

投笔将军：东汉班超少时家贫，抄书贴补家用，投笔叹曰："大丈夫无它志略，犹当效傅介子、张骞立功异域，以取封侯，安能久事笔砚间乎？"后立功西域，封定远侯。

帕首腰刀：韩愈《送郑尚书序》描述唐代岭南府帅迎接大府帅，"必戎服，左握刀，右属弓矢，帕首裤靴，迎于郊"。宋人因用"帕首腰刀"咏将帅。

喜子：蜘蛛。古人认为蜘蛛聚于窗下而百事喜，故俗称蜘蛛为喜子。

伏波：东汉马援以南击交趾之功受封伏波将军。

绿珠：西晋名士石崇的爱妾，石崇为交趾使时以珍珠三斛买之。

又

席上劝李公择酒

不到谢公台。明月清风好在哉。

旧日髯孙何处去，重来。短李风流更上才。

秋色渐摧颓。满院黄英映酒杯。

看取桃花春二月，争开。尽是刘郎去后栽。

李常（1027—1090），字公择，南康建昌（今江西永修）人。神宗熙宁初为右正言，虽与王安石私交甚善，然力诋新法，遂遭落职，通判滑州。熙宁七年（1074）三月调湖州太守。苏轼多有诗词相赠。本年九月，苏轼移知密州，杨绘奉调京城入翰林。二人离杭同舟，途经湖州，与张先、陈舜俞相约拜访李常。又有刘述，字孝叔，时居提举崇禧观闲职，为见苏轼专门从苏州赶来。六人雅集湖州，以李常为东道主，饮酒欢宴，赋诗填词，又被称为"前六客会"。

谢公台：在今江苏扬州，南朝名士谢谌旧地。谢谌出身贵胄，然不妄交接宾客，曾言："入吾室者，但有清风；对吾饮者，惟当明月。"

髯孙：孙权有紫髯，故世称髯孙。此处代指孙姓友人。

短李风流：唐人李绅身材短小精悍，于诗最有名，时号"短李"。李常亦矮小善诗，故以李绅故事戏称。

刘郎去后：唐人刘禹锡因永贞革新失败，被贬外放，十年方得归京，作《赠看花诸君子》诗云："紫陌红尘拂面来，无人不道看花回。玄都观里桃千树，尽是刘郎去后栽。"嫉者言诗中多怨愤讽刺，旋再出为连州刺史。

减字木兰花

秘阁古《笑林》云：晋元帝生子，宴百官，赐束帛。殷羡谢曰："臣等无功受赏。"帝曰："此事岂容卿有功乎？"同舍每以为笑。余过吴兴，而李公择适生子，三日会客，求歌辞，乃为作此戏之。举坐皆绝倒。

惟熊佳梦。释氏老君亲抱送。
壮气横秋。未满三朝已食牛。

犀钱玉果。利市平分沾四坐。
多谢无功。此事如何著得侬。

苏轼在湖州时，适逢李常生子做三朝。此词为洗三宴上所作。

惟熊佳梦：古人以梦见熊罴为生男孩的征兆，故以"梦熊"作生男孩的颂语。

食牛：杜甫《徐卿二子歌》："小儿五岁气食牛，满堂宾客皆回头。"

犀钱：贺小儿满月的洗儿钱，多以犀牛角为之。

玉果：贺小儿满月的精美点心。

利市：旧时节日或喜庆场合派发的喜钱。

定风波

送元素

今古风流阮步兵。平生游宦爱东平。

千里远来还不住。归去。空留风韵照人清。

红粉尊前深懊恼。休道。如何留得许多情。

记得明年花絮乱。看泛。西湖总是断肠声。

菩萨蛮

席上和陈令举

天怜豪俊腰金晚。故教月向松江满。

清景为淹留。从君都占秋。

身闲惟有酒。试问遨游首。

帝梦已遥思。匆匆归去时。

阮步兵：曹魏名士阮籍，字嗣宗，曾任步兵校尉，世称阮步兵。好《老》《庄》，蔑视礼教，纵酒谈玄，为竹林七贤之一。

东平：司马昭专曹魏之政时，阮籍尝从容语之曰："籍平生曾游东平，乐其风土。"帝大悦，即拜东平相。

松江：吴淞江。

帝梦：殷王武丁梦中得贤人名说，使百工求访，于傅岩得之，拜为相。

南乡子

沈强辅雯上出文犀、丽玉作胡琴，送元素还朝，同子野
各赋一首。

裙带石榴红。却水殷勤解赠侬。

应许逐鸡鸡莫怕，相逢。一点灵心必暗通。

何处遇良工。琢刻天真半欲空。

愿作龙香双凤拨，轻拢。长在环儿白雪胸。

本年九月，杨绘入京，苏轼赴密州，二人从杭州同行至湖州，沈强辅于
私第宴请二人，张先作陪，遂有唱酬之词。沈强辅，名冲，湖州人。雯
上，未有确解，一说应作"雪上"，指雪溪；一说应作"席上"。胡琴，
唐宋时泛称传自西域的拨弦乐器，有时可专指琵琶。

却水：指犀牛角。传说犀角有辟水之神通。
逐鸡：传说用犀角置米饲鸡，皆惊骇不敢啄，故称"骇鸡犀"。以此典
故形容犀角的灵性。
龙香双凤拨：用龙香木制成的胡琴拨片。
环儿：杨贵妃小字玉环，擅琵琶。此处代指歌女。

减字木兰花

云鬟倾倒。醉倚阑干风月好。
凭仗相扶。误入仙家碧玉壶。

连天衰草。下走湖南西去道。
一舸姑苏。便逐鸱夷去得无。

醉落魄

苏州阊门留别

苍颜华发。故山归计何时决。
旧交新贵音书绝。惟有佳人，犹作殷勤别。

离亭欲去歌声咽。潇潇细雨凉吹颊。
泪珠不用罗巾裛。弹在罗衫，图得见时说。

《减字木兰花·云鬟倾倒》一说为熙宁四年 (1071) 十一月，苏轼过苏州时作。

碧玉壶：壶中天地，代指仙人所居的世界。
鸱（chī）夷：指范蠡。越灭吴后，范蠡归隐太湖之中，自号鸱夷子。

裛（yì）：同"浥"，沾湿。

阮郎归

一年三过苏，最后赴密州时，有问"这回来不来"，其色凄然。太守王规父嘉之，令作此词。

一年三度过苏台。清尊长是开。

佳人相问苦相猜。这回来不来？

情未尽，老先催。人生真可咍。

他年桃李阿谁栽？刘郎双鬓衰。

苏台：姑苏台，吴王阖闾所建，代指苏州。

可咍（hāi）：可笑。

刘郎：刘禹锡曾作两首桃花诗，有句云"玄都观里桃千树，尽是刘郎去后栽"与"种桃道士今何处，前度刘郎今又来"。此处以刘郎代指自己。

菩萨蛮

润州和元素

玉笙不受珠唇暖。离声凄咽胸填满。
遗恨几千秋。心留人不留。

他年京国酒。堕泪攀枯柳。
莫唱短因缘。长安远似天。

南乡子

梅花词，和杨元素。

寒雀满疏篱。争抱寒柯看玉蕤。
忽见客来花下坐，惊飞。踏散芳英落酒卮。

痛饮又能诗。坐客无毡醉不知。
花谢酒阑春到也，离离。一点微酸已著枝。

长安：代指京城。

玉蕤（ruí）：形容梅花之洁白晶莹。
酒卮（zhī）：盛酒器。

采桑子

润州甘露寺多景楼，天下之殊景也。甲寅仲冬，余同孙巨源、王正仲参会于此。有胡琴者，姿色尤好。三公皆一时英秀，景之秀，妓之妙，真为希遇。饮阑，巨源请于余曰："残霞晚照，非奇才不尽。"余作此词。

多情多感仍多病，多景楼中。

尊酒相逢。乐事回头一笑空。

停杯且听琵琶语，细捻轻拢。

醉脸春融。斜照江天一抹红。

多景楼，为北宋镇江知府陈天麟所建，在镇江北固山甘露寺内。孙洙，字巨源，文章典雅，有西汉之风，被韩琦赞为"今之贾谊"。王存，字正仲，润州（今江苏镇江）人，存性宽厚，修洁自重。据苏轼书信，"三公"中的另一位为胡宗愈。胡宗愈，字完夫，晋陵（今江苏常州）人。

减字木兰花

赠润守许仲途，且以"郑容落籍、高莹从良"为句首。

郑庄好客。容我尊前先堕帻。
落笔生风。籍籍声名不负公。

高山白早。莹骨冰肤那解老。
从此南徐。良夜清风月满湖。

苏轼过润州，席上有营妓郑容、高莹求落籍从良，遂有此作。

郑庄：郑当时，字庄，西汉太子舍人，每五日洗沐，常置驿马长安诸
郊，请谢宾客，夜以继日。后世以之为好客典故。
堕帻（zé）：因醉酒而头巾脱落，形容潇洒而不拘礼节。
南徐：镇江。

南歌子

别润守许仲途

欲执河梁手，还升月旦堂。

酒阑人散月侵廊。北客明朝归去、雁南翔。

窈窕高明玉，风流郑季庄。

一时分散水云乡。惟有落花芳草、断人肠。

河梁手：《文选》卷二十九《李陵与苏武诗》有"携手上河梁，游子暮
何之"句。后世遂以"河梁"借指送别之地，以"河梁携手"指惜别。
月旦堂：品评人物的清谈之所。
高明玉、郑季庄：上词之高莹、郑容。
水云乡：江南水乡。

浣溪沙

赠陈海州。陈尝为眉令，有声。

长记鸣琴子贱堂。朱颜绿发映垂杨。

如今秋鬓数茎霜。

聚散交游如梦寐，升沉闲事莫思量。

仲卿终不忘桐乡。

海州，今江苏连云港，其时海州知州姓陈，曾做过眉山县令。

子贱：春秋人宓不齐，字子贱，为孔子学生。曾治理单父，弹鸣琴，身
不下堂而单父安定。

桐乡：在今安徽桐城北。西汉人朱邑，字仲卿，初任桐乡小吏，掌诉
讼赋税，秉公廉平，吏民爱敬。后官至大司农，临终前嘱其子葬之于
桐乡。

永遇乐

孙巨源以八月十五日离海州，坐别于景疏楼上。既而与余会于润州，至楚州乃别。余以十一月十五日至海州，与太守会于景疏楼上，作此词以寄巨源。

长忆别时，景疏楼上，明月如水。

美酒清歌，留连不住，月随人千里。

别来三度，孤光又满，冷落共谁同醉？

卷珠帘、凄然顾影，共伊到明无寐。

今朝有客，来从潍上，能道使君深意。

凭仗清淮，分明到海，中有相思泪。

而今何在？西垣清禁，夜永露华侵被。

此时看、回廊晓月，也应暗记。

景疏楼在海州州治东北，宋人叶祖洽慕疏广、疏受之贤而建。

潍（suī）上：潍水之上。潍水起自开封，向东流至江苏宿迁汇入淮河。

西垣：唐宋中书省的别称。因设于宫中西掖，故称。其时孙洙召还京城，任知制诰，需在中书省值夜拟诏，故有此数句。

044

沁园春

赴密州，早行，马上寄子由。

孤馆灯青，野店鸡号，旅枕梦残。

渐月华收练，晨霜耿耿，云山摛锦，朝露漙漙。

世路无穷，劳生有限，似此区区长鲜欢。

微吟罢，凭征鞍无语，往事千端。

当时共客长安。似二陆初来俱少年。

有笔头千字，胸中万卷，致君尧舜，此事何难。

用舍由时，行藏在我，袖手何妨闲处看。

身长健，但优游卒岁，且斗尊前。

苏辙（1039—1112），字子由，一字同叔。苏轼之弟。苏轼与苏辙同赴开封应举，获欧阳修赏识，名动一时。因反对青苗法，熙宁二年（1069）苏辙被贬出京，任河南府留守推官。熙宁六年（1073），任齐州掌书记。

摛（chī）：铺展。

二陆：东吴末年陆机、陆云兄弟俱有文名，号曰二陆。晋灭吴时，陆机二十岁，陆云十九岁，共入西晋都城洛阳，拜见大名士张华，受其盛赞。

用舍：被重用与不被重用。

行藏：出仕为官与归隐田园。

1075

宋神宗 熙宁八年

本年苏轼四十岁，在密州知州任上。

蝶恋花

密州上元

灯火钱塘三五夜。

明月如霜，照见人如画。

帐底吹笙香吐麝。更无一点尘随马。

寂寞山城人老也。

击鼓吹箫，乍入农桑社。

火冷灯稀霜露下。昏昏雪意云垂野。

江城子

乙卯正月二十日夜记梦

十年生死两茫茫。

不思量。自难忘。

千里孤坟，无处话凄凉。

纵使相逢应不识，尘满面，鬓如霜。

夜来幽梦忽还乡。

小轩窗。正梳妆。

相顾无言，惟有泪千行。

料得年年断肠处，明月夜，短松冈。

苏轼第一任妻子王弗，眉州青神人，年十六嫁于苏轼，英宗治平二年（1065）逝世，葬于眉山，距本年已过十载，故苏轼作此词悼亡。

雨中花慢

初至密州，以累年旱蝗，斋素累月。方春，牡丹盛开，遂不获一赏。至九月，忽开千叶一朵，雨中特为置酒，遂作。

今岁花时深院，尽日东风，轻飏茶烟。

但有绿苔芳草，柳絮榆钱。

闻道城西，长廊古寺，甲第名园。

有国艳带酒，天香染袂，为我留连。

清明过了，残红无处，对此泪洒尊前。

秋向晚，一枝何事，向我依然。

高会聊追短景，清商不假馀妍。

不如留取，十分春态，付与明年。

飏（yáng）：同"扬"。

天香染袂：唐人李正封咏牡丹之名句云："国色朝酣酒，天香夜染衣。"

江城子

密州出猎

老夫聊发少年狂。

左牵黄。右擎苍。

锦帽貂裘，千骑卷平冈。

为报倾城随太守，亲射虎，看孙郎。

酒酣胸胆尚开张。

鬓微霜。又何妨。

持节云中，何日遣冯唐。

会挽雕弓如满月，西北望，射天狼。

本年冬，因久旱蝗，苏轼携密州官员祭祀常山，礼毕归来，习射放鹰。

黄：黄犬。苍：苍鹰。
孙郎：孙权曾亲自乘马射虎，马虽为虎所伤，然孙权以双戟击获之。
冯唐：西汉人。其时魏尚因谎报杀敌人数而获罪，冯唐建议汉文帝宽恕之，使其继续守卫边防，以备匈奴之患。文帝从之，令冯唐持节赦免魏尚，复其云中太守之职，并拜冯唐为车骑都尉。
天狼：天狼星。古人认为天狼星主侵掠，故用以比喻残暴的侵略者。此处代指辽、西夏。

水龙吟

赠赵晦之吹笛侍儿

楚山修竹如云，异材秀出千林表。

龙须半剪，凤膺微涨，玉肌匀绕。

木落淮南，雨晴云梦，月明风嫋。

自中郎不见，桓伊去后，知孤负、秋多少。

闻道岭南太守，后堂深、绿珠娇小。

绮窗学弄，《梁州》初遍，《霓裳》未了。

嚼徵含宫，泛商流羽，一声云杪。

为使君洗尽，蛮风瘴雨，作《霜天晓》。

赵晦之，名昶，曾任密州东武县令。

楚山修竹：蕲州（今湖北蕲春）盛产高竹，为制笛之良材。蕲州属楚地，故云楚山。

龙须、凤膺（yīng）：分别喻指竹节间的纤枝与竹节下端微微突出的部分。

中郎：东汉蔡邕避难江南，于柯亭之馆见一竹椽，取以为笛，奇声独绝。蔡邕尝为中郎将，故称其为中郎。

岭南太守：其时赵晦之知藤州（今广西藤县），在岭之南，故称。

云杪（miǎo）：云端。形容笛声高亢入云。

减字木兰花

送东武令赵昶失官归海州

贤哉令尹。三仕已之无喜愠。
我独何人。犹把虚名玷搢绅。

不如归去。二顷良田无觅处。
归去来兮。待有良田是几时。

又

送赵令晦之

春光亭下。流水如今何在也。
岁月如梭。白首相看拟奈何。

故人重见。世事年来千万变。
官况阑珊。惭愧青松守岁寒。

令尹：春秋时楚人斗谷于菟，三次出任楚国令尹，皆无喜色；三次罢
相，亦皆无愠色。
归去来兮：陶渊明归隐田园之际，曾赋《归去来兮辞》以自明其志。

流水：杜牧诗："当时楼下水，今日到何处？"
惭愧：宦途潦倒，但仍在官场浮沉，故视高洁自守的青松而惭愧。

1076

宋神宗　熙宁九年

本年苏轼四十一岁，在密州知州任。

蝶恋花

微雪，客有善吹笛击鼓者，方醉中，有人送《苦寒诗》求和，遂以此答之。

帘外东风交雨霰。

帘里佳人，笑语如莺燕。

深惜今年正月暖。灯光酒色摇金盏。

掺鼓《渔阳》挝未遍。

舞褪琼钗，汗湿香罗软。

今夜何人吟古怨。清诗未了冰生砚。

雨霰（xiàn）：细雨和雪珠。
掺（càn）、挝（zhuā）：皆击鼓之法。

满江红

正月十三日，雪中送文安国还朝。

天岂无情，天也解、多情留客。

春向暖、朝来底事，尚飘轻雪。

君遇时来纤组绶，我应老去寻泉石。

恐异时、杯酒复相思，云山隔。

浮世事，俱难必。

人纵健，头应白。

何辞更一醉，此欢难觅。

不用向佳人诉离恨，泪珠先已凝双睫。

但莫遣、新燕却来时，音书绝。

文勋，字安国，庐江（今属安徽）人，包拯外甥，善书画。

纤（yū）：系、结。组绶：本为用以佩玉之丝带，后借指官爵。

殢人娇

戏邦直

别驾来时，灯火荧煌无数。

向青琐、隙中偷觑。

元来便是，共彩鸾仙侣。

方见了，管须低声说与。

百子流苏，千枝宝炬。

人间有、洞房烟雾。

春来何事，故抛人别处。

坐望断，楼中远山归路。

李清臣（1032—1102），字邦直，韩琦侄婿。善词藻，为文简重，受欧阳修赏识，比之苏轼。时在京东提刑任上。

别驾：州郡副职，宋时多指称通判。
青琐：雕镂花纹的窗户。
百子：百子帐，婚礼所用之帐。

望江南

超然台作

春未老，风细柳斜斜。

试上超然台上看，半壕春水一城花。

烟雨暗千家。

寒食后，酒醒却咨嗟。

休对故人思故国，且将新火试新茶。

诗酒趁年华。

超然台在密州城北，苏轼知密州时曾修葺，时相与登览，放意肆志。

故国：指故乡。

新火：古人寒食节禁火，次日重设火种，故云新火。

又

春已老，春服几时成。
曲水浪低蕉叶稳，舞雩风软纻罗轻。
酣咏乐升平。

微雨过，何处不催耕。
百舌无言桃李尽，柘林深处鹁鸪鸣。
春色属芜菁。

蕉叶：蕉叶杯，杯底极浅。
舞雩（yú）：《论语》："莫春者，春服既成，冠者五六人，童子六七人，浴乎沂，风乎舞雩，咏而归。"舞雩是古时求雨的乐舞祭祀仪式，春秋时鲁国有舞雩坛。
纻（zhù）罗：白色丝绸，常用于制作春服。
百舌：百舌鸟，杜鹃之一种，暮春啼鸣，传说能效百鸟之声，故名。
鹁鸪（bó gū）：鸟名，也叫斑鸠、水鹁鸪，羽毛黑褐色，天将下雨或刚晴时，常在树上咕咕地叫。
芜菁（jīng）：植物名，块根可做蔬菜，即俗称之大头菜。

满江红

东武会流杯亭，上巳日作。城南有坡，土色如丹，其下有堤，壅郑淇水入城。

东武南城，新堤就、郑淇初溢。

微雨过、长林翠阜，卧红堆碧。

枝上残花吹尽也，与君试向江头觅。

问向前、犹有几多春，三之一。

官里事，何时毕。

风雨外，无多日。

相将泛曲水，满城争出。

君不见兰亭修禊事，当时坐上皆豪逸。

到如今、修竹满山阴，空陈迹。

上巳日，古代节日名，在农历三月三日。此日人们多到水边洁身或嬉游，以除不祥，称为修禊。东武，密州之古称。郑（fū）淇水，指当地的柳林河，为密州人上巳修禊之地。

河满子

湖州寄南守冯当世

见说岷峨凄怆，旋闻江汉澄清。

但觉秋来归梦好，西南自有长城。

东府三人最少，西山八国初平。

莫负花溪纵赏，何妨药市微行。

试问当垆人在否，空教是处闻名。

唱著子渊新曲，应须分外含情。

冯京，字当世，鄂州江夏（今湖北武昌）人。仁宗皇祐元年（1049）状元，历官翰林学士、江宁知府、枢密副使、参知政事。因反对王安石变法，罢知亳州、成都等地。谥文简。

东府：宋代以中书门下省掌管政务，称"东府"。
西山八国：唐人韦皋曾为剑南西川节度使，震服蛮部，有八国酋长因韦皋请入朝觐见唐帝。时冯京知成都，故苏轼用此典称之。
花溪：成都浣花溪，为西蜀游赏盛地。
药市：蜀中七月有药市，其药物品种甚众，凡三月而罢。
当垆人：卓文君曾当垆卖酒，后以之代指蜀中佳人。
子渊新曲：王褒，字子渊，西汉蜀郡人。益州刺史王襄曾令王褒作诗，选好事者令依《鹿鸣》之声，习而歌之，大受汉宣帝赏识。

水调歌头

丙辰中秋，欢饮达旦，大醉。作此篇，兼怀子由。

明月几时有？把酒问青天。

不知天上宫阙，今夕是何年。

我欲乘风归去，惟恐琼楼玉宇，高处不胜寒。

起舞弄清影，何似在人间。

转朱阁，低绮户，照无眠。

不应有恨，何事长向别时圆。

人有悲欢离合，月有阴晴圆缺，此事古难全。

但愿人长久，千里共婵娟。

画堂春

寄子由

柳花飞处麦摇波。

晚湖净，鉴新磨。

小舟飞棹去如梭。齐唱采菱歌。

平野水云溶漾，小楼风日晴和。

济南何在暮云多。归去奈愁何。

济南：今山东济南，北宋时属齐州。熙宁六年（1073），苏辙任齐州掌
书记，本年十月任满还京。

江城子

前瞻马耳九仙山。

碧连天。晚云闲。

城上高台，真个是超然。

莫使匆匆云雨散，今夜里，月婵娟。

小溪鸥鹭静联拳。

去翩翩。点轻烟。

人事凄凉，回首便他年。

莫忘使君歌笑处，垂柳下，矮槐前。

马耳九仙山：马耳山、九仙山，分别在密州诸城县西南六十里、九十里处。

联拳：屈曲之貌。

又

东武雪中送客

相从不觉又初寒。

对尊前。惜流年。

风紧离亭，冰结泪珠圆。

雪意留君君不住，从此去，少清欢。

转头山上转头看。

路漫漫。玉花翻。

云海光宽，何处是超然？

知道故人相念否，携翠袖，倚朱阑。

转头山：在密州诸城县南四十里处。

1077

宋神宗 熙宁十年

本年苏轼四十二岁，年初密州知州任满归京。
四月后赴徐州知州任。

阳关曲

答李公择

济南春好雪初晴。才到龙山马足轻。

使君莫忘雪溪女，还作《阳关》肠断声。

蝶恋花

暮春别李公择

簌簌无风花自堕。

寂寞园林，柳老樱桃过。

落日有情还照坐。山青一点横云破。

路尽河回人转舵。

系缆渔村，月暗孤灯火。

凭仗飞魂招楚些。我思君处君思我。

雪（zhá）溪：在湖州城南。李公择由湖州知州改任齐州知州，故苏轼有此语。

楚些（suò）：《楚辞·招魂》句尾用"些"字为语助词，故后人多以"楚些"言招魂曲。

殢人娇

小王都尉席上赠侍人

满院桃花，尽是刘郎未见。

于中更、一枝纤软。

仙家日月，笑人间春晚。

浓睡起，惊飞乱红千片。

密意难传，羞容易变。

平白地、为伊肠断。

问君终日，怎安排心眼。

须信道，司空自来见惯。

小王都尉指王诜（shēn），字晋卿，北宋著名画家，苏轼好友。神宗熙宁二年（1069）娶英宗女蜀国大长公主，拜左卫将军、驸马都尉。

司空：李绅为司空公，慕刘禹锡才名，邀至第中，厚设饮馔。酒酣，命妙妓歌以送之。刘于座上赋诗曰："鬟鬓梳头宫样妆，春风一曲《杜韦娘》。司空见惯浑闲事，断尽江南刺史肠。"李因以妓赠之。

浣溪沙

傅粉郎君又粉奴。莫教施粉与施朱。

自然冰玉照香酥。

有客能为神女赋，凭君送与雪儿书。

梦魂东去觅桑榆。

傅粉郎君：代指美少年。

雪儿书：隋末李密爱姬名雪儿，能歌舞。密每见宾僚文章有奇丽者，即付雪儿叶音律歌之。

桑榆：代指隐居田园。

洞仙歌

江南腊尽，早梅花开后。

分付新春与垂柳。

细腰肢、自有入格风流，仍更是、骨体清英雅秀。

永丰坊那畔，尽日无人，谁见金丝弄晴昼。

断肠是，飞絮时，绿叶成阴，无个事、一成消瘦。

又莫是、东风逐君来，便吹散眉间，一点春皱。

永丰坊：唐代洛阳地名，白居易曾赋《杨柳枝词》赞其中垂柳，盛传于京师，词云："一树春风千万枝，嫩于金色软于丝。永丰西角荒园里，尽日无人属阿谁。"

菩萨蛮

城隅静女何人见。先生日夜歌彤管。

谁识蔡姬贤。江南顾彦先。

先生那久困。汤沐须名郡。

惟有谢夫人。从来是拟伦。

阳关曲

中秋作

暮云收尽溢清寒。银汉无声转玉盘。

此生此夜不长好，明月明年何处看。

"城隅"二句：《诗经·邶风·静女》："静女其姝，俟我于城隅。爱而
不见，搔首踟蹰。静女其娈，贻我彤管。彤管有炜，说怿女美。"
蔡姬：蔡文姬。
顾彦先：顾荣，字彦先，苏州人。与陆机、陆云兄弟号"三俊"。晋元帝
司马睿立东晋，顾荣多举荐吴中才士入朝。
汤沐：封地。
谢夫人：谢道韫，谢安侄女。
拟伦：比拟。

水调歌头

余去岁在东武,作《水调歌头》以寄子由。今年,子由相从彭门百余日,过中秋而去,作此曲以别余。以其语过悲,乃为和之,其意以不早退为戒,以退而相从之乐为慰云。

安石在东海,从事鬓惊秋。

中年亲友难别,丝竹缓离愁。

一旦功成名遂,准拟东还海道,扶病入西州。

雅志困轩冕,遗恨寄沧洲。

岁云暮,须早计,要褐裘。

故乡归去千里,佳处辄迟留。

我醉歌时君和,醉倒须君扶我,惟酒可忘忧。

一任刘玄德,相对卧高楼。

本年二月,苏轼改知徐州,苏辙自京师来迎,至澶州、濮州间相会。同赴京师途中接到知徐州之命。四月,二苏沿汴河东下,赴徐州,并于徐州共度中秋,此前二人已有七年未见。彭门即徐州,徐州上古时为大彭氏国。

安石:谢安,字安石,东晋名士,少有重名。栖迟东土,放情丘壑。始有仕进之志时,年已四十余。他曾对王羲之云:"中年以来,伤于哀乐。与亲友别,辄作数日恶。"王羲之曰:"年在桑榆,自然至此。顷正赖丝竹陶写。恒恐儿辈觉,损其欢乐之趣。"后谢安官至宰相,仍有东山之志。出镇新城,造泛海之装,欲归隐东州。雅志未就,病笃。晋帝诏遣慰劳,遂还都。谢安将从西州门入京,曰:"吾病殆不起乎!"

卧高楼:许汜对刘备(字玄德)说自己拜访陈登,陈登却自上大床睡觉,让许汜睡下床。刘备称许汜身为名士,应积极救世,却只顾求田问舍,行为如小人,若自己是陈登,当高卧百尺楼上,让许汜睡在地上。

浣溪沙

赠闾丘朝议，时还徐州。

一别姑苏已四年。秋风南浦送归船。
画帘重见水中仙。

双鬓不须催我老，杏丹依旧驻君颜。
夜阑相对梦魂间。

又

缥缈红妆照浅溪。薄云疏雨不成泥。
送君何处古台西。

废沼夜来秋水满，茂林深处晚莺啼。
行人肠断草凄迷。

闾丘孝终，字公显，苏州人，官朝议大夫，晚年挂冠归苏。

水中仙：水中仙子，代指歌女。
杏丹：方士以杏仁为主要原料所制的成药，传说食之能令人颜色美好。

1078

宋神宗 元丰元年

本年苏轼四十三岁，在徐州知州任上。

临江仙

送李公恕

自古相从休务日，何妨低唱微吟。

天垂云重作春阴。

坐中人半醉，帘外雪将深。

闻道分司狂御史，紫云无路追寻。

凄风寒雨更骎骎。

问囚长损气，见鹤忽惊心。

浣溪沙

徐门石潭谢雨，道上作五首。潭在城东二十里，常与泗水增减、清浊相应。

照日深红暖见鱼。连溪绿暗晚藏乌。
黄童白叟聚睢盱。

麋鹿逢人虽未惯，猿猱闻鼓不须呼。
归家说与采桑姑。

谢雨，指求雨得雨之后的还愿祭祀。

睢盱（huī xū）：喜悦之貌。
猿猱（náo）：猿猴。

又

旋抹红妆看使君。三三五五棘篱门。
相排踏破茜罗裙。

老幼扶携收麦社。乌鸢翔舞赛神村。
道逢醉叟卧黄昏。

又

麻叶层层檾叶光。谁家煮茧一村香。
隔篱娇语络丝娘。

垂白杖藜抬醉眼，捋青捣䴬软饥肠。
问言豆叶几时黄。

收麦社：代指麦收季节的祭祀活动。
赛神村：举行祭祀神灵活动的村庄。

檾（qǐng）：同"苘"，草本植物，茎皮可制麻绩布。
杖藜（lí）：本指拐杖，此处代指老者。
捋青捣䴬（chǎo）：将尚青的小麦制成干粮。䴬，米麦炒熟后磨粉制成的
干粮。

又

簌簌衣巾落枣花。村南村北响缲车。
牛衣古柳卖黄瓜。

酒困路长惟欲睡，日高人渴漫思茶。
敲门试问野人家。

又

软草平莎过雨新。轻沙走马路无尘。
何时收拾耦耕身。

日暖桑麻光似泼，风来蒿艾气如薰。
使君元是此中人。

缲（sāo）车：抽茧出丝的工具。
牛衣：粗麻制成的衣服。

耦（ǒu）耕：二人并耕。后泛指农事或务农。

又

徐州藏春阁园中

惭愧今年二麦丰。千歧细浪舞晴空。
化工馀力染夭红。

归去山公应倒载，阑街拍手笑儿童。
甚时名作锦薰笼。

二麦：大麦与小麦。
千歧：犹言千畦，泛指广袤田野。
倒载：用西晋名士山简酩酊大醉、倒载而归之事。
阑街：街边。
锦薰笼：瑞香花之别名。

又

彭门送梁左藏

怪见眉间一点黄。诏书催发羽书忙。
从教娇泪洗红妆。

上殿云霄生羽翼，论兵齿颊带风霜。
归来衫袖有天香。

梁交，字仲通，时任左藏库使。

眉间一点黄：眉间喜色。
从教：任凭。
天香：宫中焚烧的香烟。

永遇乐

彭城夜宿燕子楼，梦盼盼，因此作词

明月如霜，好风如水，清景无限。

曲港跳鱼，圆荷泻露，寂寞无人见。

紞如三鼓，铿然一叶，黯黯梦云惊断。

夜茫茫、重寻无处，觉来小园行遍。

天涯倦客，山中归路，望断故园心眼。

燕子楼空，佳人何在，空锁楼中燕。

古今如梦，何曾梦觉，但有旧欢新怨。

异时对、黄楼夜景，为余浩叹。

燕子楼为徐州名楼。白居易《燕子楼》诗序云，此为唐贞元时尚书张建封之爱妾关盼盼居所。张建封死后，盼盼念旧不嫁，独居此楼十余年。据现代学者考证，关盼盼当为张建封之子张愔的爱妾。

紞（dǎn）：击鼓声。
黄楼：苏轼知徐州时，遇黄河决堤，苏轼带领徐州军民艰苦抗灾，终使徐州免遭洪难。洪水退去后，苏轼上奏朝廷增筑徐州城墙，于东门上建一大楼，涂以黄土，以镇水患，名之为黄楼。

南乡子

和杨元素

凉簟碧纱厨。一枕清风昼睡馀。

睡听晚衙无个事，徐徐。读尽床头几卷书。

搔首赋归欤。自觉功名懒更疏。

若问使君才与气，何如。占得人间一味愚。

阳关曲

赠张继愿

受降城下紫髯郎。戏马台南旧战场。

恨君不取契丹首，金甲牙旗归故乡。

凉簟（diàn）：凉席。

碧纱厨：一种帐幔，以木为架，蒙以绿纱，夏令张之，以避蚊蝇。

晚衙：古时官署长官一日早晚两次坐衙治事，傍晚坐衙称晚衙。

戏马台：项羽所筑高台，以观戏马、演武、练兵。东晋末，刘裕北伐奏捷，班师路经彭城，恰逢重阳佳节，于戏马台大宴群僚，以壮军威。

千秋岁

徐州重阳作

浅霜侵绿。发少仍新沐。

冠直缝，巾横幅。

美人怜我老，玉手簪金菊。

秋露重，真珠落袖沾馀馥。

坐上人如玉。花映花奴肉。

蜂蝶乱，飞相逐。

明年人纵健，此会应难复。

须细看，晚来明月和银烛。

"冠直缝"二句：直缝冠、横幅头巾皆秦汉冠巾形制，此指尚古风雅
之事。

花奴：唐玄宗之侄汝阳王李琎，小字花奴，善羯鼓，美容颜，玄宗赞其
"资质明莹，肌发光细，非人间人，必神仙谪堕也"。

1079

宋神宗 元丰二年

本年苏轼四十四岁，三月自徐州改知湖州。

四月到任，旋遭乌台诗案，于七月被押解入京。

本年末案件审理结束，

苏轼责授检校水部员外郎，充黄州团练副使，本州安置。

江城子

别徐州

天涯流落思无穷。

既相逢。却匆匆。

携手佳人，和泪折残红。

为问东风馀几许，春纵在，与谁同。

隋堤三月水溶溶。

背归鸿。去吴中。

回首彭城，清泗与淮通。

欲寄相思千点泪，流不到，楚江东。

隋堤：汴河两岸的堤坝，隋炀帝大业年间修筑，故名隋堤。

减字木兰花

彭门留别

玉觞无味。中有佳人千点泪。
学道忘忧。一念还成不自由。

如今未见。归去东园花似霰。
一语相开。匹似当初本不来。

西江月

平山堂

三过平山堂下，半生弹指声中。
十年不见老仙翁。壁上龙蛇飞动。

欲吊文章太守，仍歌杨柳春风。
休言万事转头空。未转头时是梦。

平山堂为欧阳修知扬州时所建，颇得观览之胜。苏轼作此词时，欧阳修已去世。

老仙翁：代指欧阳修。
龙蛇飞动：喻指平山堂墙壁上的欧阳修墨迹。
杨柳春风：代指欧阳修在扬州填写的歌词。

南歌子

湖州作

山雨萧萧过，溪风浏浏清。

小园幽榭枕蘋汀。门外月华如水、彩舟横。

苕岸霜花尽，江湖雪阵平。

两山遥指海门青。回首水云何处、觅孤城。

渔家傲

七夕

皎皎牵牛河汉女。盈盈临水无由语。

望断碧云空日暮。

无寻处。梦回芳草生春浦。

鸟散馀花纷似雨，汀洲蘋老香风度。

明月多情来照户。

但揽取。清光长送人归去。

苕（tiáo）岸：湖州苕溪，因两岸多生芦苇，故名。
海门：钱塘江入海处，两岸有青山对起。

1080

宋神宗 元丰三年

本年苏轼四十五岁。

二月至黄州，寓居定慧院，后迁临皋亭。

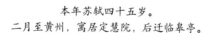

临江仙

龙丘子自洛之蜀，载二侍女，戎装骏马，至溪山佳处辄留数日，见者以为异人。其后十年，筑室黄冈之北，号曰静安居士，作此词赠之。

细马远驮双侍女，青巾玉带红靴。

溪山好处便为家。

谁知巴峡路，却见洛城花。

面旋落英飞玉蕊，人间春日初斜。

十年不见紫云车。

龙丘新洞府，铅鼎养丹砂。

龙丘子即陈慥，字季常。父陈希亮，字公弼，先人自京兆迁于眉州。苏轼初授凤翔府签判，陈希亮恰知凤翔，相从二年，与陈慥结识。陈慥后隐居于黄州，苏轼谪黄州时与之往来频繁，为作《方山子传》。

巴峡路：代指眉州故乡。
洛城花：洛阳牡丹，天下独绝。陈希亮晚年携其家居洛阳。
紫云车：传说中西王母所乘之车。言陈慥早已修道。

卜算子

缺月挂疏桐，漏断人初静。

谁见幽人独往来，缥缈孤鸿影。

惊起却回头，有恨无人省。

拣尽寒枝不肯栖，寂寞沙洲冷。

南歌子

寸恨谁云短，绵绵岂易裁。

半年眉绿未曾开。明月好风闲处、是人猜。

春雨消残冻，温风到冷灰。

尊前一曲为谁回。留取曲终一拍、待君来。

定慧院在黄州城北，苏轼方至黄州时所暂居，故此词当作于元丰三年，为苏轼初谪黄州时之心迹反映。

冷灰：烛芯的灰烬。

菩萨蛮

七夕，黄州朝天门上二首

画檐初挂弯弯月。孤光未满先忧缺。

遥认玉帘钩。天孙梳洗楼。

佳人言语好。不愿求新巧。

此恨固应知。愿人无别离。

又

风回仙驭云开扇。更阑月堕星河转。

枕上梦魂惊。晓来疏雨零。

相逢虽草草。长共天难老。

终不羡人间。人间日似年。

天孙：指织女。

回仙驭：太阳神又驾车回来了。言天将破晓，云散日出。
疏雨零：世俗认为牛郎织女相会之夕，必有微雨，即为牛女相会之征兆。

1081

宋神宗 元丰四年

本年苏轼四十六岁。

五月，友人马正卿助苏轼请得故营地数十亩，遂躬耕其中，
依白居易故事命名为东坡，自号东坡居士。

南乡子

晚景落琼杯。照眼云山翠作堆。

认得岷峨春雪浪，初来。万顷蒲萄涨渌醅。

春雨暗阳台。乱洒高楼湿粉腮。

一阵东风来卷地，吹回。落照江天一半开。

晚景：夕阳之光影。

照眼：耀眼。

岷峨：四川岷山与峨眉山，借指苏轼故乡眉山。

春雪浪：岷山、峨眉峰峦高峻，上极寒冷，冬春积雪，入夏始融，流入岷江，故云春雪浪。

蒲萄涨渌醅：以葡萄酒喻春水之澄澈碧绿，语本李白《襄阳歌》："遥看汉水鸭头绿，恰似葡萄初酦醅。"

满江红

寄鄂州朱使君寿昌

江汉西来，高楼下、蒲萄深碧。

犹自带、岷峨雪浪，锦江春色。

君是南山遗爱守，我为剑外思归客。

对此间、风物岂无情，殷勤说。

《江表传》，君休读。

狂处士，真堪惜。

空洲对鹦鹉，苇花萧瑟。

独笑书生争底事，曹公黄祖俱飘忽。

愿使君、还赋谪仙诗，追黄鹤。

朱寿昌，字康叔，扬州天长（今属安徽）人。本年朱寿昌知鄂州（今属湖北武汉）。

《江表传》：晋人虞溥所著史书，记述汉末三国时江左东吴之人事。

狂处士：汉末名士祢衡，才学甚高而行为狂放，曾触犯曹操，曹操顾忌其才名而未杀。后为江夏太守黄祖所杀。

鹦鹉：祢衡被黄祖所杀后，埋于沙洲之上。祢衡曾作《鹦鹉赋》，后人因号此洲为鹦鹉洲。

"愿使君"二句：谪仙指李白。传说李白登黄鹤楼，欲赋诗，然自忖不敌崔颢，惟言"眼前有景道不得，崔颢题诗在上头"。后李白游金陵，作《登金陵凤凰台》，欲以之与崔颢《黄鹤楼》一诗争高下。

水龙吟

次韵章质夫杨花词

似花还似非花，也无人惜从教坠。

抛家傍路，思量却是，无情有思。

萦损柔肠，困酣娇眼，欲开还闭。

梦随风万里，寻郎去处，又还被、莺呼起。

不恨此花飞尽，恨西园、落红难缀。

晓来雨过，遗踪何在，一池萍碎。

春色三分，二分尘土，一分流水。

细看来，不是杨花点点，是离人泪。

章楶，字质夫，建州浦城（今福建浦城）人。苏轼同僚兼好友，二人常有诗词酬唱。本年章楶任荆湖北路提点刑狱，作咏絮词寄苏轼，苏轼和之。

从教坠：任凭飘落。
有思：有情。
莺呼起：金昌绪《春怨》："打起黄莺儿，莫教枝上啼。啼时惊妾梦，不得到辽西。"诗写少妇思夫，此用其意。
难缀：难以收拾。
一池萍碎：苏轼自注："杨花落水为浮萍，验之信然。"

少年游

端午赠黄守徐君猷

银塘朱槛曲尘波。圆绿卷新荷。

兰条荐浴，菖花酿酒，天气尚清和。

好将沉醉酬佳节，十分酒、一分歌。

狱草烟深，讼庭人悄，无讼宴游过。

徐大受，字君猷，东海人，苏轼谪黄州时，徐大受为黄州知州，厚礼之。

曲（qū）尘波：倒映为淡黄色的水波。

兰条荐浴：旧俗端午日洗兰汤浴。

菖花酿酒：旧俗端午日以菖蒲泛酒，以辟瘟气。

"狱草"二句：句意为黄州狱中长草，公堂上无人前来诉状。以此称赞徐君猷治州有方。

瑶池燕

闺怨，寄陈季常。

飞花成阵。春心困。

寸寸。别肠多少愁闷。

无人问。偷啼自揾。残妆粉。

抱瑶琴、寻出新韵。玉纤趁。

《南风》来解幽愠。

低云鬟。眉峰敛晕。娇和恨。

揾（wèn）：拭。

《南风》：舜作五弦琴，以歌《南风》诗，后即以代指琴曲。

愠（yùn）：怨恨。

蝶恋花

送潘大临

别酒劝君君一醉。

清润潘郎，又是何郎婿。

记取钗头新利市。莫将分付东邻子。

回首长安佳丽地。

三十年前，我是风流帅。

为向青楼寻旧事。花枝缺处馀名字。

潘大临，字邠老，原籍福建，后家黄州。尝举于有司，然无知其才者。
此词为苏轼送潘大临赴省试而作。一说为元丰元年（1078）苏轼于徐州
送郑彦能赴任北京户曹作。

潘郎：西晋潘岳，美容仪。

何郎：曹魏名士何晏，美容仪，面纯白。魏明帝疑其傅粉，夏日与之汤
饼，何晏汗出，以衣拭面，色转皎然。

东邻子：宋玉《登徒子好色赋》言其东邻女子，登墙窥己三年。

南乡子

重九涵辉楼呈徐君猷

霜降水痕收。浅碧鳞鳞露远洲。

酒力渐消风力软，飕飕。破帽多情却恋头。

佳节若为酬。但把清尊断送秋。

万事到头都是梦，休休。明日黄花蝶也愁。

破帽：东晋名士孟嘉九月九日赴桓温宴会，风吹落其帽而不觉。

江城子

大雪，有怀朱康叔使君，亦知使君之念我也，作此以寄之。

黄昏犹是雨纤纤。

晓开帘。欲平檐。

江阔天低，无处认青帘。

孤坐冻吟谁伴我，揩病目，捻衰髯。

使君留客醉厌厌。

水晶盐。为谁甜。

手把梅花，东望忆陶潜。

雪似故人人似雪，虽可爱，有人嫌。

青帘：代指酒家。
水晶盐：喻指雪。
甜：泛称味美。
东望忆陶潜：黄州在武昌之东，故此处苏轼以陶潜自比，想象朱寿昌亦
在思念自己。

菩萨蛮

回文四时闺怨

翠鬟斜幔云垂耳。耳垂云幔斜鬟翠。

春晚睡昏昏。昏昏睡晚春。

细花梨雪坠。坠雪梨花细。

颦浅念谁人。人谁念浅颦。

又

柳庭风静人眠昼。昼眠人静风庭柳。

香汗薄衫凉。凉衫薄汗香。

手红冰碗藕。藕碗冰红手。

郎笑藕丝长。长丝藕笑郎。

云：喻指佳人的长发。

又

井桐双照新妆冷。冷妆新照双桐井。
羞对井花愁。愁花井对羞。

影孤怜夜永。永夜怜孤影。
楼上不宜秋。秋宜不上楼。

又

雪花飞暖融香颊。颊香融暖飞花雪。
欺雪任单衣。衣单任雪欺。

别时梅子结。结子梅时别。
归不恨开迟。迟开恨不归。

井花：井水。

1082

宋神宗 元丰五年

本年苏轼四十七岁，在黄州。

少年游

黄之侨人郭氏，每岁正月迎紫姑神，以箕为腹，箸为口，画灰盘中，为诗敏捷，立成。余往观之，神请余作《少年游》，乃以此戏之。

玉肌铅粉傲秋霜。准拟凤呼凰。

伶伦不见，清香未吐，且糠粃吹扬。

到处成双君独只，空无数、烂文章。

一点香檀，谁能借箸，无复似张良。

相传紫姑神生前为大户人家小妾，为正妻所嫉，每以秽事相使，遂于某年正月十五日感愤而死。故世人以其日作其形，夜于厕间迎之。

伶伦：乐人或戏曲演员的代称。

糠粃（kāng bǐ）：谷皮和劣谷。

借箸：楚汉相争时，郦食其劝刘邦分封六国后人，刘邦向张良咨询此事，张良求借所食之箸为刘邦比画，力阻此议。后以"借箸"指为人谋划。

水龙吟

间丘大夫孝终公显，尝守黄州，作栖霞楼，为郡中绝胜。元丰五年，余谪居黄。正月十七日，梦扁舟渡江，中流回望，楼中歌乐杂作。舟中人言："公显方会客也。"觉而异之，乃作此曲，盖越调《鼓笛慢》。公显时已致仕，在苏州。

小舟横截春江，卧看翠壁红楼起。

云间笑语，使君高会，佳人半醉。

危柱哀弦，艳歌馀响，绕云萦水。

念故人老大，风流未减，独回首、烟波里。

推枕惘然不见，但空江、月明千里。

五湖闻道，扁舟归去，仍携西子。

云梦南州，武昌东岸，昔游应记。

料多情梦里，端来见我，也参差是。

小序中所云栖霞楼在黄州最高处，为江淮绝境。《鼓笛慢》即《水龙吟》别名。

端来：特地而来。

104

水调歌头

欧阳文忠公尝问余："琴诗何者最善？"答以退之《听颖师琴》诗。公曰："此诗固奇丽，然非听琴，乃听琵琶诗也。"余深然之。建安章质夫家善琵琶者，乞为歌词。余久不作，特取退之词，稍加隐括，使就声律，以遗之云。

昵昵儿女语，灯火夜微明。

恩怨尔汝来去，弹指泪和声。

忽变轩昂勇士，一鼓填然作气，千里不留行。

回首暮云远，飞絮搅青冥。

众禽里，真彩凤，独不鸣。

跻攀寸步千险，一落百寻轻。

烦子指间风雨。置我肠中冰炭，起坐不能平。

推手从归去，无泪与君倾。

韩愈（768—824），字退之，河南河阳（今河南孟州）人，自称"郡望昌黎"，世称"韩昌黎""昌黎先生"。中唐文学家，古文写作开中唐以降的风气之先，苏轼称其文章"文起八代之衰"。

恩怨尔汝：彼此亲昵恩爱。
填然：拟声词，拟鼓音之声。
肠中冰炭：喻指听曲时内心汹涌澎湃，情绪变化异常激烈。

江城子

陶渊明以正月五日游斜川，临流班坐，顾瞻南阜，爱曾城之独秀，乃作《斜川诗》，至今使人想见其处。元丰壬戌之春，余躬耕于东坡，筑雪堂居之。南挹四望亭之后丘，西控北山之微泉，慨然而叹，此亦斜川之游也。乃作长短句，以《江城子》歌之。

梦中了了醉中醒。

只渊明。是前生。

走遍人间，依旧却躬耕。

昨夜东坡春雨足，乌鹊喜，报新晴。

雪堂西畔暗泉鸣。

北山倾。小溪横。

南望亭丘，孤秀耸曾城。

都是斜川当日境，吾老矣，寄馀龄。

陶潜《游斜川诗序》："辛酉正月五日，天气澄和，风物闲美。与二三邻曲，同游斜川。临长流，望曾城。鲂鲤跃鳞于将夕，水鸥乘和以翻飞。彼南阜者，名实旧矣，不复为为嗟叹。若夫曾城，傍无依接，独秀中皋。遥想灵山，有爱嘉名。欣对不足，率尔赋诗。悲日月之既往，悼吾年之不留。各疏年纪乡里，以记其时日。"雪堂：苏轼得黄州城东废圃躬耕，效白居易故事命名为东坡。于其上筑一堂，以大雪中为之，故绘雪景于四壁之上，号曰雪堂。

定风波

三月七日，沙湖道中遇雨。雨具先去，同行皆狼狈，余不觉。已而遂晴，故作。

莫听穿林打叶声。何妨吟啸且徐行。

竹杖芒鞋轻胜马。谁怕？一蓑烟雨任平生。

料峭春风吹酒醒。微冷。山头斜照却相迎。

回首向来萧瑟处。归去。也无风雨也无晴。

一蓑烟雨：一副蓑衣能够抵御的雨量。

向来：之前。

南歌子

送行甫赴余姚

日出西山雨，无晴又有晴。

乱山深处过清明。不见彩绳花板、细腰轻。

尽日行桑野，无人与目成。

且将新句琢琼英。我是世间闲客、此闲行。

又

雨暗初疑夜，风回便报晴。

淡云斜照著山明。细草软沙溪路、马蹄轻。

卯酒醒还困，仙村梦不成。

蓝桥何处觅云英。只有多情流水、伴人行。

彩绳花板：代指秋千。古时风俗，女子于清明前后以秋千为戏。

卯酒：早晨喝的酒。

云英：传说唐代秀才裴航途经蓝桥驿，遇女子云英，纳厚币迎娶之。

又

带酒冲山雨，和衣睡晚晴。

不知钟鼓报天明。梦里栩然胡蝶、一身轻。

老去才都尽，归来计未成。

求田问舍笑豪英。自爱湖边沙路、免泥行。

胡蝶：庄周梦中化蝶。醒后不知是庄周梦为胡蝶，或是胡蝶梦为庄周。

浣溪沙

游蕲水清泉寺。寺临兰溪，溪水西流。

山下兰芽短浸溪。松间沙路净无泥。
萧萧暮雨子规啼。

谁道人生无再少？门前流水尚能西。
休将白发唱黄鸡。

蕲（qí）水，县名，今湖北浠水。

子规：杜鹃鸟。

"休将"句：白居易《醉歌示妓人商玲珑》诗云："谁道使君不解歌，听唱黄鸡与白日。黄鸡催晓丑时鸣，白日催年酉前没。腰间红绶系未稳，镜里朱颜看已失。"言人生就是在黄鸡的叫声、白日的流动中一天天变老的。苏轼于此反其意而用之，既然寺前溪水也能西流，人生未尝不会返老还童，故不必因为年老而悲伤慨叹。

又

玄真子《渔父词》极清丽，恨其曲度不传，故加数语，
令以《浣溪沙》歌之。

西塞山边白鹭飞。散花洲外片帆微。
桃花流水鳜鱼肥。

自庇一身青箬笠，相随到处绿蓑衣。
斜风细雨不须归。

唐代诗人张志和（732—774），字子同，号玄真子。曾作《渔父》："西塞
山边白鹭飞。桃花流水鳜鱼肥。青箬笠，绿蓑衣。斜风细雨不须归。"

渔父

渔父饮，谁家去。

鱼蟹一时分付。

酒无多少醉为期，彼此不论钱数。

又

渔父醉，蓑衣舞。

醉里却寻归路。

轻舟短棹任横斜，醒后不知何处。

又

渔父醒，春江午。

梦断落花飞絮。

酒醒还醉醉还醒，一笑人间今古。

又

渔父笑，轻鸥举。

漠漠一江风雨。

江边骑马是官人，借我孤舟南渡。

西江月

顷在黄州，春夜行蕲水中，过酒家，饮酒醉。乘月至一溪桥上，解鞍，曲肱醉卧少休。及觉，已晓。乱山攒拥，流水锵然，疑非尘世也。书此语桥柱上。

照野弥弥浅浪，横空隐隐层霄。

障泥未解玉骢骄。我欲醉眠芳草。

可惜一溪风月，莫教踏碎琼瑶。

解鞍欹枕绿杨桥。杜宇一声春晓。

弥弥（mǐ）：水流盛满貌。

障泥：垂于马腹两侧，用于遮挡尘土的佩具。

琼瑶：喻指水中月影。

欹（qī）：倚靠。小序中"曲肱"形容弯着胳膊作枕头。

114

满江红

董毅夫名钺，自梓漕得罪，罢官东川。归鄱阳，过东坡于齐安。怪其丰暇自得。余问之，曰："吾再娶柳氏，三日而去官。吾固不戚戚，而忧柳氏不能忘怀于进退也。已而欣然，同忧患若处富贵，吾是以益安焉。"命其侍儿歌其所作《满江红》。嗟叹之不足，乃次其韵。

忧喜相寻，风雨过、一江春绿。

巫峡梦、至今空有，乱山屏簇。

何似伯鸾携德耀，箪瓢未足清欢足。

渐粲然、光彩照阶庭，生兰玉。

幽梦里，传心曲。

肠断处，凭他续。

文君婿知否，笑君卑辱。

君不见《周南》歌《汉广》，天教夫子休乔木。

便相将、左手抱琴书，云间宿。

"何似"句：东汉隐士梁鸿，字伯鸾，邻里势家多欲以女嫁之，皆不受。后娶同县孟氏女，共隐山中，举案齐眉，梁鸿为妻取名孟光，字德曜。

箪瓢（dān piáo）未足：生活清苦。

"渐粲（càn）然"句：谢安尝戒约子侄，因曰："子弟亦何豫人事，而正欲使其佳？"诸人莫有言者。谢玄答曰："譬如芝兰玉树，欲使其生于庭阶耳。"谢安大悦。后以芝兰玉树喻指优秀子弟。

哨遍

陶渊明赋《归去来》，有其词而无其声。余既治东坡，筑雪堂于上，人俱笑其陋。独鄱阳董毅夫过而悦之，有卜邻之意。乃取《归去来》词，稍加隐括，使就声律，以遗毅夫。使家僮歌之，时相从于东坡，释耒而和之，扣牛角而为之节，不亦乐乎。

为米折腰，因酒弃家，口体交相累。

归去来，谁不遣君归。

觉从前皆非今是。

露未晞。征夫指余归路，门前笑语喧童稚。

嗟旧菊都荒，新松暗老，吾年今已如此。

但小窗容膝闭柴扉。策杖看孤云暮鸿飞。

云出无心，鸟倦知还，本非有意。

噫。归去来兮。我今忘我兼忘世。

亲戚无浪语，琴书中有真味。

步翠麓崎岖，泛溪窈窕，涓涓暗谷流春水。

陶潜有《归去来兮辞》，此词即以《哨遍》词调暗含《归去来兮辞》全文。隐（yǐn）括，就原有文章加以裁剪改写。

为米折腰：指陶渊明不为五斗米折腰事。

晞（xī）：干。

116

观草木欣荣，幽人自感，吾生行且休矣。

念寓形宇内复几时。不自觉皇皇欲何之。

委吾心、去留谁计。

神仙知在何处，富贵非吾志。

但知临水登山啸咏，自引壶觞自醉。

此生天命更何疑。且乘流、遇坎还止。

渔家傲

赠曹光州

些小白须何用染。几人得见星星点。

作郡浮光虽似箭。

君莫厌。也应胜我三年贬。

我欲自嗟还不敢。向来三郡宁非忝。

婚嫁事稀年冉冉。

知有渐。千钧重担从头减。

曹光州指曹九章，字演甫，时为光州（今河南光山、潢川）太守，与苏
轼书信往来。其子曹焕为苏辙之婿。

三郡：指密州、徐州、湖州。
忝（tiǎn）：有愧，常作谦辞。
冉冉：形容岁月渐渐流逝。

定风波

元丰五年七月六日，王文甫家饮酿白酒，大醉。集古句作墨竹词。

雨洗娟娟嫩叶光。风吹细细绿筠香。

秀色乱侵书帙晚。帘卷。清阴微过酒尊凉。

人画竹身肥拥肿。何用。先生落笔胜萧郎。

记得小轩岑寂夜。廊下。月和疏影上东墙。

王文甫，名齐愈，蜀人，时居于武昌。

书帙（zhì）：书套，亦可泛指书籍。

萧郎：唐人萧悦，善画竹，举世无伦。

洞仙歌

余七岁时，见眉山老尼，姓朱，忘其名，年九十岁。自言尝随其师入蜀主孟昶宫中。一日大热，蜀主与花蕊夫人夜纳凉摩诃池上，作一词。朱具能记之。今四十年，朱已死久矣，人无知此词者。但记其首两句，暇日寻味，岂《洞仙歌令》乎，乃为足之云。

冰肌玉骨，自清凉无汗。

水殿风来暗香满。

绣帘开、一点明月窥人，人未寝，欹枕钗横鬓乱。

起来携素手，庭户无声，时见疏星渡河汉。

试问夜如何，夜已三更，金波淡、玉绳低转。

但屈指、西风几时来，又不道、流年暗中偷换。

孟昶，五代十国时期的后蜀后主。花蕊夫人，孟昶贵妃，以花不足拟其色，又似花蕊轻翾，故赐号花蕊夫人。

欹：倚靠。

玉绳：星名，可泛指群星。

念奴娇

赤壁怀古

大江东去，浪淘尽、千古风流人物。

故垒西边，人道是，三国周郎赤壁。

乱石崩云，惊涛裂岸，卷起千堆雪。

江山如画，一时多少豪杰。

遥想公瑾当年，小乔初嫁了，雄姿英发。

羽扇纶巾，谈笑间，强虏灰飞烟灭。

故国神游，多情应笑我，早生华发。

人间如梦，一尊还酹江月。

酹（lèi）：把酒洒在地上表示祭奠。

又

中秋

凭高眺远，见长空万里，云无留迹。

桂魄飞来光射处，冷浸一天秋碧。

玉宇琼楼，乘鸾来去，人在清凉国。

江山如画，望中烟树历历。

我醉拍手狂歌，举杯邀月，对影成三客。

起舞徘徊风露下，今夕不知何夕。

便欲乘风，翻然归去，何用骑鹏翼。

水晶宫里，一声吹断横笛。

桂魄：代指月亮。
水晶宫：传说中的月宫。
吹断横笛：后唐庄宗最爱夜月，月夜时即自吹横笛数曲。

122

水龙吟

小沟东接长江，柳堤苇岸连云际。

烟村潇洒，人间一哄，渔樵早市。

永昼端居，寸阴虚度，了成何事。

但丝莼玉藕，珠秔锦鲤，相留恋，又经岁。

因念浮丘旧侣，惯瑶池、羽觞沉醉。

青鸾歌舞，铢衣摇曳，壶中天地。

飘堕人间，步虚声断，露寒风细。

抱素琴，独向银蟾影里，此怀难寄。

一哄：突然产生的哄闹。

永昼端居：漫长的白日里安居无事。

珠秔（jīng）：如珠玉一般的稻米。秔，又作粳。

浮丘：浮丘公，传说中黄帝时代的仙人。

青鸾：传说中的神鸟。

铢衣：仙人所穿的衣服。

壶中天地：道教所谓之仙界。

步虚声：道士诵经之声。

减字木兰花

赠徐君猷三侍人，一妩卿。

娇多媚杀。体柳轻盈千万态。

殢主尤宾。敛黛含颦喜又瞋。

徐君乐饮。笑谑从伊情意恁。

脸嫩肤红。花倚朱阑裹住风。

此三首分别赠徐君猷的三个侍女，一名妩卿，一名胜之，一名庆姬。

娇多媚杀：娇媚得不得了。杀，同煞。

"殢主尤宾"二句：形容侍女向宾主劝酒时纠缠娇嗔之态。瞋，同"嗔"。

伊：指妩卿。

恁（nèn）：如此，这般。

又

胜之

双鬟绿坠。娇眼横波眉黛翠。

妙舞蹁跹。掌上身轻意态妍。

曲穷力困。笑倚人旁香喘喷。

老大逢欢。昏眼犹能仔细看。

又

庆姬

天真雅丽。容态温柔心性慧。

响亮歌喉。遏住行云翠不收。

妙词佳曲。啭出新声能断续。

重客多情。满劝金卮玉手擎。

蹁跹（pián xiān）：形容舞姿曼妙。
掌上身轻：汉成帝皇后赵飞燕体轻，能于掌上起舞。

卮（zhī）：盛酒器。

又

赠君猷家姬

柔和性气。雅称佳名呼懿懿。
解舞能讴。绝妙年中有品流。

眉长眼细。淡淡梳妆新绾髻。
懊恼风情。春著花枝百态生。

又

赠胜之

天然宅院。赛了千千并万万。
说与贤知。表德元来是胜之。

今来十四。海里猴儿奴子是。
要赌休痴。六只骰儿六点儿。

讴（ōu）：歌唱。
绾（wǎn）：盘绕。
懊恼：南朝乐府有《懊恼歌》，咏唱男女情爱相思之苦。

海里猴儿：即言好孩儿，对心上人的爱昵之称。

西江月

送建溪双井茶、谷帘泉与胜之。徐君猷家后房，甚慧丽，自陈叙本贵种也。

龙焙今年绝品，谷帘自古珍泉。

雪芽双井散神仙。苗裔来从北苑。

汤发云腴醹白，盏浮花乳轻圆。

人间谁敢更争妍。斗取红窗粉面。

龙焙：福建建溪龙焙出腊茶，天下奇特。
谷帘：庐山谷帘泉，被陆羽品为泉水第一。
雪芽：洪州双井出产白芽茶，亦绝品。
北苑：即建溪之龙焙茶。此句谓双井白芽乃龙焙的后代。
云腴（yú）：代指上等之茶，盖茶以产于山间云雾处为佳。
醹（yàn）白：呈白色的浓茶汤，为上等之茶色。
花乳：茶汤上漂浮的泡沫，以轻圆状为上佳。

菩萨蛮

赠徐君猷笙妓

碧纱微露纤掺玉。朱唇渐暖参差竹。

越调变新声。龙吟彻骨清。

夜阑残酒醒。惟觉霜袍冷。

不见敛眉人。胭脂觅旧痕。

纤掺玉：喻指美人之手指。

醉翁操

琅琊幽谷，山川奇丽，泉鸣空涧，若中音会。醉翁喜之，把酒临听，辄欣然忘归。既去十余年，而好奇之士沈遵闻之往游，以琴写其声，曰《醉翁操》，节奏疏宕，而音指华畅，知琴者以为绝伦。然有其声而无其辞。翁虽为作歌，而与琴声不合。又依《楚词》作《醉翁引》，好事者亦倚其辞以制曲。虽粗合韵度，而琴声为词所绳约，非天成也。后三十余年，翁既捐馆舍，遵亦没久矣。有庐山玉涧道人崔闲，特妙于琴。恨此曲之无词，乃谱其声，而请于东坡居士以补之云。

琅然。清圜。谁弹。

响空山。无言。惟翁醉中知其天。

月明风露娟娟。人未眠。

荷蒉过山前。曰有心也哉此贤。

醉翁啸咏，声和流泉。

醉翁去后，空有朝吟夜怨。

山有时而童巅。水有时而回川。思翁无岁年。

翁今为飞仙。此意在人间。试听徽外三两弦。

醉翁指欧阳修，欧阳修知滁州时自号醉翁，撰《醉翁亭记》。

荷蒉（kuì）：孔子曾于卫国击磬，有荷蒉而过孔氏之门者，曰："有心哉，击磬乎！"蒉，草编而成的筐，荷蒉即背着草筐的人，代指隐士。

醉蓬莱

余谪居黄州，三见重九，每岁与太守徐君猷会于栖霞楼。今年公将去，乞郡湖南。念此惘然，故作是词。

笑劳生一梦，羁旅三年，又还重九。

华发萧萧，对荒园搔首。

赖有多情，好饮无事，似古人贤守。

岁岁登高，年年落帽，物华依旧。

此会应须烂醉，仍把紫菊红萸，细看重嗅。

摇落霜风，有手栽双柳。

来岁今朝，为我西顾，酹羽觞江口。

会与州人，饮公遗爱，一江醇酎。

好饮无事：楚国陈轸出使秦国，途经大梁，拜见犀首，问其何故好饮，犀首答曰："无事也。"
紫菊红萸：古人重阳节以佩茱萸、饮菊花酒为俗，取其可令人长寿也。
手栽双柳：徐君猷知黄州时曾手植柳树。
羽觞：置鸟羽于酒觞，使客急饮。
醇酎（zhòu）：味厚的美酒。

130

定风波

十月九日，孟亨之置酒秋香亭，有双拒霜独向君猷而
开。坐客喜笑，以为非使君莫可当此花，故作是篇。

两两轻红半晕腮。依依独为使君回。

若道使君无此意。何为。双花不向别人开。

但看低昂烟雨里。不已。劝君休诉十分杯。

更问尊前狂副使。来岁。花开时节与谁来。

孟震，字亨之，东平人。苏轼谪黄州时，孟震为黄州通判。徐大受，字
君猷，东海人，苏轼谪黄州时，徐大受为黄州知州，厚礼之。拒霜，木
芙蓉的异名。

浣溪沙

十二月二日雨后微雪，太守徐君猷携酒见过，坐上作
《浣溪沙》三首。明日酒醒，雪大作，又作二首。

覆块青青麦未苏。江南云叶暗随车。

临皋烟景世间无。

雨脚半收檐断线，雪床初下瓦跳珠。

归来冰颗乱黏须。

又

醉梦昏昏晓未苏。门前辘辘使君车。

扶头一盏怎生无。

废圃寒蔬挑翠羽，小槽春酒滴真珠。

清香细细嚼梅须。

云叶：云朵。
临皋：在黄州城西，苏轼于黄州的安置之所。
雪床：细碎的冰雪粒。

辘辘（lù lù）：车轮转动声。
扶头：指酒。

又

雪里餐毡例姓苏。使君载酒为回车。

天寒酒色转头无。

荐士已闻飞鹗表，报恩应不用蛇珠。

醉中还许揽桓须。

雪里餐毡：苏武出使匈奴，遭囚禁，不得饮食。苏武于大雪中卧食积雪，并毡毛一同吞下，数日不死，匈奴以为神。

鹗表：指推荐人才的表章。

蛇珠：隋侯路遇大蛇伤断，施药相救。后大蛇于夜中衔大珠以报恩。

揽桓须：谢安功名盛极，遭构陷，见疑于晋孝武帝。一日，帝命桓伊奏乐，桓伊抚筝歌云："为君既不易，为臣良独难。忠信事不显，乃有见疑患。"谢安在座，感动泣下，持其须曰："使君于此不凡。"帝面有愧色。

又

半夜银山上积苏。朝来九陌带随车。

涛江烟渚一时无。

空腹有诗衣有结，湿薪如桂米如珠。

冻吟谁伴捻髭须。

又

万顷风涛不记苏。雪晴江上麦千车。

但令人饱我愁无。

翠袖倚风萦柳絮，绛唇得酒烂樱珠。

尊前呵手镊霜须。

积苏：丛生的杂草。

"湿薪"句：言大雪日柴火与米价值不菲，如桂木与珍珠般珍贵。

不记苏：苏轼在苏州有田产，本年被风涛荡尽，故云。

烂樱珠：喻指歌女双唇颜色如熟透的樱桃。

1083

宋神宗　元丰六年

本年苏轼四十八岁，在黄州。

临江仙

夜归临皋

夜饮东坡醒复醉，归来仿佛三更。

家童鼻息已雷鸣。

敲门都不应，倚杖听江声。

长恨此身非我有，何时忘却营营。

夜阑风静縠纹平。

小舟从此逝，江海寄馀生。

营营：劳碌奔波。

縠（hú）纹：绉纱似的纹路。喻水之波纹。

满庭芳

有王长官者，弃官黄州三十三年，黄人谓之王先生。因送陈慥来过余，因为赋此。

三十三年，今谁存者，算只君与长江。

凛然苍桧，霜干苦难双。

闻道司州古县，云溪上、竹坞松窗。

江南岸，不因送子，宁肯过吾邦。

摐摐。疏雨过，风林舞破，烟盖云幢。

愿持此邀君，一饮空缸。

居士先生老矣，真梦里、相对残釭。

歌舞断，行人未起，船鼓已逄逄。

摐摐（chuāng）：撞击之声。

残釭（gāng）：残灯。

逄逄（páng）：拟鼓声之词。

皂罗特髻

采菱拾翠，算似此佳名，阿谁消得。

采菱拾翠，称使君知客。

千金买、采菱拾翠，更罗裙、满把珍珠结。

采菱拾翠，正髻鬟初合。

真个、采菱拾翠，但深怜轻拍。

一双子、采菱拾翠，绣衾下、抱着俱香滑。

采菱拾翠，待到京寻觅。

采菱拾翠：苏轼两婢女，分别名采菱、拾翠。

佳名："采菱"出自宋玉《楚辞·招魂》："涉江采菱，发扬荷些。""拾翠"出自曹植《洛神赋》："或采明珠，或拾翠羽。"

到京寻觅：时采菱、拾翠或已先入京城，并不在苏轼身边。

水调歌头

黄州快哉亭赠张偓佺

落日绣帘卷，亭下水连空。

知君为我，新作窗户湿青红。

长记平山堂上，欹枕江南烟雨，渺渺没孤鸿。

认得醉翁语，山色有无中。

一千顷，都镜净，倒碧峰。

忽然浪起，掀舞一叶白头翁。

堪笑兰台公子，未解庄生天籁，刚道有雌雄。

一点浩然气，千里快哉风。

张怀民，字梦得，一字偓佺，元丰六年谪黄州，居承天寺，于所居附近筑亭，苏轼名之"快哉"。

醉翁语：欧阳修《朝中措》："平山阑槛倚晴空，山色有无中。"

兰台公子：指宋玉，曾侍楚王于兰台之上，有风飒然而至，宋玉为楚王作《风赋》。

庄生天籁：自然界的各种声响。"天籁"一词，出自《庄子·齐物论》。

好事近

黄州送君猷

红粉莫悲啼，俯仰半年离别。
看取雪堂坡下，老农夫凄切。

明年春水漾桃花，柳岸隘舟楫。
从此满城歌吹，看黄州阗咽。

西江月

重阳栖霞楼作

点点楼头细雨。重重江外平湖。
当年戏马会东徐。今日凄凉南浦。

莫恨黄花未吐。且教红粉相扶。
酒阑不必看茱萸。俯仰人间今古。

阗（tián）咽：喧闹之貌。

鹧鸪天

林断山明竹隐墙。乱蝉衰草小池塘。

翻空白鸟时时见,照水红蕖细细香。

村舍外,古城旁。杖藜徐步转斜阳。

殷勤昨夜三更雨,又得浮生一日凉。

十拍子

白酒新开九酝,黄花已过重阳。

身外傥来都似梦,醉里无何即是乡。

东坡日月长。

玉粉旋烹茶乳,金虀新捣橙香。

强染霜髭扶翠袖。莫道狂夫不解狂。

狂夫老更狂。

红蕖(qú):红荷花。
杖藜(lí):拐杖。

九酝(yùn):经过重酿的美酒。
"金虀(jī)"句:将橙子捣碎成虀,以配生鱼片食用。虀,碎末状调味食物。

南歌子

黄州腊八日饮怀民小阁

卫霍元勋后，韦平外族贤。

吹笙只合在缑山。同驾彩鸾归去、趁新年。

烘暖烧香阁，轻寒浴佛天。

他时一醉画堂前。莫忘故人憔悴、老江边。

卫霍：西汉名将卫青、霍去病。

韦平：韦贤、韦玄成父子与平当、平晏父子，是西汉两对官至丞相的父子。

缑（gōu）山：传说仙人王子晋于河南缑氏山得道成仙。

浴佛天：北宋习俗，于腊月初八做浴佛会，并赐腊八粥。

1084

宋神宗 元丰七年

本年苏轼四十九岁。

四月自黄州量移汝州（今属河南），

启程后先由江州（今江西九江）登庐山，

取道高安见苏辙，再行北上，

岁末方至泗州（今安徽泗县附近）。

减字木兰花

琴

神闲意定。万籁收声天地静。
玉指冰弦。未动宫商意已传。

悲风流水。写出寥寥千古意。
归去无眠。一夜馀音在耳边。

满庭芳

元丰七年四月一日，余将去黄移汝，留别雪堂邻里二三君子。会李仲览自江东来别，遂书以遗之。

归去来兮，吾归何处，万里家在岷峨。

百年强半，来日苦无多。

坐见黄州再闰，儿童尽、楚语吴歌。

山中友，鸡豚社酒，相劝老东坡。

云何。当此去，人生底事，来往如梭。

待闲看秋风，洛水清波。

好在堂前细柳，应念我、莫剪柔柯。

仍传语，江南父老，时与晒渔蓑。

李翔，字仲览，湖北兴国（今湖北黄石）人。元丰进士，博学，工吟咏。苏轼谪黄州时，时常来往，建怀坡阁以寓思慕之意。江东，即长江以南。

再闰：在黄州经历了两个闰年。指元丰三年闰九月与元丰六年闰六月。

堂前细柳：苏轼曾于雪堂前手植柳树。

江南父老：黄州在江北，与武昌隔江相望，苏轼常渡江南游。故以此托李仲览传语武昌、鄂州诸父老，待自己他日再游。

阮郎归

绿槐高柳咽新蝉。薰风初入弦。
碧纱窗下水沉烟。棋声惊昼眠。

微雨过，小荷翻。榴花开欲然。
玉盆纤手弄清泉。琼珠碎却圆。

水沉烟：燃烧沉香木而生的香烟。

西江月

姑熟再见胜之，次前韵。

别梦已随流水，泪巾犹裛香泉。

相如依旧是臞仙。人在瑶台阆苑。

花雾萦风缥缈，歌珠滴水清圆。

蛾眉新作十分妍。走马归来便面。

减字木兰花

江南游女，问我何年归得去。

雨细风微，两足如霜挽纻衣。

江亭夜语。喜见京华新样舞。

莲步轻飞。迁客今朝始是归。

姑熟，今安徽当涂县。胜之，徐君猷家侍妾，苏轼曾有词赠之。

裛（yì）：通"浥"，沾湿。

香泉：喻指美人清泪。

"相如"句：司马相如为汉武帝作《大人赋》，以为列仙之儒，居山泽间，形容甚臞。臞（qú），清瘦。

便面：遮面的扇状物。西汉张敞为京兆尹，然无威仪，时罢朝会，过章台街，使御吏驱，自以便面拊马。又为妇画眉，长安盛传张京兆眉妩。

渔家傲

金陵赏心亭送王胜之龙图。王守金陵，视事一日，移南郡。

千古龙蟠并虎踞。从公一吊兴亡处。

渺渺斜风吹细雨。

芳草渡。江南父老留公住。

公驾风车凌彩雾。红鸾骖乘青鸾驭。

却讶此洲名白鹭。

非吾侣。翩然欲下还飞去。

王益柔（1015—1086），字胜之，洛阳（今属河南）人，北宋大臣，本年以龙图阁直学士知江宁府（今江苏南京），至江宁才一日，移守南郡（今湖北荆州）。

"千古"句：诸葛亮曾谓孙权："钟山龙蟠，石城虎踞，帝王之都也。"
风车：传说中可驾风而行的车子。
红鸾、青鸾：传说中的似凤神鸟。
白鹭：金陵西南江中有沙洲名白鹭洲。

水龙吟

露寒烟冷兼葭老，天外征鸿寥唳。

银河秋晚，长门灯悄，一声初至。

应念潇湘，岸遥人静，水多菰米。

□望极平田，徘徊欲下，依前被、风惊起。

须信衡阳万里，有谁家、锦书遥寄。

万重云外，斜行横阵，才疏又缀。

仙掌月明，石头城下，影摇寒水。

念征衣未捣，佳人拂杵，有盈盈泪。

长门：西汉长门宫，幽禁汉武帝陈皇后之地，代指自我贬谪居所。

仙掌：汉武帝为求仙，在建章宫神明台上造仙人铜像，仙人以掌捧铜盘玉杯，以承接天上的仙露，后称承露金人为仙掌。

浣溪沙

学画鸦儿正妙年。阳城下蔡困嫣然。
凭君莫唱短因缘。

雾帐吹笙香嬿嬿，霜庭按舞月娟娟。
曲终红袖落双缠。

又

一梦江湖费五年。归来风物故依然。
相逢一醉是前缘。

迁客不应常眊矂，使君为出小婵娟。
翠鬟聊著小诗缠。

楚守指楚州知州。楚州，今江苏淮安。

画鸦儿：旧时女子在额上涂抹鸦黄。
阳城下蔡：宋玉《登徒子好色赋》言东家之子嫣然一笑，即令阳城、下蔡两县之民皆被迷惑。
短因缘：人生苦短之歌。
双缠：女子双足。

眊矂（mào sào）：因失意而烦恼。

又

倾盖相逢胜白头。故山空复梦松楸。
此心安处是菟裘。

卖剑买牛吾欲老，乞浆得酒更何求。
愿为同社宴春秋。

"倾盖"句：俗语："白头如新，倾盖如故。"指刚结交之人产生一见如故之感。

松楸：松树与楸树，常种植于墓地。

菟裘：自我选定的告老归隐之地。

卖剑买牛：西汉龚遂任渤海太守，见民有带持刀剑者，使卖剑买牛，卖刀买犊，从事生产。此处代指归隐田园。

"愿为"句：指希望与友人结成诗社，共度春秋。

又

炙手无人傍屋头。萧萧晚雨脱梧楸。
谁怜季子敝貂裘。

顾我已无当世望，似君须向古人求。
岁寒松柏肯惊秋。

"炙手"句：指失势落魄之后，就无人再来攀附。

季子：苏秦小字季子，初以连横游说秦王，书十上而说不行，黑貂之裘敝，黄金百斤尽，资用乏绝，去秦而归。

当世望：指出将入相。

古人求：西晋人王衍，字夷甫，幼而俊悟，武帝闻其名，问王戎曰："夷甫当世谁比？"戎曰："未见其比，当从古人中求之。"

菩萨蛮

买田阳羡吾将老。从来不为溪山好。

来往一虚舟。聊从造物游。

有书仍懒著。且漫歌归去。

筋力不辞诗。要须风雨时。

南歌子

见说东园好，能消北客愁。

虽非吾土且登楼。行尽江南南岸、此淹留。

短日明枫缬，清霜暗菊球。

流年回首付东流。凭仗挽回潘鬓、莫教秋。

风雨时：苏轼、苏辙兄弟少时读韦应物诗句"宁知风雨夜，复此对床眠"，恻然感之，约以早退，共此风雨对床的闲适之乐。二人于游宦中皆未忘怀，常提起风雨对床之约。

吾土：犹言故乡。
枫缬（xié）：红枫。
潘鬓：指白发。

虞美人

波声拍枕长淮晓。隙月窥人小。

无情汴水自东流。只载一船离恨、向西州。

竹溪花浦曾同醉。酒味多于泪。

谁教风鉴在尘埃。酝造一场烦恼、送人来。

本年十一月，苏轼与秦观会于高邮，相别时，秦观送苏轼于淮上，苏轼即作此词赠别。

西州：代指金陵。

竹溪花浦：李白与孔巢父、韩准、裴政、张叔明、陶沔六人隐于徂徕山，酣歌纵酒，时号"竹溪六逸"。此处借喻苏轼与秦观之间的交游。

风鉴：高见卓识。代指秦观之高才，惜无人赏识，故云"在尘埃"。

行香子

与泗守过南山晚归作

北望平川。野水荒湾。共寻春、飞步屛颜。

和风弄袖，香雾萦鬟。

正酒酣时，人语笑，白云间。

飞鸿落照，相将归去，澹娟娟、玉宇清闲。

何人无事，宴坐空山。

望长桥上，灯火乱，使君还。

南山指都梁山，在今江苏盱眙南六十里，因山出都梁香而得名。

屛颜：陡峭参差的山势。

如梦令

元丰七年十二月十八日，浴泗州雍熙塔下，戏作《如梦令》两阕。此曲本唐庄宗制，名《忆仙姿》，嫌其名不雅，故改为《如梦令》。庄宗作此词，卒章云："如梦如梦，和泪出门相送。"因取以为名云。

水垢何曾相受。细看两俱无有。
寄语揩背人，尽日劳君挥肘。
轻手。轻手。居士本来无垢。

又

自净方能净彼。我自汗流呀气。
寄语澡浴人，且共肉身游戏。
但洗。但洗。俯为世间一切。

雍熙塔，传言塔下藏释迦真身。

水垢：即"水垢离"，指立愿于佛前，以清水沐浴，表示身心清净。盖佛家以染身之垢喻烦恼之心，故需净水洗之。

澡浴人：泛指世间尘俗之人。

人间一切：释迦牟尼得道前行至泥连河侧，思维一切众生根缘，六年后方可度之。乃求修苦行。后悟此非真修，乃受美食，洗浴于河。

又

题淮山楼

城上层楼叠巘。城下清淮古汴。

举手揖吴云，人与暮天俱远。

魂断。魂断。后夜松江月满。

叠巘（yǎn）：重叠的山峰。
揖吴云：挥别吴地的白云。

浣溪沙

元丰七年十二月二十四日，从泗州刘倩叔游南山。

细雨斜风作小寒。淡烟疏柳媚晴滩。

入淮清洛渐漫漫。

雪沫乳花浮午盏，蓼茸蒿笋试春盘。

人间有味是清欢。

雪沫乳花：喻指烹茶时所起的白色泡沫。
蓼茸：初生的蓼菜。蒿笋：芦蒿的嫩茎。
春盘：古代风俗，立春日以韭黄、果品、饼饵等簇盘为食，或馈赠亲
友，称春盘。

满庭芳

余年十七，始与刘仲达往来于眉山。今年四十九，相逢于泗上。淮水浅冻，久留郡中。晦日同游南山，话旧感叹，因作《满庭芳》云。

三十三年，飘流江海，万里烟浪云帆。

故人惊怪，憔悴老青衫。

我自疏狂异趣，君何事、奔走尘凡。

流年尽，穷途坐守，船尾冻相衔。

巉巉。淮浦外，层楼翠壁，古寺空岩。

步携手林间，笑挽攕攕。

莫上孤峰尽处，萦望眼、云海相搀。

家何在，因君问我，归梦绕松杉。

刘仲达，苏轼少年时的同乡好友，余事不详。晦日指农历每月的最后一日。

青衫：白居易贬江州司马时撰《琵琶行》，末句云："座中泣下谁最多，江州司马青衫湿。"后以青衫代指贬谪官员，此处为苏轼自称。

巉巉（chán）：山峦高峻貌。

攕攕（xiān）：指友人之手。

水龙吟

昔谢自然欲过海求师蓬莱，至海中，或谓自然："蓬莱隔弱水三十万里，不可到。天台有司马子微，身居赤城，名在绛阙，可往从之。"自然乃还，受道于子微，白日仙去。子微著《坐忘论》七篇，《枢》一篇。年百馀，将终，谓弟子曰："吾居玉霄峰，东望蓬莱，尝有真灵降焉。今为东海青童君所召。"乃蝉脱而去。其后，李太白作《大鹏赋》，云尝见子微于江陵，"谓余有仙风道骨，可与神游八极之表"。元丰七年冬，余过临淮，而湛然先生梁公在焉。童颜清彻，如二三许人，然人亦有自少见之者。善吹铁笛，嘹然有穿云裂石之声。乃作《水龙吟》一首，记子微、太白之事，倚其声而歌之。

古来云海茫茫，道山绛阙知何处。

人间自有，赤城居士，龙蟠凤翥。

清净无为，坐忘遗照，八篇奇语。

向玉霄东望，蓬莱晻霭，有云驾、骖风驭。

谢自然，唐代女道士。弱水，传说中险恶难渡的河海。司马子微，唐代道士，洛州温人，字子微，法号道隐，自号天台白云子。武后、睿宗时曾迎入京。玄宗开元时又两次召至都，令于王屋山置坛室以居。善篆、隶，书法自成一体，号"金剪刀书"。东海青童君，即青童大君，居东海，道教仙人。蝉脱，专称有道之人逝世，羽化登仙。

道山绛阙：皆神仙所居之地。
翥（zhù）：鸟之飞翔貌。
坐忘：道家谓物我两忘、与道合一的精神境界。
晻（ǎn）霭：荫蔽、阴暗之貌。
骖（cān）风驭：御风而行。

行尽九州四海，笑纷纷、落花飞絮。

临江一见，谪仙风采，无言心许。

八表神游，浩然相对，酒酣箕踞。

待垂天赋就，骑鲸路稳，约相将去。

八表：八方之外。

垂天赋：指李白《大鹏赋》。

骑鲸：指李白。杜甫《送孔巢父谢病归游江东兼呈李白》诗云："若逢李白骑鲸鱼，道甫问信今何如？"后渐俗传李白醉骑鲸鱼，溺死浔阳。

1085

宋神宗 元丰八年

本年苏轼五十岁，年初表请常州居住。

三月，神宗崩逝，哲宗即位，时年幼，由太皇太后高氏辅政。

五月，苏轼复朝奉郎，知登州（今属山东烟台）。

到郡五日，以礼部郎官召还京城。

入京半月，再除起居舍人。

满庭芳

余谪居黄州五年，将赴临汝，作《满庭芳》一篇别黄人。既至南都，蒙恩放归阳羡，复作一篇。

归去来兮，清溪无底，上有千仞嵯峨。

画楼东畔，天远夕阳多。

老去君恩未报，空回首、弹铗悲歌。

船头转，长风万里，归马驻平坡。

无何。何处有，银潢尽处，天女停梭。

问何事人间，久戏风波。

顾谓同来稚子，应烂汝、腰下长柯。

青衫破，群仙笑我，千缕挂烟蓑。

南都，北宋南京大名府（今河南商丘）。阳羡，今江苏宜兴，宋时属常州。

嵯峨（cuó é）：陡峭的高山。

弹铗悲歌：冯谖客孟尝君，三次弹剑而歌，以求取较好的待遇。此处代指苏轼向朝廷乞归阳羡。

天女停梭：七夕时，织女停梭一日。代指苏轼回到阳羡，与家人团聚。

"应烂汝"句：晋人王质伐木，见童子弹琴而歌。王质倚斧柯听之。俄顷，童子令其归去，斧柯已然烂尽。既归，世上已过数十年。柯，斧柄。

南乡子

宿州上元

千骑试春游。小雨如酥落便收。

能使江东归老客，迟留。白酒无声滑泻油。

飞火乱星球。浅黛横波翠欲流。

不似白云乡外冷，温柔。此去淮南第一州。

宿州，今安徽省宿州市。

"浅黛"句：以美丽的眉眼指元夕赏灯的女子。
白云乡：代指仙乡、仙界。

又

用前韵，赠田叔通舞鬟

绣鞅玉镮游。灯晃帘疏笑却收。

久立香车催欲上，还留。更且檀唇点杏油。

花遍六幺毬。面旋回风带雪流。

春入腰肢金缕细，轻柔。种柳应须柳柳州。

田国博，字叔通，曾任国子博士、徐州通判。

绣鞅：套于马颈的华丽皮带。

檀唇：红润的嘴唇。

花遍六幺毬：唐曲子有《花十八》《六幺》《抛毬乐》等，此句连用言之，代指席间伴奏的曲子。

种柳：柳宗元曾任柳州刺史，世称柳柳州。此处以柳喻指舞女腰肢，代指田叔通家中舞鬟，故以柳柳州代指田氏。

又

用韵和道辅

未倦长卿游。漫舞夭歌烂不收。

不是使君能矫世，谁留。教有琼梳脱麝油。

香粉缕金毬。花艳红笺笔欲流。

从此丹唇并皓齿，清柔。唱遍山东一百州。

长卿游：司马相如字长卿，宦游中遇卓文君。
麝油：掺杂麝香的发油。
笔欲流：言道辅才思敏捷，谱曲填词，下笔如流。

浣溪沙

徐邈能中酒圣贤。刘伶席地幕青天。
潘郎白璧为谁连。

无可奈何新白发，不如归去旧青山。
恨无人借买山钱。

徐邈：魏国初建，徐邈为尚书郎。时禁酒，邈私饮至醉。校事问公事，邈曰："中圣人。"太祖闻之甚怒。鲜于辅进曰："平日醉客谓酒清者为圣人，浊者为贤人，邈性修慎，偶醉言耳。"得以免刑。
刘伶：魏晋名士，极好酒，著《酒德颂》，曰："行无辙迹，居无室庐，幕天席地，纵意所如。"
潘郎：潘岳，西晋名士，美姿仪。与夏侯湛友善，夏侯湛亦美容观，二人每同行，京都称之"连璧"。

蝶恋花

云水萦回溪上路。

叠叠青山，环绕溪东注。

月白沙汀翘宿鹭。更无一点尘来处。

溪叟相看私自语。

底事区区，苦要为官去。

尊酒不空田百亩。归来分取闲中趣。

又

昨夜秋风来万里。

月上屏帏，冷透人衣袂。

有客抱衾愁不寐。那堪玉漏长如岁。

羁舍留连归计未。

梦断魂销，一枕相思泪。

衣带渐宽无别意。新书报我添憔悴。

区区：辛苦劳碌之貌。

又

过涟水赠赵晦之

自古涟漪佳绝地。

绕郭荷花，欲把吴兴比。

倦客尘埃何处洗。真君堂下寒泉水。

左海门前鱼酒市。

夜半潮来，月下孤舟起。

倾盖相逢拚一醉。双凫飞去人千里。

涟水，位于今江苏省涟水县北部。

吴兴：湖州。
左海：即东海。涟水军位于东海之滨，故云左海门。

定风波

王定国歌儿曰柔奴，姓宇文氏，眉目娟丽，善应对，家世住京师。定国南迁归，余问柔："广南风土，应是不好？"柔对曰："此心安处，便是吾乡。"因为缀词云。

常羡人间琢玉郎。天应乞与点酥娘。

自作清歌传皓齿。风起。雪飞炎海变清凉。

万里归来年愈少。微笑。笑时犹带岭梅香。

试问岭南应不好。却道。此心安处是吾乡。

王巩，字定国，号清虚居士，北宋著名诗人、画家。于乌台诗案中被牵连，贬谪岭南宾州。

琢玉郎：俊美男子。
点酥娘：肤若凝脂之女子。
岭梅：大庾岭上的梅花。大庾岭，在今江西大余、广东南雄交界处，为岭南、岭北的交通咽喉。

1086

宋哲宗 元祐元年

本年苏轼五十一岁。

司马光主政，尽废新法，斥逐新党，史称"元祐更化"。

苏轼获得骤迁，三月出任中书舍人。

九月，升翰林学士。

如梦令

为向东坡传语。人在玉堂深处。

别后有谁来，雪压小桥无路。

归去。归去。江上一犁春雨。

又

手种堂前桃李。无限绿阴青子。

帘外百舌儿，惊起五更春睡。

居士。居士。莫忘小桥流水。

玉堂：翰林院。

百舌儿：黄鹂鸟。

1087

宋哲宗 元祐二年

本年苏轼五十二岁。
为翰林学士，侍讲。

满庭芳

香霭雕盘，寒生冰箸，画堂别是风光。

主人情重，开宴出红妆。

腻玉圆搓素颈，藕丝嫩、新织仙裳。

歌声罢，虚檐转月，馀韵尚悠飏。

人间，何处有，司空见惯，应谓寻常。

坐中有狂客，恼乱愁肠。

报道金钗坠也，十指露、春笋纤长。

亲曾见，全胜宋玉，想像赋高唐。

香霭（ài）：霭，云气缭绕貌。香霭雕盘即言室内香烟正燃，于精美盘子间宛转缭绕。

冰箸（zhù）：寒冬屋檐下的冰柱。

1088

宋哲宗 元祐三年

本年苏轼五十三岁。
任翰林学士，权知本年贡举。

西江月

送钱待制穆父

莫叹平齐落落，且应去鲁迟迟。

与君各记少年时。须信人生如寄。

白发千茎相送，深杯百罚休辞。

拍浮何用酒为池。我已为君德醉。

钱待制，即钱勰，字穆父，杭州人。元祐初迁给事中，以龙图阁待制知开封府。元祐三年，坐奏狱空不实，出知越州（今浙江绍兴），苏轼赋此词送之。

平齐落落：东汉耿弇平定齐地。刘秀至临淄劳军，曰："将军前在南阳，建此大策，常以为落落难合，有志者事竟成也。"落落，为人孤高而与人难合。苏轼用此典云钱勰虽有大功，却依然落落难合。

去鲁迟迟：孔子离开鲁国，言鲁为父母之国，迟迟不忍去之。

"白发"二句：杜甫《乐游园歌》："数茎白发那抛得，百罚深杯亦不辞。"

拍浮：游泳。东晋名士毕卓云："一手持蟹螯，一手持酒杯，拍浮酒池中，便足了一生。"

德醉：既请人醉酒，又示之以德。本为《诗经》称颂周成王之诗句，苏轼用以赞美钱勰。

1089

宋哲宗 元祐四年

本年苏轼五十四岁。
任翰林学士。
累上章请郡，除龙图阁学士，
知杭州，七月到杭。

渔家傲

送吉守江郎中

送客归来灯火尽。西楼淡月凉生晕。

明日潮来无定准。

潮来稳。舟横渡口重城近。

江水似知孤客恨。南风为解佳人愠。

莫学时流轻久困。

频寄问。钱塘江上须忠信。

吉州即庐陵，今属江西吉安。江郎中，即江公著，字晦叔，睦州建德
（今属浙江）人。

忠信：传说孔子驻足于湍急河边，见一人欲游泳横渡，遂使客止之。此
人不以为意，渡水而出。孔子问其如何做到，此人对曰："始吾之入也，
先以忠信；及吾之出也，又从以忠信。忠信错吾躯于波流，而吾不敢用
私，所以能入而复出者，以此也。"

178

行香子

茶词

绮席才终。欢意犹浓。

酒阑时、高兴无穷。

共夸君赐，初拆臣封。

看分香饼，黄金缕，密云龙。

斗赢一水，功敌千钟。

觉凉生、两腋清风。

暂留红袖，少却纱笼。

放笙歌散，庭馆静，略从容。

相传苏门四学士秦观、黄庭坚、张耒、晁补之每来拜访，必取密云龙茶。廖明略登东坡之门，公大奇之，一日，又命取密云龙，家人谓是四学士，窥之，则廖明略也。

臣封：封装贡茶的封条。

看分香饼三句：宋人习惯将茶叶制成茶饼，因贡茶香浓，故称香饼。又北宋上品贡茶名密云龙，为云龙之象，以金缕之。

斗赢一水：古人品茗，颇重水质，尝以数水相斗，胜者取以煎茶。

功敌千钟：千钟指酒，盖古人认为茶能解酒，故云。

两腋清风：卢仝《走笔谢孟谏议寄新茶》诗："七碗吃不得也，唯觉两腋习习清风生。"

略从容：言先不要急着奏乐作舞以感谢君恩，而应静心品尝贡茶之美。

点绛唇

己巳重九和苏坚

我辈情钟，古来谁似龙山宴。

而今楚甸。戏马馀飞观。

顾谓佳人，不觉秋强半。

筝声远。鬓云撩乱。愁入参差雁。

苏坚，字伯固，号后湖居士，泉州人。博学能诗，常从苏轼游。苏轼知杭州时，苏坚以临濮县主簿监杭州在城商税，助苏轼修浚西湖。

龙山宴：东晋桓温曾于九月九日大宴僚佐于龙山。
楚甸：指徐州。徐州旧属楚地，而北宋属京东路，在京畿范围内，故依周礼称甸。
戏马：戏马台。飞观：楼观。
参差雁：将南归大雁与如雁阵之筝柱双关言之。

浣溪沙

重九

珠桧丝杉冷欲霜。山城歌舞助凄凉。
且餐山色饮湖光。

共挽朱轓留半日，强揉青蕊作重阳。
不知明日为谁黄。

又

霜鬓真堪插拒霜。哀弦危柱作《伊》《凉》。
暂时流转为风光。

未遣清尊空北海，莫因长笛赋山阳。
金钗玉腕泻鹅黄。

朱轓（fān）：代指知州的车驾。

拒霜：木芙蓉花，秋日开放，故名拒霜。
北海：汉末孔融为北海相，人称孔北海。其人宽容少忌，喜奖掖后
进。退职后，宾客日盈其门，常叹："坐上客恒满，尊中酒不空，吾无
忧矣。"
山阳：晋人向秀经山阳旧居，闻邻人吹笛，追念亡友嵇康、吕安，因作
《思旧赋》。后以"山阳笛"为怀念故友的典实。
鹅黄：喻指黄酒。

1090

宋哲宗 元祐五年

本年苏轼五十五岁，在杭州知州任。
此年开西湖，筑堤筑桥，后人称其为苏公堤。

临江仙

疾愈登望湖楼赠项长官

多病休文都瘦损，不堪金带垂腰。

望湖楼上暗香飘。

和风春弄袖，明月夜闻箫。

酒醒梦回清漏永，隐床无限更潮。

佳人不见董娇娆。

徘徊花上月，空度可怜宵。

多病休文：沈约，字休文，南朝名士。初不见重用，乃求外任，言己老病，历百余日，衣带变宽，手臂变细。
董娇娆：汉时美女。

南歌子

日薄花房绽，风和麦浪轻。

夜来微雨洗郊坰。正是一年春好、近清明。

已改煎茶火，犹调入粥饧。

使君高会有馀清。此乐无声无味、最难名。

日薄：日光稀薄。

已改煎茶火：古代四季换用不同种类的木柴制取新的火种，称为"改火"。此处是指寒食已过，重设新火。

粥饧（xíng）：饧，麦芽糖。古时以冬至后百五日为寒食节，冷食三日，作大麦粥，研杏仁为酪，以饧沃之。

馀清：悠远清朗的钟声。

又

杭州端午

山与歌眉敛，波同醉眼流。

游人都上十三楼。不羡竹西歌吹、古扬州。

菰黍连昌歜，琼彝倒玉舟。

谁家《水调》唱歌头。声绕碧山飞去、晚云留。

又

古岸开青葑，新渠走碧流。

会看光满万家楼。记取他年扶病、入西州。

佳节连梅雨，馀生寄叶舟。

只将菱角与鸡头。更有月明千顷、一时留。

十三楼：在杭州钱塘门外二里处，苏轼知杭州时，常治事于此。
竹西歌吹：扬州有竹西亭。杜牧有诗句："谁知竹西路，歌吹是扬州。"
菰（gū）黍连（shǔ）昌歜（chù）：旧俗五月初五以菰叶裹黍米为食，称
角黍，为楚地祭祀屈原之遗风。又俗饮菖蒲酒，昌歜即菖蒲也。
琼彝：琼玉所制酒器。
玉舟：玉制的承托酒器之物。

"古岸"二句：指苏轼知杭州时疏浚西湖，筑苏堤。葑（fèng），菰之根茎。
鸡头：芡实，俗称鸡头米。

又

师唱谁家曲，宗风嗣阿谁。

借君拍板与门槌。我也逢场作戏、莫相疑。

溪女方偷眼，山僧莫皱眉。

却愁弥勒下生迟。不见老婆三五、少年时。

师指杭州僧人大通禅师。据说苏轼知杭州时，尝携妓谒大通禅师，师愠形于色，苏轼遂作此词，令妓歌之。

宗风嗣阿谁：继承的是禅宗哪家哪派的法脉。
拍板：僧人讲经说法，时用吟唱，故常持拍板。
门槌：梁武帝曾一夕忽召诸僧，高僧诘朝手持一铁槌敲门入见。
弥勒：弥勒佛，佛教所谓未来佛，经百千万亿劫后，由兜率天下生讲法，普度众生。
老婆三五：老婆，老婆婆。三五，十五岁。唐人薛逢晚年赴朝，遇新榜进士结队而出，被喝令避让。薛逢不忿，云："阿婆三五少年时，也曾东涂西抹来。"

鹊桥仙

七夕和苏坚

乘槎归去，成都何在，万里江沱汉漾。

与君各赋一篇诗，留织女、鸳鸯机上。

还将旧曲，重赓新韵，须信吾侪天放。

人生何处不儿嬉，看乞巧、朱楼彩舫。

江沱汉漾：指长江、沱江（长江支流）、汉江、漾水（汉江支流）。古
人认为长江源出岷山，"岷山导江，东别为沱"。汉江源出潘冢，"嶓冢导
漾，东流为汉"。

赓（gēng）：续用他人原韵。

天放：放任自然。

朱楼彩舫：旧俗七夕日妇人取五彩线结小楼、小舫以乞巧。

南歌子

八月十八日观潮

海上乘槎侣，仙人萼绿华。

飞升元不用丹砂。住在潮头来处、渺天涯。

雷辊夫差国，云翻海若家。

坐中安得弄琴牙。写取馀声归向、《水仙》夸。

观潮，观钱塘江大潮。

乘槎（chá）侣：槎，木筏。传说银河与海通，有人居海滨，年年八月见有浮槎按期去来，遂乘槎浮海至银河，遇织女、牵牛。
萼绿华：传说中女仙名。
丹砂：朱砂，道士用之炼丹。可指丹砂炼成的丹药。
雷辊（gǔn）：雷鸣。
夫差国：杭州代称。夫差，春秋末年吴国国君，杭州为吴国故地。
海若：海神名若，故以海若代指大海。
弄琴牙：指伯牙，著名琴师。
《水仙》：琴曲《水仙操》之简称，乃伯牙所谱制。

又

苒苒中秋过，萧萧两鬓华。

寓身此世一尘沙。笑看潮来潮去、了生涯。

方士三山路，渔人一叶家。

早知身世两聱牙。好伴骑鲸公子、赋雄夸。

好事近

西湖夜归

湖上雨晴时，秋水半篙初没。

朱槛俯窥寒鉴，照衰颜华发。

醉中吹堕白纶巾，溪风漾流月。

独棹小舟归去，任烟波摇兀。

三山：传说中的渤海三座神山，即蓬莱、方丈、瀛洲。

聱（áo）牙：不合时宜。

骑鲸公子：指李白。杜甫有诗云："若逢李白骑鲸鱼，道甫问信今何如。"

赋雄：李白曾作《大鹏赋》，故云赋雄夸。

摇兀：摇晃不定貌。

点绛唇

庚午重九

不用悲秋，今年身健还高宴。

江村海甸。总作空花观。

尚想横汾，兰菊纷相半。

楼船远。白云飞乱。空有年年雁。

空花：虚幻之花，喻指妄念。佛家以圆明达观，视世界如空中花。
横汾：汉武帝巡幸河东郡，在汾水楼船上与群臣宴饮，作《秋风辞》云：
"秋风起兮白云飞，草木黄落兮雁南归。兰有秀兮菊有芳，怀佳人兮不
能忘。泛楼船兮济汾河，横中流兮扬素波。"

又

再和送钱公永

莫唱《阳关》，风流公子方终宴。

秦山禹甸。缥缈真奇观。

北望平原，落日山衔半。

孤帆远。我歌君乱。一送西飞雁。

秦山禹甸：指浙江绍兴。秦始皇巡行绍兴，登秦望山以观沧海，又登望秦山以望秦中。大禹周行天下，至绍兴登会稽山以会诸侯。死后亦葬于会稽山。

乱：古时歌曲的末段旋律。

1091

宋哲宗 元祐六年

本年苏轼五十六岁，在杭州知州任。

三月，被召赴阙，除翰林承旨。

数月后，复请郡，出知颍州。

浣溪沙

雪颔霜髯不自惊。更将剪彩发春荣。

羞颜未醉已先赪。

莫唱黄鸡并白发，且呼张丈唤殷兄。

有人归去欲卿卿。

剪彩：旧俗正月初七为人日，剪彩纸为人形，贴于屏风上，或戴于
头上。

赪（chēng）：浅赤色。

张丈唤殷兄：白居易《岁日家宴戏示弟侄等兼呈张侍御二十八丈殷判官
二十三兄》："犹有夸张少年处，笑呼张丈唤殷兄。"

卿卿：夫妻之间的亲昵称呼。魏晋名士王戎之妻常呼王戎为卿，王戎言
此不合礼数，其妻曰："亲卿爱卿，是以卿卿。我不卿卿，谁当卿卿。"

又

料峭东风翠幕惊。云何不饮对公荣。

水晶盘莹玉鳞赪。

花影莫孤三夜月，朱颜未称五年兄。

翰林子墨主人卿。

公荣：王戎与阮籍饮酒，刘昶（字公荣）在座。阮籍未给刘昶酌酒，刘昶无恨色。后王戎问阮籍，刘昶如何，阮籍答曰："胜公荣，不可不与饮；若减公荣，则不敢不共饮；惟公荣可不与饮。"

三夜月：宋时正月十四、十五、十六日夜晚放灯，称元宵三夕。

"翰林"句：扬雄作《长杨赋》，称翰林为主人，子墨为客卿，以寄讽喻。

又

送叶淳老

阳羡姑苏已买田。相逢谁信是前缘。
莫教便唱水如天。

我作洞霄君作守，白头相对故依然。
西湖知有几同年。

水如天：唐人赵嘏《江楼感怀》云："独上江楼思渺然，月光如水水如
天。同来望月人何处，风景依稀似去年。"此处意指不可学赵嘏唱"水
如天"那样故人离而不见的悲歌。
作洞霄：担任杭州洞霄宫提举，此乃宋时祠禄官，实为挂名之闲差。
同年：同年考中进士者互称同年。

减字木兰花

雪

云容皓白。破晓玉英纷似织。
风力无端。欲学杨花更耐寒。

相如未老。梁苑犹能陪俊少。
莫惹闲愁。且折江梅上小楼。

相如未老：西汉梁孝王于大雪中游兔园，司马相如作陪，王高唱《北
风》诗，命司马相如赋雪。

八声甘州

寄参寥子

有情风、万里卷潮来，无情送潮归。

问钱塘江上，西兴浦口，几度斜晖。

不用思量今古，俯仰昔人非。

谁似东坡老，白首忘机。

记取西湖西畔，正春山好处，空翠烟霏。

算诗人相得，如我与君稀。

约他年、东还海道，愿谢公、雅志莫相违。

西州路，不应回首，为我沾衣。

僧人道潜，字参寥，於潜人。能文章，尤喜为诗。

忘机：消除机巧之心。常指甘于淡泊，与世无争。

谢公雅志：指谢安重归东山之志。

为我沾衣：沾衣，痛哭流涕。羊昙深受谢安赏识，谢安卒后，数年不听音乐，不经行西州门。某次大醉，误至西州门，悲感不已，恸哭而去。

西江月

杭州交代，林子中席上作。

昨夜扁舟京口，今朝马首长安。

旧官何物与新官。只有湖山公案。

此景百年几变，个中下语千难。

使君才气卷波澜。与把新诗判断。

减字木兰花

天台旧路。应恨刘郎来又去。

别酒频倾。忍听《阳关》第四声。

刘郎未老。怀恋仙乡重得到。

只恐因循。不见如今劝酒人。

林希，字子中，福州人。苏轼本年由杭州召还回京，即由时任润州知州的林希接替苏轼知杭州。交代，即接替，移交。

湖山公案：代指苏轼吟咏西湖的诗歌。
判断：代指吟咏欣赏。

天台旧路：用刘晨、阮肇入天台事。
因循：拖延。

临江仙

辛未离杭至润，别张弼秉道。

我劝髯张归去好，从来自己忘情。

尘心消尽道心平。

江南与塞北，何处不堪行。

俎豆庚桑真过矣，凭君说与南荣。

愿闻吴越报丰登。

君王如有问，结袜赖王生。

"俎豆"二句：庚桑楚居畏垒山，其地大丰收，其民曰赖庚桑楚之力，为之修祠祭祀。庚桑楚闻之不悦。俎（zǔ）豆，祭祀时盛食物的器具。南荣，庚桑楚之弟子。苏轼知杭时，适逢饥荒疾疫，发私囊为民舍粥买药，又疏浚西湖，民皆德之，建生祠以祭。此处苏轼以庚桑自比，以南荣代指杭州百姓，希望张弼把自己的心志告诉杭州百姓。

王生：西汉人王生善黄老之术，尝召至宫中，言其袜解，让廷尉张释之为其结袜，张释之跪而结之。又汉宣帝时，渤海郡饥荒，龚遂带领渤海军民度过危机，亦使其富裕。后龚遂还都，携郡曹王生同归，王生嘱咐龚遂："天子即问君何以治渤海，君不可有所陈对，宜曰：'皆圣主之德，非小臣之力也。'"苏轼此处将两个典故混在一起使用。

定风波

余昔与张子野、刘孝叔、李公择、陈令举、杨元素会于吴兴。时子野作六客词，其卒章云："见说贤人聚吴分。试问。也应旁有老人星。"凡十五年，再过吴兴，而五人者皆已亡矣。时张仲谋与曹子方、刘景文、苏伯固、张秉道为坐客，仲谋请作后六客词云。

月满苕溪照夜堂。五星一老斗光芒。

十五年间真梦里。何事。长庚配月独凄凉。

绿发苍颜同一醉。还是。六人吟笑水云乡。

宾主谈锋谁得似。看取。曹刘今对两苏张。

五星一老：五星，即金、木、水、火、土五星。老，老人星。此处兼指前后六客。就前六客而言，老人星指代张先，五星指代苏轼等其余五人；就后六客而言，老人星指代苏轼，五星则指代五位座客。

长庚：金星。此处代指自己，因自己是前六客独存人间者，故云独凄凉。

绿发：代指年轻人。苍颜：代指老人。

西江月

宝云真觉院赏瑞香

公子眼花乱发，老夫鼻观先通。

领巾飘下瑞香风。惊起谪仙春梦。

后土祠中玉蕊，蓬莱殿后鞓红。

此花清绝更纤秾。把酒何人心动。

又

坐客见和，复次韵。

小院朱阑几曲，重城画鼓三通。

更看微月转光风。归去香云入梦。

翠袖争浮大白，皂罗半插斜红。

灯花零落酒花秾。妙语一时飞动。

眼花：谓瑞香花眩人眼目。
鼻观先通：先闻到瑞香的香气。
后土祠：扬州后土祠有琼花一株，天下无双。
蓬莱殿：洛阳河南宫殿名。鞓（tīng）红：牡丹之一种。

浮大白：罚一大杯酒。
皂罗：黑色薄纱制成的头巾。

又

再用前韵戏曹子方。坐客云瑞香为紫丁香，遂以此曲辨
证之。

怪此花枝怨泣，托君诗句名通。
凭将草木记吴风。继取相如云梦。

点笔袖沾醉墨，谤花面有惭红。
知君却是为情秾。怕见此花撩动。

曹辅，字子方，海陵人。元祐三年（1088）九月，为福建转运判官，与
新知杭州的苏轼共同南下。后自福建归，经过杭州，复与苏轼相会，同
赏真觉院瑞香花。

吴风：吴地风物。
相如云梦：司马相如《上林赋》写长安皇家园囿，提到卢橘。然卢橘并
非产于长安，故被左思讥笑。此处以此典言曹辅将瑞香错认成紫丁
香。然《上林赋》与云梦无涉，惟《子虚赋》方是铺陈楚国云梦泽之丰
饶，苏轼此处实将《上林赋》错记成《子虚赋》。
谤花：指错认瑞香花为紫丁香。

木兰花令

次马中玉韵

知君仙骨无寒暑。千载相逢犹旦暮。

故将别语恼佳人，欲看梨花枝上雨。

落花已逐回风去。花本无心莺自诉。

明朝归路下塘西，不见莺啼花落处。

马瑊，字中玉，时任两浙提刑。

仙骨：仙人之骨，深冬不寒，盛夏不热。
梨花枝上雨：喻指流泪。
下塘西：马瑊此行乃归京，因开封在钱塘西边，故云下塘西。

虞美人

送马中玉

归心正似三春草。试著莱衣小。

橘怀几日向翁开。怀祖已瞋文度、不归来。

禅心已断人间爱。只有平交在。

笑论瓜葛一枰同。看取《灵光》新赋、有家风。

莱衣：老莱子年七十，犹身穿五色之衣，作孩啼状于父母前以愉悦父母。

橘怀：东吴人陆绩六岁时拜见袁术。袁术给他吃橘子，陆绩便藏三个于怀中。后被袁术发现，陆绩说想拿回家给母亲吃，袁术大为惊奇。

怀祖：王述，字怀祖，东晋名士。其子王坦之，字文度。桓温欲与王坦之结为儿女亲家，王坦之归告王述，王述大怒，瞋之云："汝竟痴耶！讵可畏温面而以女妻兵也。"王坦之遂拒绝桓温。瞋，同"嗔"。

瓜葛：指辗转相联的亲戚关系。

《灵光》新赋：东汉人王逸工词赋，欲作《鲁灵光殿赋》，命其子王延寿去鲁地描绘灵光殿的大致形态。王延寿去后自为之赋，王逸看后云："吾无以加。"遂不复作。

临江仙

送钱穆父

一别都门三改火，天涯踏尽红尘。

依然一笑作春温。

无波真古井，有节是秋筠。

惆怅孤帆连夜发，送行淡月微云。

尊前不用翠眉颦。

人生如逆旅，我亦是行人。

蝶恋花

春事阑珊芳草歇。

客里风光，又过清明节。

小院黄昏人忆别。落红处处闻啼鴂。

咫尺江山分楚越。

目断魂销，应是音尘绝。

梦破五更心欲折。角声吹落梅花月。

三改火：古人每年寒食节更换火种，三改火即三年。

筠（yún）：竹子的青皮。

木兰花令

次欧公西湖韵

霜馀已失长淮阔。空听潺潺清颍咽。
佳人犹唱醉翁词，四十三年如电抹。

草头秋露流珠滑。三五盈盈还二八。
与余同是识翁人，惟有西湖波底月。

欧阳修皇祐元年（1049）知颍州，于颍州西湖畔曾赋《木兰花令》云："西湖南北烟波阔。风里丝簧声韵咽。舞余裙带绿双垂，酒入香腮红一抹。杯深不觉琉璃滑。贪看六幺花十八。明朝车马各东西，惆怅画桥风与月。"

三五、二八：农历每月的十五日与十六日。
西湖：颍州城西二里之湖，为一邦之胜境。

浣溪沙

四面垂杨十里荷。问云何处最花多。
画楼南畔夕阳过。

天气乍凉人寂寞，光阴须得酒消磨。
且来花里听笙歌。

减字木兰花

空床响琢。花上春禽冰上雹。
醉梦尊前。惊起湖风入坐寒。

《转关》《镬索》。春水流弦霜入拨。
月堕更阑。更请宫高奏独弹。

《转关》《镬（huò）索》：唐宋时著名琵琶曲。

207

1092

宋哲宗 元祐七年

本年苏轼五十七岁，在颍州知州任。

正月，改知扬州。未几以兵部尚书兼侍读召还。

年末迁礼部尚书，端明殿学士。

减字木兰花

二月十五日夜与赵德麟小酌聚星堂。

春庭月午。摇荡香醪光欲舞。

步转回廊。半落梅花婉娩香。

轻云薄雾。总是少年行乐处。

不似秋光。只与离人照断肠。

赵令畤，初字景贶，后改字德麟，入苏轼颍州幕府，辅助苏轼疏浚颍州西湖。其人吏事通敏，文采俊丽，志节端亮，议论英发。苏轼力荐之于朝，并为其改字德麟。聚星堂，欧阳修知颍州时所建，在州治之内。本年正月，聚星堂前梅花大开，月色轩霁。王夫人曰："春月色胜如秋月色，秋月色令人凄惨，春月色令人和悦。何如召赵德麟辈来饮此花下？"苏轼大喜曰："吾不知子能诗耶，此真诗家语耳。"遂召赵德麟来，用夫人语作此词。

香醪（láo）：喻指梅花的香气。
婉娩（wǎn）：女子柔顺之貌。喻指梅花香气之迷人。

江城子

墨云拖雨过西楼。

水东流。晚烟收。

柳外残阳，回照动帘钩。

今夜巫山真个好，花未落，酒新篘。

美人微笑转星眸。

月花羞。捧金瓯。

歌扇萦风，吹散一春愁。

试问江南诸伴侣，谁似我，醉扬州。

篘（chōu）：竹制筛酒之器。
诸伴侣：代指一起来到江南的士人。

满江红

怀子由作

清颍东流，愁来送、征鸿去翮。

情乱处、青山白浪，万重千叠。

孤负当年林下语，对床夜雨听萧瑟。

恨此生、长向别离中，凋华发。

一尊酒，黄河侧。

无限事，从头说。

相看恍如昨，许多年月。

衣上旧痕馀苦泪，眉间喜气占黄色。

便与君、池上觅残春，花如雪。

翮（hé）：指鸟的翅膀。

对床夜雨：二苏兄弟少时有风雨对床之约。苏轼初任凤翔府签判时，苏
辙相送于开封西门外，苏轼赋诗一首，有"寒灯相对记畴昔，夜雨何时
听萧瑟"之句。

占黄色：古人以眉间现黄色为喜兆。

浣溪沙

芍药樱桃两斗新。名园高会送芳辰。

洛阳初夏广陵春。

红玉半开菩萨面，丹砂秾点柳枝唇。

尊前还有个中人。

"洛阳"句：本词作于扬州。洛阳初夏为牡丹盛时，扬州春日即为作词当下，因有芍药樱桃两斗新，不输洛阳牡丹之盛况。

红玉、菩萨面：皆代指芍药。

柳枝唇：佳人之唇，喻指樱桃。

个中人：局中人，即指懂得欣赏芍药、樱桃以及此次高会之人。

减字木兰花

五月二十四日，会于无咎之随斋。主人汲泉置大盆中，渍白芙蓉，坐客翛然，无复有病暑意。

回风落景。散乱东墙疏竹影。
满座清微。入袖寒泉不湿衣。

梦回酒醒。百尺飞澜鸣碧井。
雪洒冰麾。散落佳人白玉肌。

生查子

送苏伯固

三度别君来，此别真迟暮。
白尽老髭须，明日淮南去。

酒罢月随人，泪湿花如雾。
后月送君时，梦绕湖边路。

晁补之（1053—1110），字无咎，济州巨野（今属山东）人，苏门四学士之一。苏轼知扬州时，晁补之任通判。渍白芙蓉，将白莲花瓣放入水中。

雪洒冰麾：喻指泉水倒入大盆时水珠四溅之貌。

青玉案

和贺方回韵，送伯固还吴中。

三年枕上吴中路。

遣黄犬、随君去。

若到松江呼小渡。

莫惊鸥鹭，四桥尽是，老子经行处。

《辋川图》上看春暮。

常记高人右丞句。

作个归期天已许。

春衫犹是，小蛮针线，曾湿西湖雨。

贺铸（1052—1125），北宋著名词人，字方回，生于卫州（今河南卫辉），宋太祖贺皇后族孙。自称为贺知章后裔，以知章居庆湖（即绍兴镜湖），故自号庆湖遗老。晚年居于苏州。

黄犬：陆机有犬名黄耳，甚爱之。后羁旅洛阳，思念吴中，笑问黄犬能否传递家书，犬摇尾作声，替陆机传信。

四桥：苏州吴江垂虹桥，当地人唤作第四桥。

《辋川图》：唐代诗人王维曾为尚书右丞。有别墅在辋川，曾与友人裴迪为诸景点赋绝句，汇成《辋川集》，亦曾在蓝田清凉寺壁上绘《辋川图》。

小蛮：白居易有歌姬小蛮，后成歌女、小妾的代称。

1093

宋哲宗 元祐八年

本年苏轼五十八岁，屡请外任，获知定州（今属河北）。

八月，妻子王闰之逝世。

九月，太皇太后高氏崩，哲宗亲政，拒绝苏轼面辞申请。

苏轼离京赴定州，李之仪随行，书童高俅留驸马王诜家。

行香子

三入承明。四至九卿。

问书生、何辱何荣。

金张七叶，纨绮貂缨。

无汗马事，不献赋，不明经。

成都卜肆，寂寞君平。

郑子真、岩谷躬耕。

寒灰炙手，人重人轻。

除竺乾学，得无念，得无名。

"三入"句：东汉皇宫承明殿旁有承明庐，供侍臣值宿。此句云三次入朝
为官。
九卿：古代中央的九个高级官职。西汉司马安曾四次做九卿之官。
金张七叶：汉代金日磾与张安世，七代人皆为侍中级别的高官。
纨绮貂缨：代指富贵荣华。
汗马事：指军功。
献赋：通过进献歌功颂德的诗赋谋求官职。
明经：通晓经书。西汉人平当因通晓经书而为博士。
"成都卜肆"三句：汉成帝时，大将军王凤以礼聘郑子真，子真不屈其
志，依旧躬耕岩石之下。严君平则在成都街头占卜为生，年九十而终。
寒灰炙手：人生无常，富贵者或瞬间潦倒，无势者亦可能迅速手握大权。
竺乾学：佛教。竺乾，印度之别称。
无念：六根清净，没有贪欲邪念。

又

清夜无尘。月色如银。

酒斟时、须满十分。

浮名浮利，虚苦劳神。

叹隙中驹，石中火，梦中身。

虽抱文章，开口谁亲。

且陶陶、乐尽天真。

几时归去，作个闲人。

对一张琴，一壶酒，一溪云。

隙中驹：即白驹过隙，言时光匆匆而逝。

石中火：人生短暂，又如石上之火，炯然即逝。

谁亲：谁人赏识。

"且陶陶"句：陶陶，饮酒的快乐。天真，天然性情。此句谓像陶渊明那样沉浸酒中之乐，尽情抒发本性。

1094

宋哲宗　绍圣元年

本年苏轼五十九岁，在定州（今属河北）知州任。

本年哲宗亲政，绍述新法。

苏轼在定州任上落两职，追一官，知英州（今广东英德）。

未到任，即再贬宁远军节度副使，惠州（今属广东）安置。

本年十月二日抵惠州，寓居嘉祐寺。

戚氏

玉龟山。东皇灵姥统群仙。

绛阙岩峣，翠房深迥，倚霏烟。

幽闲。志萧然。金城千里锁婵娟。

当时穆满巡狩，翠华曾到海西边。

风露明霁，鲸波极目，势浮舆盖方圆。

正迢迢丽日，玄圃清寂，琼草芊绵。

争解绣勒香鞯。鸾辂驻跸，八马戏芝田。

瑶池近、画楼隐隐，翠鸟翩翩。

肆华筵。间作脆管鸣弦。宛若帝所钧天。

稚颜皓齿，绿发方瞳，圆极恬淡高妍。

本年正月，苏轼在定州席间闻歌者唱《戚氏》，时方论穆天子事，故依《戚氏》旋律作此词。

玉龟山：传说中的仙山。
东皇灵姥：东皇，东王公，本为春神，又名青帝。灵姥，西王母。
岩峣（tiáo yáo）：高峻之貌。
翠房：用翡翠玉石修建的房子。
金城：西王母所居之处。
穆满巡狩：西周穆王得良骏八匹，巡狩天下，西登昆仑，见西王母。
翠华：指帝王车驾。
玄圃：昆仑山的极高之处。
驻跸：帝王出巡时暂时停留休憩。
瑶池：周穆王见西王母，王母宴于瑶池，穆王捧觞，王母唱《白云谣》。
翠鸟：西王母身旁有三只青鸟，常帮王母传递消息。
方瞳：传说仙人瞳孔为方形。

尽倒琼壶酒，献金鼎药，固大椿年。

缥缈飞琼妙舞，命双成、奏曲醉留连。

云璈韵响泻寒泉。浩歌畅饮，斜月低河汉。

渐绮霞、天际红深浅。

动归思、回首尘寰。烂漫游、玉辇东还。

杏花风、数里响鸣鞭。

望长安路，依稀柳色，翠点春妍。

金鼎药：长生不老药。
大椿年：上古有大椿，以八千岁为春，八千岁为秋。即代指长生。
飞琼、双成：西王母侍女许飞琼、董双成。
云璈：西王母小女上元夫人擅弹云林之璈，歌步玄之曲。

归朝欢

和苏坚伯固

我梦扁舟浮震泽。雪浪摇空千顷白。

觉来满眼是庐山，倚天无数开青壁。

此生长接淅。与君同是江南客。

梦中游，觉来清赏，同作飞梭掷。

明日西风还挂席。唱我新词泪沾臆。

灵均去后楚山空，澧阳兰芷无颜色。

君才如梦得。武陵更在西南极。

竹枝词，莫傜新唱，谁谓古今隔。

震泽：太湖。

接淅：捧着已经淘洗过的湿米。代指行色匆匆之状。

挂席：张开船帆。

灵均：屈原。

梦得：刘禹锡，字梦得。参与永贞革新，失败，贬朗州（湖南常德）司马。在朗州十年，惟文章吟咏，陶冶情性。朗州俗好巫，祭祀时每歌俗曲，刘禹锡乃填制新词，故湘西武陵地区的歌曲，多为刘禹锡之词。

竹枝词：巴渝一带的民歌。

莫傜：一作"莫摇"。据龙榆生校注，"傜"误作"摇"。莫傜，古代少数民族，即今瑶族。刘禹锡有《莫傜歌》。

木兰花令

宿造口，闻夜雨，寄子由、才叔。

梧桐叶上三更雨。惊破梦魂无觅处。
夜凉枕簟已知秋，更听寒蛩促机杼。

梦中历历来时路。犹在江亭醉歌舞。
尊前必有问君人，为道别来心与绪。

造口，又名皂口，在今江西吉安市万安县西南六十里。皂口溪水在此注入赣江。

寒蛩（qióng）：晚秋的蟋蟀。

浣溪沙

几共查梨到雪霜。一经题品便生光。
木奴何处避雌黄。

北客有来初未识，南金无价喜新尝。
含滋嚼句齿牙香。

又

咏橘

菊暗荷枯一夜霜。新苞绿叶照林光。
竹篱茅舍出青黄。

香雾噀人惊半破，清泉流齿怯初尝。
吴姬三日手犹香。

查：山楂。
题品：品评。此言柑橘被屈原以《橘颂》品评后，成为高洁君子的
象征。
木奴：柑橘的别名。
雌黄：妄加评论。即指柑橘因得到木奴的别名而被丑化。
北客：代指苏轼自己。
南金：代指出产于南方的柑橘。

噀（xùn）：喷水。

又

绍圣元年十月二十三日，与程乡令侯晋叔、归善簿谭汲同游大云寺。野饮松下，仍设松黄汤，作此阕。余家近酿酒，名之曰"万家春"，盖岭南万户酒也。

罗袜空飞洛浦尘。锦袍不见谪仙人。
携壶藉草亦天真。

玉粉轻黄千岁药，雪花浮动万家春。
醉归江路野梅新。

程乡、归善，皆惠州所辖之县。松黄汤，松花酒。
"罗袜"句：曹植《洛神赋》："凌波微步，罗袜生尘。"
锦袍：李白初至长安，贺知章称其为谪仙人。晚年云游四方，尝乘月与崔宗之自采石至金陵，着宫锦袍，坐舟中，旁若无人。
"玉粉"句：玉粉，碾成粉状之茶。千岁药，指千年松树的松子，色黄白，古人认为常食可长生。

1095

宋哲宗 绍圣二年

本年苏轼六十岁，在惠州贬所。

临江仙

惠州改前韵

九十日春都过了，贪忙何处追游。

三分春色一分愁。

雨翻榆荚阵，风转柳花毬。

我与使君皆白首，休夸年少风流。

佳人斜倚合江楼。

水光都眼净，山色总眉愁。

熙宁九年（1076），苏轼于密州邵家园藏春馆赏残花，赋《临江仙》词。
即题中所云之"前韵"。

榆荚：榆钱。
柳花毬：柳絮。
合江楼：东江与西江合流于惠州城东，其处有合江楼，即府城之东门楼。

减字木兰花

西湖食荔支

闽溪珍献。过海云帆来似箭。

玉坐金盘。不贡奇葩四百年。

轻红酽白。雅称佳人纤手擘。

骨细肌香。恰是当年十八娘。

南歌子

云鬟裁新绿，霞衣曳晓红。

待歌凝立翠筵中。一朵彩云何事、下巫峰。

趁拍鸾飞镜，回身燕漾空。

莫翻红袖过帘栊。怕被杨花勾引、嫁东风。

闽溪：福建出产荔枝五种，皆为隋唐时贡品。
玉座金盘：指用来向杨贵妃呈献荔枝的托盘。
十八娘：十八娘荔枝，色深红而细长，时人以少女比之。俚传闽王王
氏，有女第十八，好啖此品，因而得名。

"趁拍"句：与音乐旋律完美配合，对镜起舞。
燕漾空：喻舞者身轻如燕。
杨花勾引：言舞者轻盈似杨花，怕是会随春风而去。

殢人娇

赠朝云

白发苍颜，正是维摩境界。

空方丈、散花何碍。

朱唇箸点，更髻鬟生彩。

这些个，千生万生只在。

好事心肠，著人情态。

闲窗下、敛云凝黛。

明朝端午，待学纫兰为佩。

寻一首好诗，要书裙带。

朝云，苏轼小妾，王姓，钱塘人，与苏轼曾育有一子名幹儿，未期而夭。后随苏轼贬谪岭海。

维摩：古印度居士维摩诘，居家修佛，亦有妻子，然义理纯熟，曾与文殊菩萨讲法，引得天女围观，听得精彩处，便从空中散下花朵。

箸点：即一点，言朱唇之小。

要书裙带：要，通"腰"。即云要抄录一首好诗在朝云裙腰带上。

浣溪沙

端午

轻汗微微透碧纨。明朝端午浴芳兰。
流香涨腻满晴川。

彩线轻缠红玉臂，小符斜挂绿云鬟。
佳人相见一千年。

又

入袂轻风不破尘。玉簪犀璧醉佳辰。
一番红粉为谁新。

团扇不堪题往事，柳丝那解系行人。
酒阑滋味似残春。

涨腻：废弃的洗澡水。
彩线：端午风俗，以五彩丝线缠于手臂，以避邪祟。
小符：端午风俗，作赤灵符挂于胸前，以避邪祟。

1096

宋哲宗 绍圣三年

本年苏轼六十一岁，在惠州贬所。

西江月

玉骨那愁瘴雾，冰姿自有仙风。

海仙时遣探芳丛。倒挂绿毛幺凤。

素面翻嫌粉涴，洗妆不褪唇红。

高情已逐晓云空。不与梨花同梦。

本年朝云卒，作此词借梅花悼之。

瘴雾：古时岭南多瘴气，故云。

绿毛幺凤：广东有绿羽丹嘴之鸟，大如雀，状类鹦鹉，常倒悬集于梅枝上，当地人呼为"倒挂子"。今不详为何鸟。

"素面"二句：宋时梅花以白色为主，然四周泛微红，故有此二句之喻。

梨花同梦：唐朝诗人王昌龄，曾于梦中作梅花诗，云："落落寞寞路不分，梦中唤作梨花云。"

1097

宋哲宗 绍圣四年

本年苏轼六十二岁。

谪居惠州。

二月，白鹤峰新居完工，通知常州家人南来。

闰二月十九日，再贬琼州别驾、昌化军安置。

苏轼寄家小于惠州，仅携幼子苏过赴海南岛。

虞美人

定场贺老今何在。几度新声改。

怨声坐使旧声阑。俗耳只知繁手、不须弹。

断弦试问谁能晓。七岁文姬小。

试教弹作辊雷声。应有开元遗老、泪纵横。

贺老：贺怀智，玄宗开元、天宝年间的著名琵琶手。

阑：零散，失传。

"俗耳"句：我只知繁手之曲动听，不会演奏。繁手，繁杂变化的弹奏技巧。

文姬：蔡文姬幼时，曾听父亲蔡邕弹琴，琴弦偶断，蔡文姬言此是第二弦。蔡邕以为碰巧言对，便故意再弄断一根，蔡文姬依然正确指出是第四弦。此处以蔡文姬代指年幼的琵琶女。

辊雷声：如雷鸣般的琵琶曲声。据称当年惟有贺怀智能奏得此声，故下文云开元遗老泪纵横。

减字木兰花

琵琶绝艺。年纪都来十一二。
拨弄幺弦。未解将心指下传。

主人瞋小。欲向春风先醉倒。
已属君家。且更从容等待他。

都来：不过。
"未解"句：琵琶女年纪尚小，还不会在演奏时注入情思。
欲向春风：戏谑之辞，言主人欲对琵琶女行非分之事。

浣溪沙

道字娇讹语未成。未应春阁梦多情。
朝来何事绿鬟倾。

彩索身轻长趁燕，红窗睡重不闻莺。
困人天气近清明。

又

桃李溪边驻画轮。鹧鸪声里倒清尊。
夕阳虽好近黄昏。

香在衣裳妆在臂，水连芳草月连云。
几时归去不销魂。

"道字"句：描述歌女年纪尚幼，说话还咬字不清。
"未应"句：言歌女尚幼，还不通男女之情，故而不会春梦多情之事。
绿鬟倾：头发散乱。
彩索：秋千。

画轮：涂有彩漆的牛车。

西江月

黄州中秋

世事一场大梦，人生几度新凉。

夜来风叶已鸣廊。看取眉头鬓上。

酒贱常愁客少，月明多被云妨。

中秋谁与共孤光。把盏凄然北望。

关于此词的创作时间、地点与主旨颇多歧异。一说为元丰三年（1080）年中秋作于黄州。一说为熙宁四年(1070年)十一月至熙宁七年(1074年)十月之间，苏轼倅杭时所作。据现代学者考证，当作于苏轼贬谪海南之时。绍圣四年（1097）七月，苏轼抵达儋耳贬所，一个月后便是中秋。而苏辙当时居雷州，兄弟二人恰是一南一北，隔海相望，正符合"把盏凄然北望"的描写。"黄州中秋"一题，当为后人误加。

1099

宋哲宗 元符二年

本年苏轼六十四岁。
谪居海南。

减字木兰花

己卯儋耳春词

春牛春杖。无限春风来海上。
便丐春工。染得桃红似肉红。

春幡春胜。一阵春风吹酒醒。
不似天涯。卷起杨花似雪花。

春牛春杖：古时风俗，州郡须于立春前五日在东门外造土牛，并设耕夫、农具，以备立春日之祭祀劝农。
桃红：言海南地暖，方立春桃花即已盛开。
春幡春胜：旧俗立春日立青幡于门外，正月初七日制人胜，女子剪纸或金箔为人形作装饰。

1100

宋哲宗 元符三年

本年苏轼六十五岁，在昌化军贬所。

正月，哲宗薨逝，大赦，量移廉州安置。

后又量移舒州节度副使、永州居住。

未至，复朝奉郎，提举成都府玉局观，任便居住。

减字木兰花

以大琉璃杯劝王仲翁

海南奇宝。铸出团团如栲栳。

曾到昆仑。乞得山头玉女盆。

绛州王老。百岁痴顽推不倒。

海口如门。一派黄流已电奔。

栲栳（kǎo lǎo）：用柳条编成的盛物器具。即言琉璃杯之大。

玉女盆：华山中峰有玉女祠，祠前有石臼，传说为玉女洗头盆。

海口：喻酒杯口之宽大。

一派黄流：喻指杯中黄酒，此句即形容王仲翁喝酒速度之快。

鹧鸪天

陈公密出侍儿素娘，歌《紫玉箫》曲，劝老人酒。老人饮尽，为赋此词。

笑捻红梅亸翠翘。扬州十里最妖娆。
夜来绮席亲曾见，撮得精神滴滴娇。

娇后眼，舞时腰。刘郎几度欲魂消。
明朝酒醒知何处，肠断云间《紫玉箫》。

亸：歪斜貌。翠翘：饰有翠羽的发簪。

刘郎：刘禹锡诗云："鬟髻梳头宫样妆，春风一曲《杜韦娘》。司空见惯浑闲事，断尽江南刺史肠。"苏轼以刘禹锡自比，故有末句肠断之语。

未编年词

华清引

平时十月幸莲汤。玉甃琼梁。

五家车马如水，珠玑满路旁。

翠华一去掩方床。独留烟树苍苍。

至今清夜月，依前过缭墙。

本词吟咏唐玄宗与杨贵妃的故事。元本误题作"华胥引"。

"平时"句：天宝六载，改骊山温泉宫为华清宫，自此至天宝十四载，玄宗每年十月皆携杨贵妃至华清宫。

甃（zhòu）：本指井壁，此处指华清宫浴池。

五家：指杨贵妃兄妹五人。

珠玑：珠玉首饰。唐玄宗每幸华清宫，国忠姊妹五家扈从。每家着一色衣，五家合队，照映如百花之焕发，而遗钿珠翠，灿烂芳馥于路。

翠华：天子仪仗，指安史乱起，玄宗仓皇奔蜀。

缭墙：围墙。

满庭芳

蜗角虚名，蝇头微利，算来著甚干忙。

事皆前定，谁弱又谁强。

且趁闲身未老，须放我、些子疏狂。

百年里，浑教是醉，三万六千场。

思量。能几许，忧愁风雨，一半相妨。

又何须，抵死说短论长。

幸对清风皓月，苔茵展、云幕高张。

江南好，千钟美酒，一曲《满庭芳》。

蜗角：蜗牛的触须。蝇头：苍蝇的头。二者皆喻指极其微小的事物。
苔茵：以青苔作褥席。

雨中花慢

邃院重帘何处，惹得多情，愁对风光。

睡起酒阑花谢，蝶乱蜂忙。

今夜何人，吹笙北岭，待月西厢。

空怅望处，一株红杏，斜倚低墙。

羞颜易变，傍人先觉，到处被著猜防。

谁信道，些儿恩爱，无限凄凉。

好事若无间阻，幽欢却是寻常。

一般滋味，就中香美，除是偷尝。

邃院：深院。
吹笙北岭：仙人王子乔，曾于缑山上骑鹤吹笙。
待月西厢：元稹《莺莺传》写张生与崔莺莺约定于月下西厢幽会。

又

嫩脸羞蛾，因甚化作行云，却返巫阳。

但有寒灯孤枕，皓月空床。

长记当初，乍谐云雨，便学鸾凰。

又岂料、正好三春桃李，一夜风霜。

丹青□画，无言无笑，看了漫结愁肠。

襟袖上，犹存残黛，渐减馀香。

一自醉中忘了，奈何酒后思量。

算应负你，枕前珠泪，万点千行。

却返巫阳：用巫山神女事。然言神女返回巫山，不再与楚王相见，则当
是指现实中的女子已溘然长逝。今人多据此认为本词为悼念朝云而作。
学鸾凰：鸾即凤，与凰为同鸟，惟雄凤雌凰耳。此处即云结为夫妇。

一丛花

初春病起

今年春浅腊侵年。冰雪破春妍。

东风有信无人见，露微意、柳际花边。

寒夜纵长，孤衾易暖，钟鼓渐清圆。

朝来初日半衔山。楼阁淡疏烟。

游人便作寻芳计，小桃杏、应已争先。

衰病少悰，疏慵自放，惟爱日高眠。

腊侵年：言立春在旧年十二月。

"钟鼓"句：钟鼓之声渐渐清亮圆润起来，是气候回暖之象征。

悰（cóng）：欢乐、愉悦。

三部乐

美人如月。乍见掩暮云，更增妍绝。

算应无恨，安用阴晴圆缺。

娇甚空只成愁，待下床又懒，未语先咽。

数日不来，落尽一庭红叶。

今朝置酒强起，问为谁减动，一分香雪。

何事散花却病，维摩无疾。

却低眉、惨然不答。

唱《金缕》、一声怨切。

堪折便折。且惜取、少年花发。

下床又懒：指卧病无力之貌。

"何事"二句：维摩诘有疾，天女为之散花。此处以散花天女代指女子，以维摩诘代指自己，反用此典，言为何自己无疾而女子多病。

《金缕》：杜秋娘《金缕衣》："劝君莫惜金缕衣，劝君惜取少年时。花开堪折直须折，莫待无花空折枝。"

无愁可解

国工花日新作越调《解愁》，洛阳刘几伯寿闻而悦之，戏作俚语之词，天下传咏，以为几于达者。龙丘子犹笑之："此虽免乎愁，犹有所解也。若夫游于自然而托于不得已，人乐亦乐，人愁亦愁，彼且恶乎解哉。"乃反其词，作《无愁可解》云。

光景百年，看便一世，生来不识愁味。

问愁何处来，更开解个甚底。

万事从来风过耳。何用不著心里。

你唤做、展却眉头，便是达者，也则恐未。

此理。本不通言，何曾道、欢游胜如名利。

道即浑是错，不道如何即是。

这里元无我与你。

甚唤做、物情之外。

若须待醉了，方开解时，问无酒、怎生醉。

国工，指技艺超凡的乐师。花日新，乐工名。刘几，字伯寿，曾携花日新赏花叹咏，作曲撰词。龙丘子，即苏轼友人陈慥。

甚底：什么。

元无我与你：本来就没有物我之分。

物情之外：超然物外。既然没有物我之分，就无所谓超然物外之说了。

贺新郎

乳燕飞华屋。

悄无人、桐阴转午，晚凉新浴。

手弄生绡白团扇，扇手一时似玉。

渐困倚、孤眠清熟。

帘外谁来推绣户，枉教人、梦断瑶台曲。

又却是，风敲竹。

石榴半吐红巾蹙。

待浮花、浪蕊都尽，伴君幽独。

秾艳一枝细看取，芳心千重似束。

又恐被、秋风惊绿。

若待得君来向此，花前对酒不忍触。

共粉泪，两簌簌。

晚凉新浴：在夏日正午的桐阴下乘凉，感觉好似晚间纳凉与刚冲完澡。

瑶台曲：仙界的优美音乐，代指美好的梦境。

蹙：褶皱貌。以叠皱的红巾喻半开的石榴花。

簌簌：纷纷落下貌。

哨遍

睡起画堂，银蒜押帘，珠幕云垂地。

初雨歇，洗出碧罗天，正溶溶、养花天气。

一霎暖风回芳草，荣光浮动，卷皱银塘水。

方杏靥匀酥，花须吐绣，园林排比红翠。

见乳燕捎蝶过繁枝。忽一线炉香逐游丝。

昼永人闲，独立斜阳，晚来情味。

便乘兴携将佳丽。深入芳菲里。

拨胡琴语，轻拢慢捻总伶俐。

看紧约罗裙，急趣檀板，《霓裳》入破惊鸿起。

颦月临眉，醉霞横脸，歌声悠扬云际。

任满头红雨落花飞。

渐鸩鹊楼西玉蟾低。尚徘徊、未尽欢意。

君看今古悠悠，浮幻人间世。

这些百岁，光阴几日，三万六千而已。

醉乡路稳不妨行，但人生、要适情耳。

银蒜：银质蒜头形帘坠，用以压帘。

急趣：趣同"趋"，言拍板敲打得急促。

入破：唐宋大曲与舞蹈相配的部分。

鸩（zhī）鹊楼：西汉甘泉宫内楼宇，代指歌楼。

玉蟾：代指月亮。楼西月低，言宴饮至长夜将尽的时分。

木兰花令

元宵似是欢游好。何况公庭民讼少。

万家游赏上春台，十里神仙迷海岛。

平原不似高阳傲。促席雍容陪语笑。

坐中有客最多情，不惜玉山拚醉倒。

平原：赵国平原君赵胜，战国四公子之一。

高阳：郦食其，陈留高阳人，狂放不羁。请见刘邦而不得，瞋目按剑叱
使者曰："走！复入言沛公，吾高阳酒徒也，非儒人也！"后以高阳、高
阳酒徒代指狂放而好饮酒者。

促席：坐得很近。

玉山：山涛赞嵇康："其醉也，傀俄若玉山之将崩。"

又

经旬未识东君信。一夕薰风来解愠。

红绡衣薄麦秋寒，绿绮韵低梅雨润。

瓜头绿染山光嫩。弄色金桃新傅粉。

日高慵卷水晶帘，犹带春醪红玉困。

又

高平四面开雄垒。三月风光初觉媚。

园中桃李使君家，城上亭台游客醉。

歌翻《杨柳》金尊沸。饮散凭阑无限意。

云深不见玉关遥，草细山重残照里。

薰风：夏日之风。

绿绮：传说司马相如有琴名绿绮，后即以之代指琴。

瓜头绿染：喻指美人头发乌黑亮丽。

金桃：外国进贡之名贵桃。此处喻指美人之面如傅粉金桃。

红玉：代指美人。

歌翻《杨柳》：填制一首新的《杨柳枝》词。

西江月

闻道双衔凤带，不妨单著鲛绡。

夜香知与阿谁烧。怅望水沉烟袅。

云鬟风前绿卷，玉颜醉里红潮。

莫教空度可怜宵。月与佳人共僚。

诉衷情

海棠珠缀一重重。清晓近帘栊。

胭脂谁与匀淡，偏向脸边浓。

看叶嫩，惜花红。意无穷。

如花似叶，岁岁年年，共占春风。

双衔凤带：指歌女侍奉两位男子，下句即是愿得一心人之志。
僚：容颜姣好。言佳人容颜如月光般美丽。

"如花似叶"三句：刘希夷《代悲白头翁》："年年岁岁花相似，岁岁年
年人不同。"苏轼反其意而言之，祝愿人们青春永驻。

苏幕遮

咏选仙图

暑笼晴，风解愠。

雨后馀清，暗袭衣裾润。

一局选仙逃暑困。

笑指尊前，谁向青霄近。

整金盆，轮玉笋。

凤驾鸾车，谁敢争先进。

重五休言升最紧。

纵有碧油，到了输堂印。

选仙，一种赌钱游戏。

金盆：用来掷骰子的盆。

轮：依次轮流掷骰子。玉笋：喻美人手指。

重五：骰子掷得两个五点。

碧油：选仙游戏的一种彩名，当比重五难得。

到了：最终还是。堂印：掷得两个红色四点。

乌夜啼

莫怪归心速，西湖自有蛾眉。

若见故人须细说，白发倍当时。

小郑非常强记，二南依旧能诗。

更有鲈鱼堪切脍，儿辈莫教知。

小郑：指歌妓郑容。
二南：湖州有歌妓名周召，故雅号"二南"。
切脍（kuài）：细切的鱼、肉片。太湖鲈鱼味美，古时常切为生鱼片，成
一种地方记忆。

临江仙

诗句端来磨我钝，钝锥不解生铓。

欢颜为我解冰霜。

酒阑清梦觉，春草满池塘。

应念雪堂坡下老，昔年共采芸香。

功成名遂早还乡。

回车来过我，乔木拥千章。

"诗句"二句：自己资质驽钝，需要友人的诗句帮助磨砺，提高诗才，而且很难跟得上友人的诗思。铓，刀剑锋利的尖端。

春草满池塘：南朝大诗人谢灵运每遇谢惠连即有佳句，曾夜梦谢惠连，得"池塘生春草，园柳变鸣禽"之句。

芸香：芸草有芳香，可驱虫，故藏书处多放置之。此处代指大内秘书省，言自己与友人曾一同供职秘书省。

乔木、千章：皆指大树。喻友人有栋梁之才。

又

送王缄

忘却成都来十载，因君未免思量。

凭将清泪洒江阳。

故山知好在，孤客自悲凉。

坐上别愁君未见，归来欲断无肠。

殷勤且更尽离觞。

此身如传舍，何处是吾乡。

江阳：江北，山南水北谓之阳。
传舍：旅途中的寄食之所。

又

夜到扬州，席上作。

尊酒何人怀李白，草堂遥指江东。
珠帘十里卷香风。
花开花谢，离恨几千重。

轻舸渡江连夜到，一时惊笑衰容。
语音犹自带吴侬。
夜阑对酒，依旧梦魂中。

又

冬夜夜寒冰合井，画堂明月侵帏。
青釭明灭照悲啼。
青釭挑欲尽，粉泪裛还垂。

未尽一尊先掩泪，歌声半带清悲。
情声两尽莫相违。
欲知肠断处，梁上暗尘飞。

青釭（gāng）：青灯。釭，灯盏。

又

赠王友道

谁道东阳都瘦损，凝然点漆精神。

瑶林终自隔风尘。

试看披鹤氅，仍是谪仙人。

省可清言挥玉麈，真须保器全真。

风流何似道家纯。

不应同蜀客，惟爱卓文君。

"谁道"句：用沈约自言其瘦损而获出任东阳太守之事。

点漆：喻眼睛漆黑有神。

瑶林：西晋王戎曾称赞王衍美容仪而人品高洁，"如瑶林琼树"。

鹤氅（chǎng）：代指高士所传的袍子。

玉麈（zhǔ）：古人闲谈时执以驱虫、掸尘的工具。

保器全真：保持本真。

又

昨夜渡江何处宿，望中疑是秦淮。

月明谁起笛中哀。

多情王谢女，相逐过江来。

云雨未成还又散，思量好事难谐。

凭陵急桨两相催。

想伊归去后，应似我情怀。

王谢女：代指出身高门的少女。

"凭陵"句：言王谢女迫于压力而远去，未得与我相会。

渔家傲

送张元康省亲秦州

一曲阳关情几许。知君欲向秦川去。

白马皂貂留不住。

回首处。孤城不见天霏雾。

到日长安花似雨。故关杨柳初飞絮。

渐见靴刀迎夹路。

谁得似。风流膝上王文度。

秦州，今甘肃天水。为秦国起源之地，故名。
《全宋词》作"秦川"。元本题末多"或作秦亭"四字。

皂貂：黑色貂裘。
靴刀：代指欢迎的友人与仪仗。
王文度：王坦之，字文度。其父王述甚爱之，还家省亲时，王坦之已长
大，王述犹抱之膝上。

又

临水纵横回晚鞚。归来转觉情怀动。

梅笛烟中闻几弄。

秋阴重。西山雪淡云凝冻。

美酒一杯谁与共。尊前舞雪狂歌送。

腰跨金鱼旌旆拥。

将何用。只堪妆点浮生梦。

鞚（kòng）：马笼头。

舞雪：代指难度极高的舞蹈。

金鱼：唐制，三品以上官员佩金符，刻成鲤鱼形，故称金鱼。

定风波

重阳括杜牧之诗

与客携壶上翠微。江涵秋影雁初飞。

尘世难逢开口笑。年少。菊花须插满头归。

酩酊但酬佳节了。云峤。登临不用怨斜晖。

古往今来谁不老。多少。牛山何必更沾衣。

杜牧，字牧之，唐代诗人。杜牧《九日齐山登高》诗云："江涵秋影雁初飞，与客携壶上翠微。尘世难逢开口笑，菊花须插满头归。但将酩酊酬佳节，不用登临恨落晖。古往今来只如此，牛山何必独沾衣。"

云峤（qiáo）：高耸入云的山。

又

莫怪鸳鸯绣带长。腰轻不胜舞衣裳。

薄幸只贪游冶去。何处。垂杨系马恣轻狂。

花谢絮飞春又尽。堪恨。断弦尘管伴啼妆。

不信归来但自看。怕见。为郎憔悴却羞郎。

又

咏红梅

好睡慵开莫厌迟。自怜冰脸不时宜。

偶作小红桃杏色，闲雅，尚馀孤瘦雪霜姿。

休把闲心随物态。何事。酒生微晕沁瑶肌。

诗老不知梅格在，吟咏，更看绿叶与青枝。

南乡子

冰雪透香肌。姑射仙人不似伊。

濯锦江头新样锦，非宜。故著寻常淡薄衣。

暖日下重帏。春睡香凝索起迟。

曼倩风流缘底事，当时。爱被西真唤作儿。

又

双荔支

天与化工知。赐得衣裳总是绯。

每向华堂深处见，怜伊。两个心肠一片儿。

自小便相随。绮席歌筵不暂离。

苦恨人人分拆破，东西。怎得成双似旧时。

姑射仙人：传说中藐姑射山上的仙子。
濯锦江头：成都锦江，因其水清澈，濯锦则鲜明，故名。
索：须。
曼倩风流：东方朔，字曼倩。传说西王母会汉武帝于承华殿，东方朔于窗下偷窥。王母发现后，笑云："仙桃三熟，此儿已三偷之矣。"
西真：西王母。

化工：自然造化。
绯：赤色。五品以上官员穿绯服，三品以上官员穿紫服。

又

集句

寒玉细凝肤。清歌一曲倒金壶。

冶叶倡条遍相识，争如。豆蔻花梢二月初。

年少即须臾。芳时偷得醉工夫。

罗帐细垂银烛背，欢娱。豁得平生俊气无。

又

怅望送春杯。渐老逢春能几回。

花满楚城愁远别，伤怀。何况清丝急管催。

吟断望乡台。万里归心独上来。

景物登临闲始见，徘徊。一寸相思一寸灰。

集句指摘取前人诗句而成的诗词作品。以下三首均为集句之作。

冶叶倡条：指歌妓。

又

何处倚阑干。弦管高楼月正圆。

胡蝶梦中家万里，依然。老去愁来强自宽。

明镜借红颜。须著人间比梦间。

蜡烛半笼金翡翠，更阑。绣被焚香独自眠。

翻香令

金炉犹暖麝煤残。惜香更把宝钗翻。

重闻处，馀熏在，这一番、气味胜从前。

背人偷盖小蓬山。更将沉水暗同然。

且图得，氤氲久，为情深、嫌怕断头烟。

麝煤：香炉中所燃之麝香。
蓬山：博山香炉，镂作蓬瀛之状，故名蓬山。
然：通"燃"。此句云将沉香与麝香混燃。
断头烟：喻情人分离。

菩萨蛮

绣帘高卷倾城出。灯前潋滟横波溢。
皓齿发清歌。春愁入翠蛾。

凄音休怨乱。我已无肠断。
遗响下清虚。累累一串珠。

又

回文

落花闲院春衫薄。薄衫春院闲花落。
迟日恨依依。依依恨日迟。

梦回莺舌弄。弄舌莺回梦。
邮便问人羞。羞人问便邮。

潋滟：水波荡漾貌。喻佳人明眸。
清虚：青天。
累累一串珠：喻指歌声婉转悠扬，余音袅袅。

迟日：漫长的白日。

269

又

火云凝汗挥珠颗。颗珠挥汗凝云火。

琼暖碧纱轻。轻纱碧暖琼。

晕腮嫌枕印。印枕嫌腮晕。

闲照晚妆残。残妆晚照闲。

又

峤南江浅红梅小。小梅红浅江南峤。

窥我向疏篱。篱疏向我窥。

老人行即到。到即行人老。

离别惜残枝。枝残惜别离。

火云：红云，代指炎夏。

峤南：岭南。

又

娟娟侵鬓妆痕浅。双鬟相媚弯如剪。
一瞬百般宜。无论笑与啼。

酒阑思翠被。特故腾腾地。
生怕促归轮。微波先泥人。

又

咏足

涂香莫惜莲承步。长愁罗袜凌波去。
只见舞回风。都无行处踪。

偷穿宫样稳。并立双趺困。
纤妙说应难。须从掌上看。

腾腾地：模模糊糊，神志不清貌。
微波：动人的眼神。泥人：注目于人。

莲承步：南齐东昏侯凿金为莲华以贴地，令潘妃行其上，曰："此步步生
莲华也。"
宫样：宫中流行的样式。
双趺（fū）：双足。

又

玉镮坠耳黄金饰。轻衫罩体香罗碧。

缓步困春醪。春融脸上桃。

花钿从委地。谁与郎为意。

长爱月华清。此时憎月明。

桃源忆故人

华胥梦断人何处。听得莺啼红树。

几点蔷薇香雨。寂寞闲庭户。

暖风不解留花住。片片著人无数。

楼上望春归去。芳草迷归路。

脸上桃：因饮酒而脸上红润如桃花。
花钿：古时女子头饰。
憎月明：幽会的情人憎恶月光之明亮。

华胥：传说中的美好世界。华胥梦即指美梦。

浣溪沙

画隼横江喜再游。老鱼跳槛识清讴。
流年未肯付东流。

黄菊篱边无怅望，白云乡里有温柔。
挽回霜鬓莫教休。

又

风卷珠帘自上钩。萧萧乱叶报新秋。
独携纤手上高楼。

缺月向人舒窈窕，三星当户照绸缪。
香生雾縠见纤柔。

画隼：绘有鹰隼图案的旗帜，多为州郡长官仪仗所用。
"老鱼"句：长官仪仗中的鼓吹之乐悦耳，引得水中之鱼跳起倾听。
黄菊篱边：陶渊明某年重阳节无酒，于篱边采菊独坐，怅望久之。见一
白衣人至，乃太守王弘所派的送酒之人。
挽回霜鬓：莫道衰老，仍应及时行乐。

自上钩：风吹起珠帘，似用帘钩钩起。
三星：参宿。参宿升于东方，为古人嫁娶之时。绸缪：缠绵之貌。
雾縠（hú）：轻薄的纱衣。

又

方响

花满银塘水漫流。犀槌玉板奏《凉州》。
顺风环佩过秦楼。

远汉碧云轻漠漠，今宵人在鹊桥头。
一声敲彻绛河秋。

又

山色横侵蘸晕霞。湘川风静吐寒花。
远林屋散尚啼鸦。

梦到故园多少路，酒醒南望隔天涯。
月明千里照平沙。

犀槌玉板：犀牛角制成的方响槌，玉制的方响板。
秦楼：代指女子所居处。
绛河：银河。

又

风压轻云贴水飞。乍晴池馆燕争泥。
沈郎多病不胜衣。

沙上不闻鸿雁信，竹间时有鹧鸪啼。
此情惟有落花知。

占春芳

红杏了，夭桃尽，独自占春芳。
不比人间兰麝，自然透骨生香。

对酒莫相忘。似佳人、兼合明光。
只忧长笛吹花落，除是宁王。

鹧鸪啼：鹧鸪啼声似"行不得也哥哥"，常以之抒写离愁别绪。

人间兰麝：人造之香料。
明光：汉武帝欲求仙，遂建明光殿，置燕赵美女二千居于其内。
宁王：李宪，初名成器，唐睿宗长子，善吹长笛。笛曲中有《梅花落》，故前云长笛吹花落。

南歌子

楚守周豫出舞鬟

绀绾双蟠髻，云敧小偃巾。

轻盈红脸小腰身。叠鼓忽催花拍、斗精神。

空阔轻红歇，风和约柳春。

蓬山才调最清新。胜似缠头千锦、共藏珍。

周豫，治平三年以集贤校理出知洪州，其他望、仕履等不详。有学者考证为苏轼由汴京赴杭州通判任途经楚州时，太守设宴并出舞鬟佐饮时而作，当时太守或为另周豫。

"绀绾"二句：双髻上缠着青红色丝帛，头巾略为仰起，露出乌黑的秀发。
"叠鼓"句：宋人舞曲用大鼓伴奏，至某些乐段时有迭奏之声。舞曲至于叠鼓花拍之际，为一曲最妙处，故曰"斗精神"。
轻红歇，约柳春：指舞姿曼妙，如落花风中飘舞，如杨柳风中摇曳。
"蓬山"句：座客皆饱学之士，即席写出清新之词。蓬山指富藏图书之所。
缠头：赏赐席间歌女、舞女的锦缎丝罗。

又

琥珀装腰佩，龙香入领巾。

只应飞燕是前身。共看剥葱纤手、舞凝神。

柳絮风前转，梅花雪里春。

鸳鸯翡翠两争新。但得周郎一顾、胜珠珍。

龙香：龙涎香、龙脑香、龙文香的统称，谓领巾被龙香熏过。
周郎一顾：周瑜精音律，席间听得奏错，便回顾乐人。此处指受到知音
赞赏。

又

紫陌寻春去，红尘拂面来。

无人不道看花回。惟见石榴新蕊、一枝开。

冰簟堆云髻，金尊滟玉醅。

绿阴青子莫相催。留取红巾千点、照池台。

看花回：刘禹锡《元和十一年自朗州召至京戏赠看花诸君子》："紫陌红
尘拂面来，无人不道看花回。"

冰簟（diàn）：清凉如冰的竹席。

绿阴青子：代指花谢。

红巾：石榴花。

又

笑怕蔷薇罥，行忧宝瑟僵。

美人依约在西厢，只恐暗中迷路，认馀香。

午夜风翻幔，三更月到床。

簟纹如水玉肌凉。何物与侬归去、有残妆。

蔷薇罥（juàn）：隋炀帝曾与萧皇后夜间闲话，瞥见一小太监于蔷薇花下幽会宫女，衣带被蔷薇缠绊住，犹痴笑不止。罥，缠绊。

宝瑟僵：莽何罗欲刺杀汉武帝，袖藏白刃潜入宫中，却遇见早已怀疑他的金日磾，莽何罗色变，欲离开，却被宝瑟绊倒，遂被擒。僵，摔倒。

残妆：指一夜风流之后，男子手臂上被印上的女子妆痕。

江城子

银涛无际卷蓬瀛。

落霞明。暮云平。

曾见青鸾、紫凤下层城。

二十五弦弹不尽，空感慨，惜离情。

苍梧烟水断归程。

卷霓旌。为谁迎。

空有千行，流泪寄幽贞。

舞罢鱼龙云海晚，千古恨，入江声。

此词又见于叶梦得《石林词》，未知孰是。

二十五弦：代指琴瑟。
苍梧：潇湘之地，传说舜崩于此，二妃哭祭，亦投潇湘之中，化为湘灵。
幽贞：代指思而不见、盼而不至的人。

又

腻红匀脸衬檀唇。

晚妆新。暗伤春。

手捻花枝，谁会两眉颦。

连理带头双□□，留待与、个中人。

淡烟笼月绣帘阴。

画堂深。夜沉沉。

谁道□□，□系得人心。

一自绿窗偷见后，便憔悴、到如今。

腻红：胭脂涂脸，光泽红润之貌。
个中人：指心上人。

蝶恋花

花褪残红青杏小。

燕子飞时，绿水人家绕。

枝上柳绵吹又少。天涯何处无芳草。

墙里秋千墙外道。

墙外行人，墙里佳人笑。

笑渐不闻声渐悄。多情却被无情恼。

又

代人赠别

一颗樱桃樊素口。

不要黄金，只要人长久。

学画鸦儿犹未就。眉间已作伤春皱。

扑蝶西园随伴走。

花落花开，渐解相思瘦。

破镜重来人在否。章台折尽青青柳。

爱：一作"要"。

学画鸦儿：初学画眉，指歌女年纪尚小。

渐解相思瘦：渐渐懂得男女之情而惆怅消瘦。

"章台"句：指歌女被他人娶走。

又

同安君生日放鱼，取《金光明经》救鱼事。

泛泛东风初破五。

江柳微黄，万万千千缕。

佳气郁葱来绣户。当年江上生奇女。

一盏寿觞谁与举。

三个明珠，膝上王文度。

放尽穷鳞看圉圉。天公为下曼陀雨。

同安君指王闰之，苏轼的第二任妻子，封同安郡君。

初破五：刚过正月初五。旧俗正月初六，女子方得出门相贺，归家省亲，故云破五。

江上：王闰之为四川青神人，其地有青神江。

明珠：代指俊美子弟，此处即指苏轼三子苏迈、苏迨、苏过。王文度：王坦之，字文度。其父王述甚爱之，还家省亲时，王坦之已长大，王述犹抱之膝上。

圉圉（yǔ）：困而未舒之貌。

曼陀雨：空中降下曼陀罗花。《金光明经》载流水长者子救鱼后，受天神奖励，于其睡眠时以真珠、天妙璎珞置其身边，雨曼陀罗华、摩诃曼陀罗华，积至于膝。

又

记得画屏初会遇。

好梦惊回，望断高唐路。

燕子双飞来又去。纱窗几度春光暮。

那日绣帘相见处。

低眼佯行，笑整香云缕。

敛尽春山羞不语。人前深意难轻诉。

香云缕：喻秀发。

春山：喻眉。

又

雨霰疏疏经泼火。

巷陌秋千，犹未清明过。

杏子梢头香蕾破。淡红褪白胭脂涴。

苦被多情相折挫。

病绪厌厌，浑似年时个。

绕遍回廊还独坐。月笼云暗重门锁。

雨霰（xiàn）：细雨和雪珠。泼火：寒食禁火，故称寒食节前后的雨为泼
火雨。

涴（wò）：弄脏，污染。

厌厌：精神不振貌。

年时个：从前的时光。

又

蝶懒莺慵春过半。

花落狂风，小院残红满。

午醉未醒红日晚。黄昏帘幕无人卷。

云鬟鬔松眉黛浅。

总是愁媒，欲诉谁消遣。

未信此情难系绊。杨花犹有东风管。

鬔（péng）松：头发凌乱貌。

愁媒：勾起愁绪的事物。

减字木兰花

玉房金蕊。宜在玉人纤手里。
淡月朦胧。更有微微弄袖风。

温香熟美。醉慢云鬟垂两耳。
多谢春工。不是花红是玉红。

又

莺初解语。最是一年春好处。
微雨如酥。草色遥看近却无。

休辞醉倒。花不看开人易老。
莫待春回。颠倒红英间绿苔。

玉房金蕊：代指牡丹花。
温香熟美：佳人酣睡之貌。

花不看开：因人生易老，故不能看花开之时，免增伤老之叹。

又

银筝旋品。不用缠头千尺锦。

妙思如泉。一洗闲愁十五年。

为公少止。起舞属公《公莫》起。

风里银山。摆撼鱼龙我自闲。

《公莫》：舞曲名。

摆撼鱼龙：像鱼龙摇摆的优美舞姿。

闲：通"娴"，娴熟。

行香子

病起小集

昨夜霜风。先入梧桐。

浑无处、回避衰容。

问公何事，不语书空。

但一回醉，一回病，一回慵。

朝来庭下，飞英如霰。

似无言、有意催侬。

都将万事，付与千钟。

任酒花白，眼花乱，烛花红。

书空：在空中虚画字形。

点绛唇

闲倚胡床，庾公楼外峰千朵。

与谁同坐。明月清风我。

别乘一来，有唱应须和。

还知么。自从添个。风月平分破。

又

红杏飘香，柳含烟翠拖金缕。

水边朱户。门掩黄昏雨。

烛影摇风，一枕伤春绪。

归不去。凤楼何处。芳草迷归路。

庾公楼：东晋庾亮镇武昌时，常登南楼，倚胡床赏月。此处以南楼代指杭州之楼。

别乘：即指通判。

风月平分破：因通判前来共饮，我独享的明月清风就需要分出一半了。

又

醉漾轻舟，信流引到花深处。

尘缘相误。无计花间住。

烟水茫茫，千里斜阳暮。

山无数。乱红如雨。不记来时路。

又

月转乌啼，画堂宫徵生离恨。

美人愁闷。不管罗衣褪。

清泪斑斑，挥断柔肠寸。

嗔人问。背灯偷揾。拭尽残妆粉。

《点绛唇·醉漾轻舟》一首又见于秦观《淮海词》，未知孰是。

嗔（chēn）人问：因他人问起流泪原因而气恼。

阮郎归

梅花

暗香浮动月黄昏。堂前一树春。

东风何事入西邻。儿家常闭门。

雪肌冷，玉容真。香腮粉未匀。

折花欲寄岭头人。江南日暮春。

虞美人

冰肌自是生来瘦。那更分飞后。

日长帘幕望黄昏。及至黄昏时候、转销魂。

君还知道相思苦。怎忍抛奴去。

不辞迢递过关山。只恐别郎容易、见郎难。

"暗香"句：林逋《山园小梅二首》之一："疏影横斜水清浅，暗香浮动月黄昏。"为千古咏梅名句。

儿家：我家，为女子之自称。

"折花"句：陆凯《赠范晔》："折梅逢驿使，寄与陇头人。江南无所有，聊寄一枝春。"

江南日暮春：杜甫《春日忆李白》："渭北春天树，江东日暮云。"苏轼合用陆凯、杜甫二诗，表达对朋友的思念。

又

深深庭院清明过。桃李初红破。

柳丝搭在玉阑干。帘外潇潇微雨、做轻寒。

晚晴台榭增明媚。已拚花前醉。

更阑人静月侵廊。独自行来行去、好思量。

又

持杯遥劝天边月。愿月圆无缺。

持杯更复劝花枝。且愿花枝长在、莫离披。

持杯月下花前醉。休问荣枯事。

此欢能有几人知。对酒逢花不饮、待何时。

离披：衰残、凋零貌。

谒金门

秋帷里。长漏伴人无寐。
低玉枕凉轻绣被。一番秋气味。

晓色又侵窗纸。窗外鸡声初起。
声断几声还到耳。已明声未已。

又

秋池阁。风傍晓庭帘幕。
霜叶未衰吹未落。半惊鸦喜鹊。

自笑浮名情薄。似与世人疏略。
一片懒心双懒脚。好教闲处著。

疏略：轻慢。
懒心：懒于应酬交际之心。
懒脚：懒于奔走经营。

又

今夜雨。断送一年残暑。

坐听潮声来别浦。月明何处去。

孤负金尊绿醑。来岁今宵圆否。

酒醒梦回愁几许。夜阑还独语。

好事近

烟外倚危楼，初见远灯明灭。

却跨玉虹归去，看洞天星月。

当时张范风流在，况一尊浮雪。

莫问世间何事，与剑头微哕。

绿醑（xǐ）：绿酒。

张范：东汉范式与张劭为友，范式许诺两年后至张劭家拜见其母。到了约期，张劭让母亲准备酒菜，母亲问："二年之别，千里结言，尔何相信之审邪？"对曰："巨卿信士，必不乖违。"范式果然按期来访，升堂拜饮，尽欢而别。后世因以"范张"喻生死之交。
浮雪：尽饮一大杯酒。
微哕（xuè）：喻指无足轻重的语言。

天仙子

走马探花花发未。人与化工俱不易。
千回来绕百回看，蜂作婢。莺为使。
谷雨清明空屈指。

白发卢郎情未已。一夜剪刀收玉蕊。
尊前还对断肠红，人有泪。花无意。
明日酒醒应满地。

一斛珠

洛城春晚。垂杨乱掩红楼半。
小池轻浪纹如篆。烛下花前，曾醉离歌宴。

自惜风流云雨散。关山有限情无限。
待君重见寻芳伴。为说相思，目断西楼燕。

谷雨：谷雨节气为花发之气候。
白发卢郎：卢家有子弟，年已暮而犹为校书郎，晚娶崔氏子。崔有词翰，成婚之后，微有慊色。卢因请诗以述怀为戏。崔立成诗曰："不怨卢郎年纪大，不怨卢郎官职卑。自恨妾身生较晚，不见卢郎年少时。"

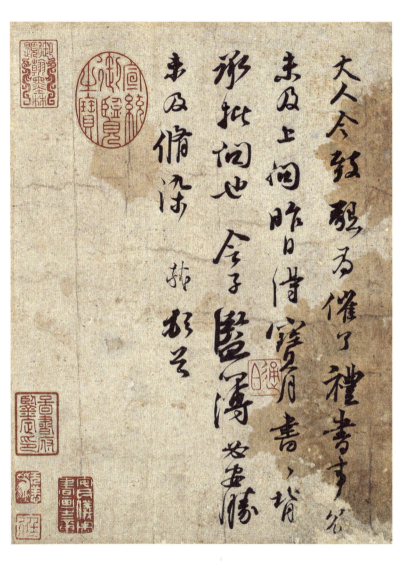

◎ 宋／苏轼／宝月帖

书于治平二年，为早年作品。

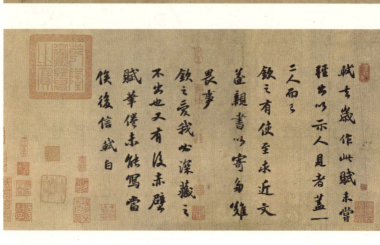

然也客曰月明星稀烏鵲
南飛此非曹孟德之詩乎
西望夏口東望武昌山川
相繆鬱乎蒼蒼此非孟德
之困於周郎者乎方其破
荊州下江陵順流而東也
舳艫千里旌旗蔽空釃
酒臨江橫槊賦詩固一世
之雄也而今安在哉況吾與
子漁樵於江渚之上侶魚
鰕而友麋鹿駕一葉之扁
舟舉匏樽以相屬寄蜉蝣
唯於天地渺滄海之一粟
哀吾生之須臾羨長江之
無窮挾飛仙以遨遊抱
明月而長終知不可乎驟

白

軾去歲作此賦未嘗
輕出以示人見者蓋一
二人而已
欽之有使至求近文
遂親書以寄多見
畏事
欽之愛我必深藏之
不出也又有後赤壁
賦筆倦未能寫當
俟後信軾白

◎ 宋／苏轼／赤壁赋

书于元丰六年，前有缺行，曾被贾似道、文徵明、梁清标等人收藏，后入清代内府。董其昌称此作"是坡公之《兰亭》也"。

舉酒屬客

誦明月之詩
歌窈窕之章

少焉月出於東山之上徘徊
於斗牛之間白露橫江水
光接天縱一葦之所如陵
萬頃之茫然浩浩乎如馮虛
御風而不知其所止飄飄乎
如遺世獨立羽化而登僊
於是飲酒樂甚扣舷而
歌之歌曰桂棹兮蘭槳
擊空明兮泝流光渺渺兮
余懷望美人兮天一方客有
吹洞簫者倚歌而和之其
聲嗚嗚然如怨如慕如
泣如訴餘音嫋嫋不絕如
縷舞幽壑之潛蛟泣孤

得託遺響於悲風蘇子
曰客亦知夫水與月乎逝者
如斯而未嘗往也盈虛者
如彼而卒莫消長也蓋將
自其變者而觀之則天地
曾不能以一瞬自其不變
者而觀之則物與我皆無
盡也而又何羨乎且夫天地
之間物各有主苟非吾之
所有雖一毫而莫取惟
江上之清風與山間之明
月耳得之而為聲目遇
之而成色取之無禁用之
不竭是造物者之無盡藏
也而吾與子之所共食客喜
而笑洗盞更酌肴核

遂見程氏妹喪于武昌情在駿
奔自免去職仲秋至冬在官
八十餘日因事順心命篇曰歸
去來兮乙巳歲十一月也
歸去來兮田園將蕪胡不歸
既自以心為形役奚惆悵而獨悲
悟已往之不諫知來者之可追實
迷塗其未遠覺今是而昨非舟
遙以輕颺風飄飄而吹衣問征
夫以前路恨晨光之熹微乃瞻
衡宇載欣載奔童僕歡迎稚
子候門三徑就荒松菊猶存攜

生之行休乃笑乎寓形宇內復幾
時曷不委心任去留胡為皇
欲何之富貴非吾願帝鄉不可
期懷良辰以孤往或植杖而耘
耔登東皋以舒嘯臨清流而
賦詩聊乘化以歸盡樂夫
天命復奚疑

◎　宋／苏轼／归去来兮辞卷
书于惠州期间，书陶渊明《归
去来兮辞》。

歸去來兮辭

余家貧耕植不足以自給幼稚
盈室缾無儲粟生生所資未見
其術親故多勸余為長吏脫然
有懷求之靡途會有四方之
事諸侯以惠愛為德家叔以余
貧苦遂見用於小邑于時風波
未靜心憚遠役彭澤去家百
里公田之利足以為酒故便求之
及少日眷然有歸歟之情何則
質性自然非矯厲所得飢凍
雖切違己交病嘗從人事皆

幼入室有酒盈罇引壺觴以自
酌眄庭柯以怡顏倚南窗以
寄傲審容膝之易安園日涉以
成趣門雖設而常關策扶老
以流憩時矯首而遐觀雲無心
以出岫鳥倦飛而知還景翳翳
以將入撫孤松而盤桓歸去來
兮請息交以絕游世與我而相遺
復駕言兮焉求悅親戚之情
話樂琴書以消憂農人告余以
春及將有事於西疇或命巾
車或棹孤舟既窈窕以尋壑亦

公權先幛其漸堂勝公養俚恩

世緣已深未知果脫否耳無緣

一見少道宿昔為恨人還布

謝不宣　軾頓首再拜

子厚官使正議兄執事

十二月廿七日

轼启 前日少致区区 重烦

谕荅且审

比作 康胜感慰兼极

归安丘园早岁共有此意

◎ 宋／苏轼／归安丘园帖

书于元祐元年十二月廿七日。
信中的"子厚"指的是章惇。
此年章惇被贬汝州。

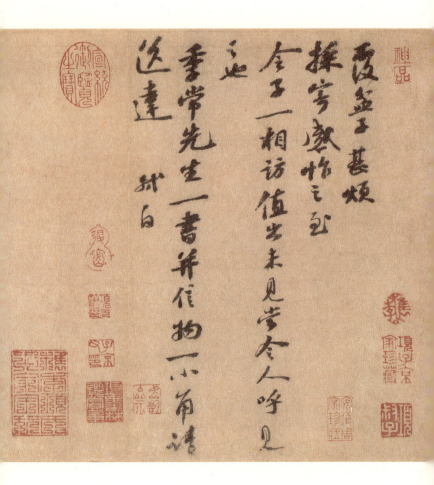

◎　宋／苏轼／覆盆子帖

书于黄州时期，是一封写给友人的信札，感谢朋友赠送的覆盆子，并且托他送东西给陈慥。

东坡集（下）

［宋］苏轼 著

朱刚 导读

陕西新华出版 三秦出版社

果麦文化　出品

目 录

诗

03

文

诗

初发嘉州

朝发鼓阗阗，西风猎画旃。

故乡飘已远，往意浩无边。

锦水细不见，蛮江清可怜。

奔腾过佛脚，旷荡造平川。

野市有禅客，钓台寻暮烟。

相期定先到，久立水潺潺。

嘉州，即今四川眉山市与乐山市一带，苏轼用以代指故乡眉山。嘉祐四年（1059）十月，苏洵携苏轼、苏辙南行赴京，此诗即临行时所作。

阗阗（tián）：拟声词，形容鼓声。
猎：吹过，拂过。画旃（zhān）：彩旗。
锦水：锦江，岷江的支流。
蛮江：青衣江，于乐山草鞋渡处汇入大渡河。
佛脚：今日所称的乐山大佛，唐德宗贞元年间建成。

夜泊牛口

日落红雾生，系舟宿牛口。

居民偶相聚，三四依古柳。

负薪出深谷，见客喜且售。

煮蔬为夜飧，安识肉与酒。

朔风吹茅屋，破壁见星斗。

儿女自咿嚘，亦足乐且久。

人生本无事，苦为世味诱。

富贵耀吾前，贫贱独难守。

谁知深山子，甘与麋鹿友。

置身落蛮荒，生意不自陋。

今予独何者，汲汲强奔走。

牛口，水驿名，在戎州（今四川宜宾）西北。是诗作于嘉祐四年
（1059）冬，南行途中。

飧（sūn）：晚饭。
咿嚘：叹息、呻吟之声。
汲汲：急切貌。

严颜碑

先主反刘璋，兵意颇不义。

孔明古豪杰，何乃为此事？

刘璋固庸主，谁为死不二？

严子独何贤，谈笑傲碪几！

国亡君已执，嗟子死谁为！

何人刻山石，使我空涕泪。

吁嗟断头将，千古为病悸。

严颜，东汉末巴东郡太守，刘璋部将。刘备攻川，严颜被张飞擒获，张飞呵斥其为何不降而力守，严颜答曰："卿等无状，侵夺我州，我州但有断头将军，无有降将军也！"张飞大怒，令左右斩之，严颜颜色不变，曰："斫头便斫头，何为怒邪！"张飞壮而释之，引为宾客。是诗作于嘉祐四年（1059）冬，南行途中。

先主：刘备。刘璋：汉末益州牧，为刘备同宗，建安十六年邀请刘备入川击张鲁，遭刘备回兵围攻，遂出降。
不二：没有二心。

过巴东县不泊，闻颇有莱公遗迹

莱公昔未遇，寂寞在巴东。

闻道山中树，犹余手种松。

江山养豪俊，礼数困英雄。

执板迎官长，趋尘拜下风。

当年谁刺史，应未识三公。

巴东县，今属湖北。莱公，指寇准（961—1023），字平仲，华州下邽（今陕西渭南）人。太平兴国五年（980）进士，初授大理评事，知巴东县。官至宰相，封太子太傅、莱国公，为北宋名臣。是诗作于嘉祐四年（1059）冬，南行途中。

三公：周代称太师、太傅、太保为三公，秦汉以丞相、御史大夫、太尉为三公。此处指寇准后来仕至宰相，又获封太子太傅。

昭君村

昭君本楚人，艳色照江水。

楚人不敢娶，谓是汉妃子。

谁知去乡国，万里为胡鬼。

人言生女作门楣，昭君当时忧色衰。

古来人事尽如此，反覆纵横安可知。

昭君，指王昭君。传说王昭君故乡在归州兴山县（今属湖北），唐宋诗人到此多有吟咏。是诗作于嘉祐四年（1059）冬，南行途中。

夷陵县欧阳永叔至喜堂

夷陵虽小邑，自古控荆吴。

形胜今无用，英雄久已无。

谁知有文伯，远谪自王都。

人去年年改，堂倾岁岁扶。

追思犹咎吕，感叹亦怜朱。

[时朱太守为公筑此堂。]

旧种孤楠老，新霜一橘枯。

清篇留峡洞，醉墨写邦图。

[三游洞有诗，《夷陵图》后有留题处。]

故老问行客，长官今白须。

著书多念虑，许国减欢娱。

寄语公知否，还须数倒壶。

夷陵县，在今湖北宜昌。欧阳修（1007—1072），字永叔，号醉翁，吉州永丰（今属江西）人。曾主贡举，录取苏轼、苏辙兄弟，结下师生之谊。景祐三年（1036），欧阳修被贬为夷陵令。时峡州太守朱庆基为其作堂，名为至喜堂，欧阳修为此作《夷陵县至喜堂记》。是诗作于嘉祐四年（1059）冬，苏轼南行途中。

咎吕：吕夷简（979—1044），仁宗时官至宰相，进用多出其门。范仲淹上《百官图》讽之，复上四论以劾。吕夷简诉范仲淹越职言事，离间君臣，引用朋党，范仲淹遂外任饶州。欧阳修时任馆阁校勘，修书予谏官高若讷，批评其在位而不言。高若讷遂弹劾欧阳修，故有峡州夷陵令之贬。

许国：为国效命，献身国事。

数倒壶：多多开怀畅饮。

襄阳古乐府三首·上堵吟

台上有客吟秋风，悲声萧散飘入空。

台边游女来窃听，欲学声同意不同。

君悲竟何事，千里金城两稚子。

白马为塞凤为关，山川无人空自闲。

我悲亦何苦，江水冬更深，鳊鱼冷难捕。

悠悠江上听歌人，不知我意徒悲辛。

上堵吟，古乐府旧题。襄阳堵阳县（今湖北十堰郧阳区）有堵水，流经
白马山。蜀将孟达为守，登之而叹，为《上堵吟》，音韵哀切，有恻人
心。是诗作于嘉祐五年（1060）正月，在襄阳。

"千里金城"句：孟达守房陵，申耽、刘封守上庸。关羽攻樊城、襄
阳，呼孟达、刘封发兵相助，二人未应。关羽败亡，刘备恨之，孟达遂
降曹魏。曹丕令孟达与夏侯尚等人袭上庸，刘封败走，申耽降之，遂合
房陵、上庸等地为新城郡，孟达领之。孟达守新城，登白马山，叹曰：
"刘封、申耽据金城千里而不能守，岂丈夫也！"金城，喻易守难攻的
城池。两稚子，指刘封、申耽。
白马为塞：指白马山。凤为关：指襄阳凤林关。

许州西湖

西湖小雨晴，滟滟春渠长。

来从古城角，夜半传新响。

使君欲春游，浚沼役千掌。

纷纭具畚锸，闹若蚁运壤。

夭桃弄春色，生意寒犹快。

惟有落残梅，标格若矜爽。

游人坌已集，挈榼三且两。

醉客卧道傍，扶起尚偃仰。

池台信宏丽，贵与民同赏。

但恐城市欢，不知田野怆。

颍川七不登，野气长苍莽。

谁知万里客，湖上独长想。

许州，今河南许昌。秦王政十七年（前230）始置颍川郡，唐时改称许州，宋神宗元丰三年（1080）升为颍昌府。城西有湖，为游览名胜。是诗即嘉祐五年（1060）二月游许州西湖所作。

畚锸（běn chā）：挖运泥土的器具。
坌（bèn）：聚积。
挈榼（qiè kē）：带着盛酒的器具。
七不登：连续七年歉收。

辛丑十一月十九日，既与子由别于郑州西门之外，马上赋诗一篇寄之

不饮胡为醉兀兀，此心已逐归鞍发。

归人犹自念庭闱，今我何以慰寂寞。

登高回首坡垅隔，但见乌帽出复没。

苦寒念尔衣裘薄，独骑瘦马踏残月。

路人行歌居人乐，童仆怪我苦凄恻。

亦知人生要有别，但恐岁月去飘忽。

寒灯相对记畴昔，夜雨何时听萧瑟。

君知此意不可忘，慎勿苦爱高官职。

是诗作于嘉祐六年（1061），时苏轼赴凤翔府签判任，苏辙送至郑州。

兀兀：昏沉貌。

归人：代指返回开封侍奉父亲的苏辙。庭闱：亲之所居，代指苏洵。

乌帽：代指路上的行人。

"夜雨"句：韦应物《示全真元常》诗云："宁知风雨夜，复此对床眠。"苏轼、苏辙兄弟出川前曾共读之，恻然感之，乃相约早退，为闲居之乐。

和子由渑池怀旧

人生到处知何似？应似飞鸿踏雪泥。

泥上偶然留指爪，鸿飞那复计东西。

老僧已死成新塔，坏壁无由见旧题。

往日崎岖还记否，路长人困蹇驴嘶。

[往岁，马死于二陵，骑驴至渑池。]

嘉祐六年（1061），苏轼、苏辙于郑州分别，苏辙作《怀渑池寄子瞻兄》，苏轼十一月收到，遂和韵作此诗。

"老僧"二句：苏轼、苏辙入京应举时途经渑池，宿于僧寺，曾题诗于老僧奉闲之壁。苏轼本年复经渑池，奉闲已圆寂，骨灰藏入塔中，曾经题诗的墙壁也已毁坏，旧作不复可寻。

二陵：崤之南北二山，在渑池县西，为陕西入河南的要道。

题宝鸡县斯飞阁

西南归路远萧条，倚槛魂飞不可招。

野阔牛羊同雁骛，天长草树接云霄。

昏昏水气浮山麓，泛泛春风弄麦苗。

谁使爱官轻去国，此身无计老渔樵。

是诗作于嘉祐七年（1062）春。斯飞阁在宝鸡县西南，阁名取自《诗经·小雅·斯干》："如翚斯飞。"

轻去国：轻率地离开故乡。

壬寅重九，不预会，独游普门寺僧阁，有怀子由

花开酒美盍言归，来看南山冷翠微。

忆弟泪如云不散，望乡心与雁南飞。

明年纵健人应老，昨日追欢意正违。

不问秋风强吹帽，秦人不笑楚人讥。

是诗作于嘉祐七年（1062）重阳，苏轼是日未参加凤翔府知府的重九宴会。

"不向"句：用孟嘉于桓温重九宴会上落帽的典故，指陈自己的不赴府会。

守岁

欲知垂尽岁，有似赴壑蛇。

修鳞半已没，去意谁能遮。

况欲系其尾，虽勤知奈何。

儿童强不睡，相守夜欢哗。

晨鸡且勿唱，更鼓畏添挝。

坐久灯烬落，起看北斗斜。

明年岂无年，心事恐蹉跎。

努力尽今夕，少年犹可夸。

是诗作于嘉祐七年（1062）岁暮。苏轼共作《馈岁》《别岁》《守岁》三诗。诗前云："岁晚，相与馈问，为馈岁。酒食相邀，呼为别岁。至除夜，达旦不眠，为守岁。蜀之风俗如是。余官于岐下，岁暮思归而不可得，故为此三诗，以寄子由。"

赴壑蛇：以进入山谷中的长蛇比喻将尽之岁。
挝（zhuā）：击鼓。

将往终南和子由见寄

人生百年寄鬓须，富贵何啻葭中莩。

惟将翰墨留染濡，绝胜醉倒蛾眉扶。

我今废学如寒竽，久不吹之涩欲无。

岁云暮矣嗟几余，欲往南溪侣禽鱼。

秋风吹雨凉生肤，夜长耿耿添漏壶。

穷年弄笔衫袖乌，古人有之我愿如。

终朝危坐学僧趺，闭门不出闲履凫。

下视官爵如泥淤，嗟我何为久踟蹰。

岁月岂肯与汝居，仆夫起餐秣吾驹。

是诗作于嘉祐八年（1063）九月初。

葭中莩：芦苇秆内的薄膜，喻指轻薄易碎。
寒竽：久不吹奏的竽。
涩欲无：涩，不通畅。欲无，吹不成声状。
履凫：代指鞋子。
秣：喂食。

和子由苦寒见寄

人生不满百，一别费三年。

三年吾有几，弃掷理无还。

长恐别离中，摧我鬓与颜。

念昔喜著书，别来不成篇。

细思平时乐，乃为忧所缘。

吾从天下士，莫如与子欢。

羡子久不出，读书虱生毡。

丈夫重出处，不退要当前。

西羌解仇隙，猛士忧塞壖。

庙谟虽不战，虏意久欺天。

山西良家子，锦缘貂裘鲜。

千金买战马，百宝妆刀环。

何时逐汝去，与虏试周旋。

是诗作于治平元年（1064）冬。

西羌：指西夏。本年秋，西夏多次袭扰边境，苏轼所在凤翔府即在要冲。
塞壖（ruán）：即塞垣，泛指边关。
庙谟：朝廷的谋略方针。
良家子：代指从军征战的贵族青年。
锦缘：用锦绣装饰的衣边。

和董传留别

粗缯大布裹生涯，腹有诗书气自华。

厌伴老儒烹瓠叶，强随举子踏槐花。

囊空不办寻春马，眼乱行看择婿车。

得意犹堪夸世俗，诏黄新湿字如鸦。

董传，字至和，洛阳人，卜居长安，有诗名，然潦倒终生。是诗作于治平元年（1064）十二月，苏轼凤翔府签判任满，返京经长安之时。

粗缯（zēng）：低劣的丝织物。大布：粗布。

瓠（hù）叶：葫芦叶子。

踏槐花：州郡发解试在农历七八月，时已入秋，故称秋试。举子备考即在四五月的夏季，时槐花盛开，俗谚有云："槐花黄，举子忙。"

寻春马：代指中举之后游街赏花所乘之马。

择婿车：进士发榜日，公卿贵家皆至榜前拣选新科进士为婿，故云。

"诏黄"句：勉励董传未来终将金榜题名，名字会以醒目的方式出现在诏书之上。诏黄，以黄麻纸书写的中举或任官的诏书。新湿，指诏书新写，墨迹未干。字如鸦，喻指诏书上醒目的字迹。

次韵柳子玉见寄

薄雷轻雨晓晴初，陌上春泥未溅裾。

行乐及时虽有酒，出门无侣漫看书。

遥知寒食催归骑，定把鸱夷载后车。

他日见邀须强起，不应辞病似相如。

柳子玉，名瑾，丹徒（今属江苏镇江）人。庆历二年（1042）进士。善草书，能诗，其子柳仲远娶苏轼堂妹。是诗作于熙宁二年（1069）父丧期满，自蜀还朝之时。

鸱（chī）夷：盛酒器。

相如：司马相如在蜀时曾依附临邛县令王吉，临邛富室请王吉赴宴，并邀司马相如。司马相如以病推辞，王吉不敢独食，遂亲自往邀，司马相如不得已乃行。

石苍舒醉墨堂

人生识字忧患始，姓名粗记可以休。

何用草书夸神速，开卷惝恍令人愁。

我尝好之每自笑，君有此病何能瘳。

自言其中有至乐，适意无异逍遥游。

近者作堂名醉墨，如饮美酒消百忧。

乃知柳子语不妄，病嗜土炭如珍羞。

君于此艺亦云至，堆墙败笔如山丘。

兴来一挥百纸尽，骏马倏忽踏九州。

我书意造本无法，点画信手烦推求。

胡为议论独见假，只字片纸皆藏收。

不减钟张君自足，下方罗赵我亦优。

不须临池更苦学，完取绢素充衾裯。

石苍舒，字才美，长安人，善行草。是诗熙宁二年（1069）作于开封。

瘳（chōu）：病愈。
败笔：写坏的毛笔。
钟张：钟繇、张芝，汉魏时代书法名家。
罗赵：罗晖、赵袭，汉魏时代书法名家。
"不须"二句：张芝痴迷书法，家中衣帛皆先用以练字。又临池练字，
池水尽黑。

送文与可出守陵州

壁上墨君不解语，见之尚可消百忧。

而况我友似君者，素节凛凛欺霜秋。

清诗健笔何足数，逍遥齐物追庄周。

夺官遣去不自觉，晓梳脱发谁能收。

江边乱山赤如赭，陵阳正在千山头。

君知远别怀抱恶，时遣墨君解我愁。

文同（1018—1079），字与可，梓州永泰（今四川盐亭）人。皇祐元年（1049）进士。善篆隶行草，工诗文，以画竹闻名。是诗作于熙宁四年（1071），文同任陵州（今四川仁寿）知州之时。

夺官：阶官被降了一级。
陵阳：即陵州。

陪欧阳公燕西湖

谓公方壮须似雪，谓公已老光浮颊。

蔼来湖上饮美酒，醉后剧谈犹激烈。

湖边草木新著霜，芙蓉晚菊争煌煌。

插花起舞为公寿，公言百岁如风狂。

赤松共游也不恶，谁能忍饥啖仙药。

已将寿夭付天公，彼徒辛苦吾差乐。

城上乌栖暮霭生，银缸画烛照湖明。

不辞歌诗劝公饮，坐无桓伊能抚筝。

是诗作于熙宁四年（1071）九月，赴杭州通判任途经颍州时。本年七月，欧阳修致仕居颍，故苏轼顺道拜见之。

桓伊：谢安与晋孝武帝有嫌隙，会孝武帝召桓伊宴饮，谢安侍坐，桓伊即席抚筝歌《怨诗》曰："为君既不易，为臣良独难。忠信事不显，乃有见疑患。"声节慷慨，俯仰可观，谢安泣下沾襟，孝武帝甚有愧色。

龟山

我生飘荡去何求，再过龟山岁五周。

身行万里半天下，僧卧一庵初白头。

地隔中原劳北望，潮连沧海欲东游。

元嘉旧事无人记，故垒摧颓今在不？

龟山，在今江苏盱眙。是诗作于熙宁四年（1071）十月，赴杭州通判任途中。

再过龟山：治平三年（1066），苏轼护苏洵灵柩返蜀，曾途经盱眙。

元嘉旧事：南朝宋文帝元嘉二十七年（450），北魏太武帝拓跋焘率大军南侵。宋将臧质奉命北上，至盱眙，筑城于龟山之北以拒敌。

游金山寺

我家江水初发源，宦游直送江入海。

闻道潮头一丈高，天寒尚有沙痕在。

中泠南畔石盘陀，古来出没随涛波。

试登绝顶望乡国，江南江北青山多。

羁愁畏晚寻归楫，山僧苦留看落日。

微风万顷靴文细，断霞半空鱼尾赤。

是时江月初生魄，二更月落天深黑。

江心似有炬火明，飞焰照山栖鸟惊。

怅然归卧心莫识，非鬼非人竟何物。

[是夜所见如此。]

江山如此不归山，江神见怪惊我顽。

我谢江神岂得已，有田不归如江水。

金山寺，在今江苏镇江西北金山之上。是诗作于熙宁四年（1071）十一月，赴杭州通判途经镇江时。

江水：长江水。古人认为长江发源于四川岷山，故苏轼以此指称故乡。
中泠：中泠泉，在金山上，被认为天下点茶第一泉。盘陀：山石凹凸不平貌。
初生魄：代指每月初二、初三之时的月亮。

吉祥寺赏牡丹

人老簪花不自羞，
花应羞上老人头。
醉归扶路人应笑，
十里珠帘半上钩。

吉祥寺，在杭州，占地广袤，多种牡丹，为名人巨公所游赏，颇见题咏。是诗作于熙宁五年（1072），杭州通判任上。

六月二十七日望湖楼醉书五绝·其一

黑云翻墨未遮山，

白雨跳珠乱入船。

卷地风来忽吹散，

望湖楼下水如天。

望湖楼，在杭州钱塘门外。是诗作于熙宁五年（1072），杭州通判任上。

望海楼晚景五绝·其五

沙河灯火照山红，

歌鼓喧呼笑语中。

为问少年心在否？

角巾敧侧鬓如蓬。

望海楼，在杭州凤凰山腰，可望见钱塘江大潮。是诗作于熙宁五年
（1072）八月，时苏轼监发解试。

沙河：杭州沙河塘，宋时为富贵繁华之地，夜间歌管不绝。
敧侧（qī cè）：歪斜。

法惠寺横翠阁

朝见吴山横，暮见吴山纵。

吴山故多态，转折为君容。

幽人起朱阁，空洞更无物。

惟有千步冈，东西作帘额。

春来故国归无期，人言秋悲春更悲。

已泛平湖思濯锦，更看横翠忆峨眉。

雕栏能得几时好，不独凭栏人易老。

百年兴废更堪哀，悬知草莽化池台。

游人寻我旧游处，但觅吴山横处来。

法惠寺，在杭州清波门南。是诗作于熙宁六年（1073）春，杭州通判任上。

吴山：在杭州城南。
平湖：杭州西湖。濯锦：成都锦江。
横翠：喻指青翠蜿蜒的吴山。
悬知：料想。

饮湖上初晴后雨二首

朝曦迎客艳重冈，

晚雨留人入醉乡。

此意自佳君不会，

一杯当属水仙王。

[湖上有水仙王庙。]

水光潋滟晴方好，

山色空濛雨亦奇。

欲把西湖比西子，

淡妆浓抹总相宜。

是诗作于熙宁六年（1073）春，杭州通判任上。

水仙王：钱塘江龙王。

病中独游净慈，谒本长老。周长官以诗见寄，仍邀游灵隐，因次韵答之

卧闻禅老入南山，净扫清风五百间。

我与世疏宜独往，君缘诗好不容攀。

自知乐事年年减，难得高人日日闲。

欲问云公觅心地，要知何处是无还。

［《楞严经》云："我今示汝无所还地。"］

净慈，指净慈寺，在杭州南山。本长老，指慧林宗本，常州无锡人，熙宁间住持净慈寺。元丰五年（1082），神宗召宗本至京，住持慧林寺，哲宗赐号"圆照禅师"。周长官，指周邠，字开祖，钱塘人，陈舜俞女婿，任乐清县令，有惠政，百姓以周长官称之。是诗作于熙宁六年（1073）七月，杭州通判任上。

与述古自有美堂乘月夜归

娟娟云月稍侵轩，潋潋星河半隐山。

鱼钥未收清夜永，凤箫犹在翠微间。

凄风瑟缩经弦柱，香雾凄迷著髻鬟。

共喜使君能鼓乐，万人争看火城还。

陈襄（1017—1080），字述古，号古灵先生。苏轼倅杭时，任杭州知州。有美堂，宋仁宗朝杭州知州梅挚所建，欧阳修曾为撰《有美堂记》。是诗作于熙宁六年（1073）七月。

鱼钥：鱼形门锁。"鱼钥未收"指杭州城门尚未关闭。
火城：元旦、冬至大朝会前，百官立仗，列烛有五六百炬，谓之火城。

陌上花三首 并引

游九仙山，闻里中儿歌《陌上花》。父老云：吴越王
妃，每岁春必归临安，王以书遗妃曰："陌上花开，可缓
缓归矣。"吴人用其语为歌，含思宛转，听之凄然，而其
词鄙野，为易之云。

陌上花开蝴蝶飞，江山犹是昔人非。

遗民几度垂垂老，游女长歌缓缓归。

陌上山花无数开，路人争看翠軿来。

若为留得堂堂去，且更从教缓缓回。

生前富贵草头露，身后风流陌上花。

已作迟迟君去鲁，犹教缓缓妾还家。

吴越王，指吴越国王钱弘俶，太平兴国三年（978）以境内十三州献于
宋，举族归宋，居开封，故王妃有每岁春归杭州之举。是诗作于熙宁六
年（1073）八月。

翠軿（píng）：古代贵族女性乘的翠帷车。
去鲁：孔子离开鲁国时，迟迟而行，言鲁为父母之国，故迟迟不忍
去之。

李顾秀才善画山，以两轴见寄，仍有诗，次韵答之

平生自是个中人，欲向渔舟便写真。

诗句对君难出手，云泉劝我早抽身。

年来白发惊秋速，长恐青山与世新。

从此北归休怅望，囊中收得武林春。

李顾，字粹老，少举进士，得官，弃去，遍历湖、湘之间。晚乐吴中山水之胜，遂隐居于杭州大涤洞天。

惠山谒钱道人，烹小龙团，登绝顶，望太湖

踏遍江南南岸山，逢山未免更流连。

独携天上小团月，来试人间第二泉。

石路萦回九龙脊，水光翻动五湖天。

孙登无语空归去，半岭松声万壑传。

惠山，在今江苏无锡市西。小龙团，饼茶名。是诗作于熙宁六年
（1073）。

第二泉：惠山泉，被称为天下第二等烹茶泉水。

九龙：惠山别名九龙山。

五湖：太湖别名。

孙登：字公和，曹魏汲郡人。于郡北山为土窟居之。魏文帝遣阮籍往
视，阮籍与之谈论上古之事及栖神导气之术，孙登皆不应。阮籍因长啸
而退，至半山腰，闻有声若鸾凤之音，响彻山谷，乃孙登之啸也。

青牛岭高绝处，有小寺，人迹罕到

暮归走马沙河塘，炉烟袅袅十里香。

朝行曳杖青牛岭，寒泉咽咽千山静。

君勿笑老僧，耳聋唤不闻，百年俱是可怜人。

明朝且复城中去，白云却在题诗处。

青牛岭，在杭州新城县西七十里处。是诗作于熙宁七年（1074）。

平山堂次王居卿祠部韵

高会日陪山简醉，狂言屡发次公醒。

酒如人面天然白，山向吾曹分外青。

江上飞云来北固，槛前修竹忆南屏。

六朝兴废余丘垅，空使奸雄笑宁馨。

平山堂，在扬州城西，欧阳修知扬州时所建。王居卿，字寿明，登州蓬莱（今山东烟台）人，时任祠部员外郎。是诗作于熙宁七年（1074）赴密州知州任途中。

山简：字季伦，西晋名士，性嗜酒，饮辄醉，醉后常倒戴头巾骑在马上，醉态可掬，时有童谣嘲之醉态。

次公：盖宽饶，字次公，西汉魏郡人。平恩侯许伯新府第筑成，权贵均往贺，宽饶不行，请而后往。许伯亲为酌酒，宽饶曰："无多酌我，我乃酒狂。"丞相魏侯道："次公醒而狂，何必酒也？"

奸雄：指桓温，东晋权臣。北伐过淮泗，与僚属登楼眺望中原，慨然曰："遂使神州陆沉，百年丘墟，王夷甫诸人不得不任其责!"

宁馨：王衍，字夷甫，西晋末年重臣。王衍神情明秀，风姿详雅，幼年曾拜访山涛，山涛嗟叹良久，赞其为"宁馨儿"。

036

寄刘孝叔

君王有意诛骄虏，椎破铜山铸铜虎。

联翩三十七将军，走马西来各开府。

南山伐木作车轴，东海取鼍漫战鼓。

汗流奔走谁敢后，恐乏军兴污资斧。

保甲连村团未遍，方田讼牒纷如雨。

尔来手实降新书，抉剔根株穷脉缕。

诏书恻怛信深厚，吏能浅薄空劳苦。

刘述，字孝叔，湖州人。举进士，为御史台主簿，知温、耀、真三州，提点江西刑狱，累官都官员外郎。是诗作于熙宁八年（1075），密州知州任上。

君王：指宋神宗。时神宗有对西夏作战之意，故云"诛骄虏"。

铜虎：虎符，以铜铸成，是调兵遣将的凭信。

三十七将军：熙宁七年（1074），宋廷于河南、河北地区置三十七将副，选有战阵经验之臣专掌训练。

鼍（tuó）：扬子鳄，古人以其皮蒙鼓。

"恐乏"句：因害怕耽误征收军需而被问罪斩首，故辛苦运送以免误期。

保甲：王安石变法中的保甲法。民十家为一保，五十家为一大保，十大保为一都保，设保长、保正。每户两男选一人为保丁。是句谓保甲法遭到百姓抵制，民众一时无法有效组织起来。

方田：王安石变法中的方田均税法。每年九月官府派人丈量土地，按地势、土质分五等定税。是句谓方田均税量田不公，引起民间诉讼纷纭。

手实：王安石变法中的手实法，令民自报田地财产以作为征税根据。

"抉剔"句：讽刺手实法盘剥聚敛，苛细至极。

诏书：神宗于熙宁七年（1074）二月因旱灾下诏广开言路，请中外臣僚直陈时弊。

平生学问只流俗，众里笙竽谁比数。

忽令独奏《凤将雏》，仓卒欲吹那得谱。

况复连年苦饥馑，剥啮草木啖泥土。

今年雨雪颇应时，又报蝗虫生翅股。

忧来洗盏欲强醉，寂寞虚斋卧空瓿。

公厨十日不生烟，更望红裙踏筵舞。

故人屡寄山中信，只有当归无别语。

方将雀鼠偷太仓，未肯衣冠挂神武。

吴兴丈人真得道，平日立朝非小补。

自从四方冠盖闹，归作二浙湖山主。

高踪已自杂渔钓，大隐何曾弃簪组。

去年相从殊未足，问道已许谈其粗。

逝将弃官往卒业，俗缘未尽那得睹。

公家只在霅溪上，上有白云如白羽。

应怜进退苦皇皇，更把安心教初祖。

流俗：王安石曾攻击二苏兄弟学问流俗。

瓿（wǔ）：古代盛酒的有盖瓦器。

"方将"句：谓自己还想在官场干下去，好似雀鼠偷食粮仓中的粟米。

吴兴丈人：指刘述。

四方冠盖：朝廷派到各地推行新法的大臣。

簪组：代指官宦。

霅（zhà）溪：水名，在浙江湖州。

皇皇：惶恐不安、犹豫不决貌。

初祖：禅宗达摩祖师。是句为"更把初祖安心教"之倒装，谓希望刘述能教自己达摩安心之法。

祭常山回小猎

青盖前头点皂旗，黄茅冈下出长围。

弄风骄马跑空立，趁兔苍鹰掠地飞。

回望白云生翠巘，归来红叶满征衣。

圣明若用西凉簿，白羽犹能效一挥。

常山，在密州城南二十里。是诗作于熙宁八年（1075）十月，苏轼因旱灾前往常山祷雨，礼成后再行围猎。

皂旗：黑色旗帜。
长围：用于合围狩猎的阵势。
趁：追逐。
翠巘（yǎn）：青翠的山峰。
西凉簿：西晋张重华割据西凉，凉州司马张耽向他推荐主簿谢艾，言其："兼资文武，明识兵略，若授以斧钺，委以专征，必能折冲御侮。"张重华遂以谢艾为将，大破后赵之军。此处苏轼以谢艾喻己。

和张子野见寄三绝句

过旧游

前生我已到杭州，到处长如到旧游。

更欲洞霄为隐吏，一庵闲地且相留。

见题壁

狂吟跌宕无风雅，醉墨淋漓不整齐。

应为诗人一回顾，山僧未忍扫黄泥。

竹阁见忆

柏堂南畔竹如云，此阁何人是主人。

但遣先生披鹤氅，不须更画乐天真。

张先（990—1078），字子野，湖州乌程（今浙江湖州）人。天圣八年（1030）进士，历知渝州、虢州。晚年悠游湖州、杭州之间，苏轼通判杭州时与之结识。工诗词，为北宋著名词人。是诗作于熙宁八年（1075），密州知州任上。

洞霄：提举杭州洞霄宫为宋代著名祠禄官，用以安置致仕官员。
扫黄泥：用黄泥粉刷墙壁，以掩盖题字刻画。
竹阁：在杭州孤山寺中，白居易所建。
柏堂：堂在孤山，门前有陈朝柏树两株，与竹阁相连。
鹤氅（chǎng）：隐士、高人所穿大衣。
乐天真：白居易字乐天，真即画像，故乐天真即指白居易画像。

寄题刁景纯藏春坞

白首归来种万松，待看千尺舞霜风。

年抛造物陶甄外，春在先生杖屦中。

杨柳长齐低户暗，樱桃烂熟滴阶红。

何时却与徐元直，共访襄阳庞德公。

刁约（994—1077），字景纯，丹徒（今江苏镇江）人。天圣八年（1030）进士。熙宁初入判太常寺，后挂冠归镇江，筑藏春坞以居。是诗作于熙宁九年（1076），密州知州任上。

年：年龄。陶甄：喻指自然造化。
徐元直：徐庶，字元直，东汉末年颍川人。隐居襄阳，与庞德公、司马德操、诸葛亮等人相友善。

寄黎眉州

胶西高处望西川，应在孤云落照边。

瓦屋寒堆春后雪，峨眉翠扫雨余天。

治经方笑《春秋》学，好士今无六一贤。

[君以《春秋》受知欧阳文忠公，公自号六一居士。]

且待渊明赋《归去》，共将诗酒趁流年。

黎眉州，指黎錞，字希声，广安（今属四川）人。庆历六年（1046）
进士，熙宁八年（1075）以尚书屯田郎中知眉州。是诗作于熙宁九年
（1076），密州知州任上。

胶西：密州为古胶西国所在，故以胶西代称密州。西川：四川。
瓦屋：瓦屋山，在眉山西边。
《归去》：陶渊明所赋《归去来兮辞》，极述归隐之志。
趁流年：追逐时光。

和晁同年九日见寄

仰看鸾鹄刺天飞，富贵功名老不思。

病马已无千里志，骚人长负一秋悲。

古来重九皆如此，别后西湖付与谁？

遣子穷愁天有意，吴中山水要清诗。

晁同年，指晁端彦（1035—1095），字美叔，澶州清丰（今河南濮阳）
人，仁宗嘉祐二年（1057）与苏轼同登进士第。古时科考同榜者称同
年。是诗作于熙宁九年（1076）九月，密州知州任上。

鸾鹄：喻指在朝得势的官员。

别东武流杯

莫笑官居如传舍，

故应人世等浮云。

百年父老知谁在，

惟有双松识使君。

东武，即密州。流杯，即流杯亭，苏轼于密州行曲水流觞风雅之事的场所。是诗作于熙宁九年（1076）十二月，密州知州任满之际。

宿州次韵刘泾

我欲归休瑟渐希，舞雩何日著春衣。

多情白发三千丈，无用苍皮四十围。

晚觉文章真小技，早知富贵有危机。

为君垂涕君知否，千古华亭鹤自飞。

[泾之兄汴，亦有文，亦死矣。]

宿州，今安徽宿州市。刘泾，字巨济，号前溪，简州阳安（今四川简阳）人。熙宁六年（1073）进士，善画石竹，本年任宿州教授。是诗作于熙宁十年（1077）四月，赴徐州知州任途中。

舞雩（yú）：孔子问子路、冉有、公西华等弟子志向，问及曾皙，曾皙回答："莫春者，春服既成，冠者五六人，童子六七人，浴乎沂，风乎舞雩，咏而归。"舞雩，一种祭天求雨的仪式。

华亭鹤：西晋陆机少时与弟陆云游华亭（今上海松江），后于八王之乱中败，临刑叹曰："欲闻华亭鹤唳，可复得乎？"

子由将赴南都，与余会宿于逍遥堂，作两绝句，读之殆不可为怀，因和其诗以自解。余观子由，自少旷达，天资近道，又得至人养生长年之诀，而余亦窃闻其一二。以为今者宦游相别之日浅，而异时退休相从之日长，既以自解，且以慰子由云

别期渐近不堪闻，风雨萧萧已断魂。
犹胜相逢不相识，形容变尽语音存。

但令朱雀长金花，此别还同一转车。
五百年间谁复在？会看铜狄两咨嗟。

是诗作于熙宁十年（1077）七月，徐州知州任上。时苏辙任南京（今河南商丘）签书判官，四月随苏轼同至徐州，百余日后方启程赴南京。

朱雀：代指炼丹之火。长金花：代指炼出的丹砂。
转车：人事分分合合，好似车轮转动，周而复始。
铜狄：立于秦汉宫殿前的铜人，王朝覆灭，铜人独存。

送李公恕赴阙

君才有如切玉刀，见之凛凛寒生毛。

愿随壮士斩蛟蜃，不愿腰间缠锦绦。

用违其才志不展，坐与胥史同疲劳。

忽然眉上有黄气，吾君渐欲收英髦。

立谈左右皆动色，一语径破千言牢。

我顷分符在东武，脱略万事惟嬉遨。

尽坏屏障通内外，仍呼骑曹为马曹。

李察，字公恕，为人以苛暴著称。是诗作于元丰元年（1078），徐州知州任上，时李察任京东转运判官，召赴阙。

锦绦（tāo）：锦绣丝带，儒生居士所佩。

胥史：古时官府中的小吏。

黄气：古人认为眉间出现黄色之气乃喜事之兆。

"尽坏"句：阮籍为东平相时，坏府舍屏障，使内外相望、法令清简。苏轼以此谓自己知密州时政务清简、内外相安。

"仍呼"句：东晋王徽之为桓冲的骑兵参军，桓冲问："卿署何曹？"对曰："似是马曹。"又问："管几马？"曰："不知马，何由知数？"又问："马比死多少？"曰："未知生，焉知死？"苏轼以此称自己知密州时不通政务。

君为使者见不问，反更对饮持双螯。

酒酣箕坐语惊众，杂以嘲讽穷诗骚。

世上小儿多忌讳，独能容我真贤豪。

为我买田临汶水，逝将归去诛蓬蒿。

安能终老尘土下，俯仰随人如桔槔。

持双螯：东晋名士毕卓曾云："一手持蟹螯，一手持酒杯，拍浮酒池中，便足了一生。"苏轼用此言李察亦风流傲视，虽有察访州郡之责，但理解自己的处事风范，故并不以政务不通为意，更一同诗酒啸傲。

蓬蒿：野草。

桔槔（jié gāo）：井上的打水工具。庄子曾以之譬喻云："子独不见夫桔槔者乎？引之则俯，舍之则仰。"意指没有机心，自然地随波浮沉。

坐上赋戴花得天字

清明初过酒阑珊，折得奇葩晚更妍。

春色岂关吾辈事，老狂聊作坐中先。

醉吟不耐欹纱帽，起舞从教落酒船。

结习渐消留不住，却须还与散花天。

是诗为即席应酬之作，以"天"字韵部为韵，赋"戴花"，作于元丰元年
（1078），徐州知州任上。

欹：歪斜貌。指将花斜插在纱帽上。
散花天：散花的天女。传说维摩诘居士有一天女，平时隐于室内，遇诸
天人说法，便现其身，即以天花散诸菩萨、大弟子身上。然花瓣至诸菩
萨即皆堕落，至大弟子则即着身而不落。盖大弟子结习未尽，故花着身
上；结习尽者，花即不着身。结习者，即佛家所谓之烦恼。

送李公择

嗟予寡兄弟，四海一子由。

故人虽云多，出处不我谋。

弓车无停招，逝去势莫留。

仅存今几人，各在天一陬。

有如长庚月，到晓烂不收。

宜我与夫子，相好手足侔。

比年两见之，宾主更献酬。

乐哉十日饮，衎衎和不流。

李常（1027—1090），字公择，南康建昌（今江西永修）人。神宗熙宁中为右正言，虽与王安石私交甚善，然力诋新法，遂遭落职，通判滑州，徙知齐州（今山东济南）。是诗作于元丰元年（1078）三月，徐州知州任上。时李常赴淮南西路提刑任，自齐州过徐，与苏轼相会旬日方去。

故人：指张璪、章惇、李清臣等支持新法的杭州旧交。
弓车：招聘贤人的车驾。指支持新法的旧交纷纷入朝为官。
陬（zōu）：角落。指反对新法的旧交零散在各地当地方官。
"有如"句：指旧交寥落，惟一二故人陪伴，好似惟有金星始终在残月左右。
衎衎（kàn）：和乐貌。和不流：初心不改，形容自己和李常深情厚意。
僵仆：倒下。铃与驺（zōu）：代指仆役与坐骑。

论事到深夜，僵仆铃与驺。

颇尝见使君，有客如此不？

欲别不忍言，惨惨集百忧。

念我野夫兄，知名三十秋。

已得其为人，不待风马牛。

他年林下见，倾盖如白头。

野夫兄：李莘，李察之兄。

得：知晓。

"倾盖"句：俗谚云："白头如新，倾盖如故。"谓自己与李莘神交已
久，心意相契，他年终获初见时，定当像老友一样情深。

雨中过舒教授

疏疏帘外竹，浏浏竹间雨。

窗扉静无尘，几砚寒生雾。

美人乐幽独，有得缘无慕。

坐依蒲褐禅，起听风瓯语。

客来淡无有，洒扫凉冠履。

浓茗洗积昏，妙香净浮虑。

归来北堂暗，一一微萤度。

此生忧患中，一饷安闲处。

飞鸢悔前笑，黄犬悲晚悟。

自非陶靖节，谁识此闲趣。

舒教授，指舒焕，字尧文，严陵（今浙江桐庐县南）人，熙宁六年（1073）进士，熙宁十年（1077），出任徐州教授。是诗作于元丰元年（1078）夏，徐州知州任上。

浏浏：清明貌。
蒲褐禅：蒲团、褐衣、参禅。
积昏：视力模糊。古人认为茶有提神明目之效，故云。
浮虑：尘世间的烦恼。
飞鸢：东汉名将马援从弟马少游，常劝马援退归乡里，马援未曾在意，后于南方征战，感其地毒气重蒸，仰观飞鸢堕于水中，即思马少游的规劝，感慨不知何日方得其言之清闲安乐。
黄犬：秦相李斯被赵高所陷，腰斩于咸阳市。临刑前顾谓其子曰："吾欲与若复牵黄犬俱出上蔡东门逐狡兔，岂可得乎？"
陶靖节：陶渊明，去世后好友颜延之为其私谥"靖节先生"。

答范淳甫

吾州下邑生刘季，谁数区区张与李。

［来诗有张仆射、李临淮之句。］

重瞳遗迹已尘埃，惟有黄楼临泗水。

［郡有厅事，俗谓之霸王厅。相传不可坐，仆拆之以盖黄楼。］

而今太守老且寒，侠气不洗儒生酸。

犹胜白门穷吕布，欲将鞍马事曹瞒。

范淳甫，指范祖禹（1041—1098），字淳甫，四川华阳（今四川双流）人。嘉祐八年（1063）进士，从司马光编《资治通鉴》。元祐年间官至中书舍人、翰林学士、礼部侍郎。绍圣党禁中被贬昭州别驾，卒于贬所。是诗作于元丰元年（1078），徐州知州任上。

刘季：汉高祖刘邦，小字季，徐州沛县人。

张与李：张建封，中唐大臣，曾拜徐泗节度使，驻节徐州。李光弼，中唐名将，平定安史之乱，获封临淮郡王，驻节徐州。

重瞳：指项羽，据称项羽双目重瞳。

黄楼：苏轼知徐州时遇黄河决堤，带领军民艰苦抗灾，使徐州免遭洪难。苏轼上奏增筑城墙，于东门上建一楼，涂以黄土，以镇水患，名为黄楼。

曹瞒：曹操小字阿瞒。东汉末年，吕布割据徐州，曹操攻之，吕布于白门楼下投降，云："明公所患不过于布，今已服矣，天下不足忧。明公将步，令布将骑，则天下不足定也。"刘备曰："明公不见布事丁建阳及董太师乎！"曹操领之，遂缢杀吕布。

九日次韵王巩

我醉欲眠君罢休，已教从事到青州。

鬓霜饶我三千丈，诗律输君一百筹。

闻道郎君闭东阁，且容老子上南楼。

相逢不用忙归去，明日黄花蝶也愁。

王巩，字定国，号清虚居士，北宋著名诗人、画家。于乌台诗案中被牵连，贬谪岭南宾州。是诗作于元丰元年（1078），徐州知州任上。

从事：桓温有主簿极善别酒，有酒即令其先尝，好者谓之"青州从事"。
筹：赌博所用的筹码。
东阁：代指宰相所居。王巩祖父王旦为真宗朝宰相，故云。
南楼：东晋庾亮镇武昌时，常登南楼，倚胡床赏月。某日庾亮后至，诸僚佐将起避之，庾亮曰："诸君少住，老子于此兴复不浅。"

台头寺步月得人字

风吹河汉扫微云，步屧中庭月趁人。

浥浥炉香初泛夜，离离花影欲摇春。

遥知金阙同清景，想见毡车碾暗尘。

回首旧游真是梦，一簪华发岸纶巾。

台头寺在徐州城南戏马台。是诗作于元丰二年（1079）正月，徐州知州任上。

步屧（xiè）：散步。
浥浥：香气四散貌。
毡车：代指京城贵家车辆。
岸纶巾：将头巾浅戴于头上，使得前额大量露出。代指疏狂不拘之态。

罢徐州，往南京，马上走笔寄子由五首·其三

古汴从西来，迎我向南京。

东流入淮泗，送我东南行。

暂别复还见，依然有余情。

春雨涨微波，一夜到彭城。

过我黄楼下，朱栏照飞甍。

可怜洪上石，谁听月中声。

是诗作于元丰二年（1079）三月，赴湖州知州任途中。

古汴：古汴河，隋炀帝所开之运河，由郑州、开封之北向东流至徐州，入泗水，复向东南流入淮河。

南京：应天府（今河南商丘）。

洪上石：徐州城东泗水上有滩涂，名百步洪，苏轼知徐州时，常于此地礁石上赏月听涛。

舟中夜起

微风萧萧吹菰蒲，开门看雨月满湖。

舟人水鸟两同梦，大鱼惊窜如奔狐。

夜深人物不相管，我独形影相嬉娱。

暗潮生渚吊寒蚓，落月挂柳看悬蛛。

此生忽忽忧患里，清境过眼能须臾。

鸡鸣钟动百鸟散，船头击鼓还相呼。

是诗作于元丰二年（1079），赴湖州知州任途中。

寒蚓：古人认为蚯蚓善于泥土中长吟，其声寒凉凄苦。
忽忽：匆匆而失意貌。
船头击鼓：唐宋行船将发时，习惯击鼓为号。

赠惠山僧惠表

行遍天涯意未阑，将心到处遣人安。

山中老宿依然在，案上《楞严》已不看。

欹枕落花余几片，闭门新竹自千竿。

客来茶罢空无有，卢橘杨梅尚带酸。

惠表，无锡惠山寺僧人，余不详。是诗作于元丰二年（1079）四月，赴
湖州知州任经无锡惠山时。

老宿：年老高僧。
《楞严》：《楞严经》。是句谓惠表已禅悟得道，不再需要佛经文字
之助。
卢橘：金橘。

端午遍游诸寺得禅字

肩舆任所适，遇胜辄留连。

焚香引幽步，酌茗开净筵。

微雨止还作，小窗幽更妍。

盆山不见日，草木自苍然。

忽登最高塔，眼界穷大千。

卞峰照城郭，震泽浮云天。

深沉既可喜，旷荡亦所便。

幽寻未云毕，墟落生晚烟。

归来记所历，耿耿清不眠。

道人亦未寝，孤灯同夜禅。

是诗作于元丰二年（1079）端午，湖州知州任上。

肩舆：由人扛抬的代步工具。
盆山：四围连成盆形的山峦。
最高塔：湖州飞英寺塔，唐末所建。
卞峰：湖州卞山，亦名弁山。
震泽：太湖。

乘舟过贾收水阁，收不在，见其子，三首·其一

爱酒陶元亮，能诗张志和。

青山来水槛，白雨满渔蓑。

泪垢添丁面，贫低举案蛾。

不知何所乐，竟夕独酣歌。

贾收，字耘老，乌程人，湖州当地著名处士。是诗作于元丰二年（1079）五月，湖州知州任上。

添丁：唐朝诗人卢仝之子名添丁，苏轼即以代称贾收之子。
举案蛾：用孟光举案齐眉之事代指贾收之妻。

予以事系御史台狱，狱吏稍见侵，自度不能堪，死狱中，不得一别子由，故作二诗授狱卒梁成，以遗子由，二首

圣主如天万物春，小臣愚暗自亡身。

百年未满先偿债，十口无归更累人。

是处青山可埋骨，他年夜雨独伤神。

与君今世为兄弟，又结来生未了因。

柏台霜气夜凄凄，风动琅珰月向低。

梦绕云山心似鹿，魂惊汤火命如鸡。

眼中犀角真吾子，身后牛衣愧老妻。

百岁神游定何处，桐乡知葬浙江西。

［狱中闻杭、湖间民为余作解厄道场累月，故有此句。］

梁成，乌台诗案中看押苏轼的御史台监狱狱卒。是诗作于元丰二年（1079），御史台狱中。

偿债：指身故。

柏台：御史台的别名。

琅珰：屋檐下的风铃。

犀角：额头上有隆起之骨相。代指随行至京的儿子苏迈。

牛衣：粗麻乱草所编的披盖物，用于给牛御寒。西汉王章求学长安时，甚困穷，独与妻居。时王章疾病无被，卧牛衣中，与妻诀别，涕泣。

桐乡：在今安徽桐城北。西汉人朱邑，初任桐乡啬夫，掌管诉讼及赋税，秉公廉平，吏民爱敬。后官至大司农，临终前属其子葬之于桐乡。

十二月二十八日，蒙恩责授检校水部员外郎黄州团练副使，复用前韵二首

百日归期恰及春，余年乐事最关身。

出门便旋风吹面，走马联翩鹊哗人。

却对酒杯疑是梦，试拈诗笔已如神。

此灾何必深追咎，窃禄从来岂有因。

平生文字为吾累，此去声名不厌低。

塞上纵归他日马，城东不斗少年鸡。

休官彭泽贫无酒，隐几维摩病有妻。

堪笑睢阳老从事，为余投檄向江西。

〔子由闻予下狱，乞以官爵赎予罪，贬筠州监酒。〕

是诗作于元丰二年（1079）岁暮。

百日：苏轼八月十八日下狱，十二月二十八日出狱，共一百三十天。

联翩鹊：前后相接的鹊鸟。哗（zhào）：鸟鸣。

窃禄：无功受禄或为官，多用于自谦之辞。

"塞上"句：用塞翁失马的故事言祸福相依，后事莫测。

"城东"句：唐人贾昌年七岁，被玄宗召为斗鸡坊"五百小儿长"。元和五年（810），年九十八矣，语太平事，历历可听。自言"老人少时以斗鸡求媚于上"。此处苏轼用以言自己虽已被释，然已消仕宦之意。

"隐几"句：用《庄子》南郭子綦隐几而嘘与维摩诘居士之事，言己尚有妻室之累，故不得逍遥物外。

睢阳：应天府旧名。时苏辙任应天府签判，故以睢阳从事代称。

江西：苏辙被贬监筠州（今江西高安）酒税，宋时属江南西路。

梅花二首

春来幽谷水潺潺，
的皪梅花草棘间。
一夜东风吹石裂，
半随飞雪度关山。

何人把酒慰深幽？
开自无聊落更愁。
幸有清溪三百曲，
不辞相送到黄州。

是诗作于元丰三年（1080）正月，赴黄州途中。

的皪（lì）：鲜明美艳貌。

初到黄州

自笑平生为口忙，老来事业转荒唐。

长江绕郭知鱼美，好竹连山觉笋香。

逐客不妨员外置，诗人例作水曹郎。

只惭无补丝毫事，尚费官家压酒囊。

［检校官例折支，多得退酒袋。］

是诗作于元丰三年（1080）二月，初至黄州时。

水曹：水部。前代诗人何逊、张籍等皆曾担任过水部郎，故云。

官家：公家。

压酒囊：指自注中的退酒袋，官府卖酒退还的酒袋。宋代官员工资的一部分会用实物充抵，称折支，故此处以退酒袋指代折支后的官俸。

定惠院寓居月夜偶出

幽人无事不出门，偶逐东风转良夜。

参差玉宇飞木末，缭绕香烟来月下。

江云有态清自媚，竹露无声浩如泻。

已惊弱柳万丝垂，尚有残梅一枝亚。

清诗独吟还自和，白酒已尽谁能借。

不辞青春忽忽过，但恐欢意年年谢。

自知醉耳爱松风，会拣霜林结茅舍。

浮浮大甑长炊玉，溜溜小槽如压蔗。

饮中真味老更浓，醉里狂言醒可怕。

闭门谢客对妻子，倒冠落佩从嘲骂。

定惠院在黄州东南，苏轼初至黄州时所居之所。是诗作于元丰三年（1080）二月，在黄州。

幽人：苏轼自称。
木末：树梢。
甑（zèng）：蒸饭的瓦器。炊玉：煮米饭。玉，喻指米粒。
如压蔗：喻指酒槽中的酒如甘蔗浆一样香甜。

寓居定惠院之东，杂花满山，有海棠一株，土人不知贵也

江城地瘴蕃草木，只有名花苦幽独。

嫣然一笑竹篱间，桃李漫山总粗俗。

也知造物有深意，故遣佳人在空谷。

自然富贵出天姿，不待金盘荐华屋。

朱唇得酒晕生脸，翠袖卷纱红映肉。

林深雾暗晓光迟，日暖风轻春睡足。

雨中有泪亦凄怆，月下无人更清淑。

先生食饱无一事，散步逍遥自扪腹。

不问人家与僧舍，拄杖敲门看修竹。

忽逢绝艳照衰朽，叹息无言揩病目。

陋邦何处得此花，无乃好事移西蜀？

寸根千里不易致，衔子飞来定鸿鹄。

天涯流落俱可念，为饮一樽歌此曲。

明朝酒醒还独来，雪落纷纷那忍触。

土人，当地人。是诗作于元丰三年（1080）二月，在黄州。

金盘荐华屋：用金盘装承，进献于华丽屋堂之中。是句云海棠富艳绝俗，不需用金盘进献华屋，即散发着雍容华贵的气质。

陋邦：代指黄州。

西蜀：四川嘉州盛产海棠，有"海棠香国"之名。是句谓此株海棠或是被好事者从四川移植而来，以与同样流落于黄州的蜀人相比附。

迁居临皋亭

我生天地间，一蚁寄大磨。

区区欲右行，不救风轮左。

虽云走仁义，未免违寒饿。

剑米有危炊，针毡无稳坐。

岂无佳山水，借眼风雨过。

归田不待老，勇决凡几个。

幸兹废弃余，疲马解鞍驮。

全家占江驿，绝境天为破。

饥贫相乘除，未见可吊贺。

澹然无忧乐，苦语不成些。

临皋亭，在黄州朝宗门外，毗邻长江，苏轼贬黄州时期所居之处。是诗作于元丰三年（1080），在黄州。

"我生"四句：古人认为天圆地方，天球如推磨般向左转动，日月右行，然日月不及天球转速，故实东行而被天牵之以西没。好似磨盘上有一只蚂蚁向右爬行，但磨盘却往左边转，由于磨盘转速远快于蚂蚁爬行的速度，故而蚂蚁不得不随着磨盘被带向左边。

走仁义：实行仁义。

剑米危炊：喻指危险或不可能的事情。

绝境：极美的自然环境。破：安排。

相乘除：相互抵消。句谓因居住在山水明秀处，故可以抵消饥贫之困。

不成些（suò）：《楚辞·招魂》句末有以"些"字结尾，为语气助词，故以"些"代指歌曲，言喜怒哀乐皆不必成歌咏叹。

正月二十日，往岐亭，郡人潘、古、郭三人送余于女王城东禅庄院

十日春寒不出门，不知江柳已摇村。

稍闻决决流冰谷，尽放青青没烧痕。

数亩荒园留我住，半瓶浊酒待君温。

去年今日关山路，细雨梅花正断魂。

岐亭，在黄州西北，苏轼友人陈慥隐居之地。潘、古、郭，黄州进士潘丙、古耕道、郭遘。女王城，黄州城东十五里有永安城，楚国春申君黄歇之封地，俗谓之"女王城"。是诗作于元丰四年（1081）正月，在黄州。

决决：流水之声。

琴诗

若言琴上有琴声，
放在匣中何不鸣。
若言声在指头上，
何不于君指上听？

是诗作于元丰四年（1081），在黄州。

侄安节远来夜坐三首·其一

南来不觉岁峥嵘，坐拨寒灰听雨声。

遮眼文书原不读，伴人灯火亦多情。

嗟予潦倒无归日，今汝蹉跎已半生。

免使韩公悲世事，白头还对短灯檠。

侄安节，指苏安节，苏轼堂兄苏不疑之子，伯父苏涣之孙。是诗作于元
丰四年（1081），在黄州。

峥嵘：卓越而不平凡。
寒灰：炭火燃尽后的灰烬。
韩公：指韩愈。韩愈有《短灯檠歌》，借灯架讽刺富贵后抛弃糟糠之妻
者，苏轼此处反用韩诗，言己矢志不渝的气节。

正月二十日，与潘、郭二生出郊寻春，忽记去年是日同至女王城作诗，乃和前韵

东风未肯入东门，走马还寻去岁村。

人似秋鸿来有信，事如春梦了无痕。

江城白酒三杯酽，野老苍颜一笑温。

已约年年为此会，故人不用赋《招魂》。

是诗作于元丰五年（1082），在黄州。

酽（yàn）：酒味醇浓。

寒食雨二首

自我来黄州，已过三寒食。

年年欲惜春，春去不容惜。

今年又苦雨，两月秋萧瑟。

卧闻海棠花，泥污燕脂雪。

暗中偷负去，夜半真有力。

何殊病少年，病起头已白。

春江欲入户，雨势来不已。

小屋如渔舟，濛濛水云里。

空庖煮寒菜，破灶烧湿苇。

那知是寒食，但见乌衔纸。

君门深九重，坟墓在万里。

也拟哭途穷，死灰吹不起。

是诗作于元丰五年（1082）三月四日，在黄州。

何殊：就像，正似。末二句以少年病愈却已白头，喻时光飞逝。
乌衔纸：寒食前后有祭祀逝者之俗，或于墓前焚化纸钱，或挂纸钱于墓
上，偶被乌鸦衔去，以作其巢。
死灰：喻指自己万念俱灰，故不作阮籍穷途之哭。

六年正月二十日，复出东门，仍用前韵

乱山环合水侵门，身在淮南尽处村。

五亩渐成终老计，九重新扫旧巢痕。

岂惟见惯沙鸥熟，已觉来多钓石温。

长与东风约今日，暗香先返玉梅魂。

是诗作于元丰六年（1083），在黄州。

淮南：淮南西路。黄州在淮南西路最南端，故云淮南尽处村。
五亩：代指苏轼在黄州的躬耕之地东坡。
旧巢：喻指京城史馆，苏轼曾任直史馆，此为储将相才之职。元丰五年
（1082），神宗改革官制，废除史馆之职。

初秋寄子由

百川日夜逝，物我相随去。

惟有宿昔心，依然守故处。

忆在怀远驿，闭门秋暑中。

藜羹对书史，挥汗与子同。

西风忽凄厉，落叶穿户牖。

子起寻夹衣，感叹执我手。

朱颜不可恃，此语君莫疑。

别离恐不免，功名定难期。

当时已凄断，况此两衰老。

失途既难追，学道恨不早。

买田秋已议，筑室春当成。

雪堂风雨夜，已作对床声。

是诗作于元丰六年（1083），在黄州。

怀远驿：在开封丽景门河南岸，苏轼、苏辙兄弟嘉祐六年（1061）于此地准备制科考试。

藜羹：代指粗劣的饮食。

夹（jiá）衣：粗劣的稍厚一些的衣服，仅有面有里，然不衬垫棉絮。

东坡

雨洗东坡月色清，
市人行尽野人行。
莫嫌荦确坡头路，
自爱铿然曳杖声。

是诗作于元丰六年（1083），在黄州。

荦（luò）确：山石崎岖不平貌。

和秦太虚梅花

西湖处士骨应槁，只有此诗君压倒。

东坡先生心已灰，为爱君诗被花恼。

多情立马待黄昏，残雪消迟月出早。

江头千树春欲暗，竹外一枝斜更好。

孤山山下醉眠处，点缀裙腰纷不扫。

万里春随逐客来，十年花送佳人老。

去年花开我已病，今年对花还草草。

不如风雨卷春归，收拾余香还畀昊。

秦太虚，指秦观（1049—1100），字少游，一字太虚，号淮海居士。北宋著名词人，苏门四学士之一。是诗作于元丰七年（1084）正月，在黄州。

西湖处士：指北宋隐士林逋，以咏梅花之妙句"疏影横斜水清浅，暗香浮动月黄昏"而著名。
裙腰：喻指丛生的春草。
畀（bì）昊：交还给上苍。

海棠

东风袅袅泛崇光，
香雾空蒙月转廊。
只恐夜深花睡去，
故烧高烛照红妆。

是诗作于元丰七年（1084），在黄州。

别黄州

病疮老马不任羁，犹向君王得敝帷。

桑下岂无三宿恋，樽前聊与一身归。

长腰尚载撑肠米，阔领先裁盖瘿衣。

投老江湖终不失，来时莫遣故人非。

是诗作于元丰七年（1084）四月，自黄移汝之际。

羁（jī）：马络头。

三宿恋：佛家弟子不三宿桑下，不欲久生恩爱，以示无爱恋之心。苏轼反用之，言己对黄州已有留恋之情。

长腰：长腰米，长粒精米。

瘿（yǐng）：长于颈部的肉瘤，即俗云的粗脖子病。北宋汝州人多患此疾，因苏轼即将量移汝州，故有此云。

题西林壁

横看成岭侧成峰，
远近高低各不同。
不识庐山真面目，
只缘身在此山中。

西林，指庐山西林寺。是诗作于元丰七年（1084）五月。

次荆公韵四绝·其三

骑驴渺渺入荒陂，
想见先生未病时。
劝我试求三亩宅，
从公已觉十年迟。

荆公，指王安石（1021—1086），字介甫，号半山，抚州临川人。庆历二年（1042）进士。熙宁二年（1069）拜参知政事，主持变法，次年拜相。熙宁九年（1076）罢相，退居金陵钟山半山园。元丰三年（1080）封荆国公，故称王荆公。是诗作于元丰七年（1084）六月，自黄移汝经金陵之时。

十年：王安石熙宁九年罢相，至本年会晤苏轼时，首尾九年，以十年为约数。

泗州除夜雪中黄师是送酥酒二首·其一

暮雪纷纷投碎米，春流咽咽走黄沙。

旧游似梦徒能说，逐客如僧岂有家？

冷砚欲书先自冻，孤灯何事独成花？

使君夜半分酥酒，惊起妻孥一笑哗。

黄寔，字师是，陈州宛丘（今河南省周口市淮阳区）人。其父黄好谦为苏轼同榜进士。酥酒，酥与酒，酥即乳酪。是诗作于元丰七年（1084）除夕，时黄寔任提举淮南东路常平。

成花：灯芯余烬结成花状，古人认为乃吉兆。
妻孥（nú）：妻子与儿女。

归宜兴，留题竹西寺三首

十年归梦寄西风，此去真为田舍翁。

剩觅蜀冈新井水，要携乡味过江东。

道人劝饮鸡苏水，童子能煎莺粟汤。

暂借藤床与瓦枕，莫教辜负竹风凉。

此生已觉都无事，今岁仍逢大有年。

山寺归来闻好语，野花啼鸟亦欣然。

竹西寺，在扬州城北。是诗作于元丰八年（1085）五月，获赐归居宜兴所卜田宅，途经扬州之时。

寄西风：欲归四川，故托西风为寄。
剩：更。蜀冈：在扬州城北。相传此处地脉通蜀，故曰蜀冈。
鸡苏：香草名。
莺粟：即罂子粟。花中有白米，可煮粥为食。
大有年：大丰收之年。

赠王寂

与君暂别不须嗟，
俯仰归来鬓未华。
记取江南烟雨里，
青山断处是君家。

王寂，生平不详。是诗作于元丰八年（1085），赴登州知州任途中。

断处：尽头。

过密州次韵赵明叔、乔禹功

先生依旧广文贫，老守时遭醉尉嗔。

汝辈何曾堪一笑，吾侪相对复三人。

黄鸡催晓凄凉曲，白发惊秋见在身。

一别胶西旧朋友，扁舟归钓五湖春。

赵杲卿，字明叔，乡贡进士，时任密州教授。乔叙，字禹功，诸城人。苏轼知密州时，官太常博士。后历知施州、泸州。时已罢任或致仕而居乡。是诗作于元丰八年（1085），赴登州知州任途经密州时。

广文：唐人郑虔，曾官广文馆博士，为官清贫淡如，杜甫有诗云："诸公衮衮登台省，广文先生官独冷。甲第纷纷厌粱肉，广文先生饭不足。"此处以郑虔代指赵杲卿。

醉尉嗔：李广罢将后，尝夜从一骑出，与人田间饮酒。归至亭，遇灞陵尉大醉，呵止李广。李广随从告知此乃故李将军，灞陵尉答曰："今将军尚不得夜行，何故也！"此处以李广代指乔叙。

黄鸡催晓：白居易《醉歌示妓人商玲珑》诗云："谁道使君不解歌，听唱黄鸡与白日。黄鸡催晓丑时鸣，白日催年酉前没。腰间红绶系未稳，镜里朱颜看已失。"即代指咏唱时光易逝、人生苦短的歌曲。

见在身：现在身。

登州海市

予闻登州海市旧矣。父老云："尝出于春夏，今岁晚，不复见矣。"予到官五日而去，以不见为恨，祷于海神广德王之庙，明日见焉，乃作此诗。

东方云海空复空，群仙出没空明中。

荡摇浮世生万象，岂有贝阙藏珠宫。

心知所见皆幻影，敢以耳目烦神工。

岁寒水冷天地闭，为我起蛰鞭鱼龙。

重楼翠阜出霜晓，异事惊倒百岁翁。

人间所得容力取，世外无物谁为雄。

率然有请不我拒，信我人厄非天穷。

海市，即海市蜃楼。海神广德王，即东海龙王。天宝十载（751），唐玄宗册封东海龙王为广德王。是诗作于元丰八年（1085）十月，登州知州任上。

贝阙、珠宫：紫贝珍珠所建的宫阙，代指水神宫殿。
不我拒：不拒绝我。

潮阳太守南迁归，喜见石廪堆祝融。

自言正直动山鬼，岂知造物哀龙钟。

伸眉一笑岂易得，神之报汝亦已丰。

斜阳万里孤鸟没，但见碧海磨青铜。

新诗绮语亦安用，相与变灭随东风。

潮阳太守：指韩愈，曾被贬潮州知州。永贞元年（805），韩愈登衡山，
然阴雨霏霏，难览其胜。遂默祷神灵，天宇转清，峰峦皆见，祝融峰清
晰可览。遂作诗云："须臾静扫众峰出，仰见突兀撑青空。紫盖连延接天
柱，石廪腾掷堆祝融。"苏轼此处将韩愈永贞元年之事误记成元和十五
年（820）由潮州知州召还长安途中所见。

青铜：青铜镜。喻指平静的海面。

相：即指海市蜃楼。

惠崇春江晚景二首

竹外桃花三两枝，春江水暖鸭先知。
蒌蒿满地芦芽短，正是河豚欲上时。

两两归鸿欲破群，依依还似北归人。
遥知朔漠多风雪，更待江南半月春。

惠崇，宋初著名诗僧，能诗善画，尤工小景。是诗作于元丰八年
（1085）十二月，时在开封。

蒌蒿：水草，根茎可食，江南用之烹鱼，云可解鲈鱼之毒。
芦芽：芦笋的新芽。

西太一见王荆公旧诗，偶次其韵二首

秋早川原净丽，雨余风日清酣。
从此归耕剑外，何人送我池南。

但有樽中若下，何须墓上征西。
闻道乌衣巷口，而今烟草萋迷。

西太一，即西太一宫，开封城东西各有一处祭祀太一神的宫殿。是诗作于元祐元年（1086）七月立秋日，随驾祭祀西太一宫时。

剑外：剑阁之外，即指四川。
池南：泛指送别之地。
若下：吴兴若下村，产名酒，故以之代酒。
征西：曹操自陈欲为国家讨贼立功，望封侯而作征西将军，使己墓道上可题名云"汉故征西将军曹侯之墓"。
乌衣巷：在今江苏南京城南，为东晋王、谢家族聚居之地。

送贾讷倅眉二首·其二

老翁山下玉渊回，手植青松三万栽。

父老得书知我在，小轩临水为君开。

试看一一龙蛇活，更听萧萧风雨哀。

便与甘棠同不剪，苍髯白甲待归来。

[先君葬于蟆颐山之东二十余里，地名老翁泉。君许为一往，感叹之深，故及之。]

贾讷，生平不详，本年出任眉州通判。是诗作于元祐元年（1086），时在开封。

老翁山：苏洵墓地所在之蟆颐山。山下有老翁泉，故苏轼名之老翁山。
玉渊：指老翁泉。
三万栽：犹言三万株松树苗。
龙蛇：喻松树。
甘棠：周召公巡行乡邑，决狱政事于甘棠树下，百姓各得其所。召公卒后，乡民思其贤，怀甘棠树，不敢伐，并作《甘棠》之诗以念。后遂以"甘棠"称颂循吏的美政和遗爱。此处代指贾讷将会在眉州获得的声望。
苍髯白甲：喻松树。

次韵李修孺留别二首·其二

此生别袖几回麾，梦里黄州空自疑。

何处青山不堪老，当年明月巧相随。

穷通等是思家意，衰病难堪送客悲。

好去江鱼煮江水，剑南归路有姜诗。

李曼，字修孺，四川遂宁人，嘉祐间进士，仕至利州提刑。是诗作于元祐元年（1086），时在开封。

麾：通"挥"。
不堪老：不能老。
难堪：难以承受。
姜诗：东汉四川广汉人，事母至孝。屋舍旁忽有涌泉出，味如江水，每旦辄出双鲤鱼，姜诗以之供母。

090

郭熙画秋山平远

文潞公为跋尾

玉堂昼掩春日闲，中有郭熙画春山。

鸣鸠乳燕初睡起，白波青嶂非人间。

离离短幅开平远，漠漠疏林寄秋晚。

恰似江南送客时，中流回头望云巘。

伊川佚老鬓如霜，卧看秋山思洛阳。

为君纸尾作行草，炯如嵩洛浮秋光。

我从公游如一日，不觉青山映黄发。

为画龙门八节滩，待向伊川买泉石。

郭熙，字淳夫，北宋河阳府温县（今属河南）人，著名宫廷画家，尤擅山水平远图。是诗作于元祐二年（1087），时在开封。文潞公，指文彦博（1006—1097），字宽夫，号伊叟，汾州介休（今属山西）人。天圣五年（1027）进士，官至同中书门下平章事，封潞国公。元祐初任平章军国重事，五年致仕。

玉堂：指翰林院。
伊川佚老：指文彦博，盖其于神宗朝致仕退居洛阳伊川之畔。
龙门八节滩：洛阳龙门名胜，白居易晚年致仕洛阳时所开凿。

余与李廌方叔相知久矣，领贡举事，而李不得第，愧甚，作诗送之

与君相从非一日，笔势翩翩疑可识。

平时谩说古战场，过眼终迷日五色。

我惭不出君大笑，行止皆天子何责。

青袍白纻五千人，知子无怨亦无德。

买羊沽酒谢玉川，为我醉倒春风前。

归家但草凌云赋，我相夫子非癯仙。

李廌（1059—1109），字方叔，号德隅斋，又号齐南先生，华州（今陕西省渭南市华州区）人。其父李敦为苏轼同年进士。苏轼谪黄州时，李廌通信求教，感佩苏轼才学，遂亲往拜见，为"苏门六君子"之一。是诗作于元祐三年（1088），本年苏轼权知礼部贡举。

古战场：唐人李华作《祭古战场文》，将其做旧，置于佛书之阁，后与萧颖士说佛书而得之。李华问萧颖士此文何如，萧颖士赞许之。李华复问当代文士谁能写出这样文章，萧颖士答曰："君稍精思，便可及此。"

日五色：唐人李程应试作《日五色赋》，文词甚佳，然寂寂无名。杨於陵为其不平，携赋拜见主考官，问："当今场中若有此赋，侍郎何以待之？"主考官曰："非状元不可也。"杨於陵曰："苟如此，侍郎已遗贤矣。"此处以《日五色赋》代指未被苏轼选中的李廌应试文。

青袍白纻（zhù）：代指应试举子。

玉川：唐人卢仝号玉川子，韩愈《寄卢仝》诗："买羊沽酒谢不敏。"此处以卢仝代指李廌。

凌云赋：司马相如以为列仙之儒居山泽间，形容甚癯，此非帝王之仙意。遂撰《大人赋》奏呈汉武帝，武帝听人诵毕，飘飘然有凌云气。

癯（qú）仙：骨姿清瘦的仙人。

卧病逾月，请郡不许，复直玉堂。十一月一日锁院，是日苦寒，诏赐宫烛法酒，书呈同院

微霰疏疏点玉堂，词头夜下揽衣忙。

分光御烛星辰烂，拜赐宫壶雨露香。

醉眼有花书字大，老人无睡漏声长。

何时却逐桑榆暖，社酒寒灯乐未央。

请郡，请求外任地方官。直玉堂，在翰林院值夜班。锁院，翰林学士草拟的制诰主要涉及军国重大机密之事，故晚间需锁闭学士院门。宫烛法酒，宫中所用的蜡烛与宫廷酿制的酒。是诗作于元祐三年（1088），时在开封。

微霰（xiàn）：细雪珠。
词头：朝廷决策或命令的摘要梗概，词臣据此草拟诏书。
桑榆暖：晚年的幸福生活。
社酒寒灯：民间的粗劣之酒与灯，与宫烛法酒相对。未央：未尽之貌。

和王晋卿送梅花次韵

东坡先生未归时，自种来禽与青李。

五年不踏江头路，梦逐东风泛蘋芷。

江梅山杏为谁容，独笑依依临野水。

此间风物君未识，花浪翻天雪相激。

明年我复在江湖，知君对花三叹息。

王诜，字晋卿，北宋著名画家，苏轼好友。神宗熙宁二年（1069）娶英宗女蜀国大长公主，拜左卫将军、驸马都尉。是诗作于元祐四年（1089）正月，时在开封。

来禽：林檎，果名。
容：梳妆打扮。

与莫同年雨中饮湖上

到处相逢是偶然，

梦中相对各华颠。

还来一醉西湖雨，

不见跳珠十五年。

莫同年，指莫君陈，字和中，苏轼同榜进士。是诗作于元祐四年
（1089）八月，杭州知州任上。

十五年：苏轼熙宁七年（1074）由杭州通判移守，至本年知杭州，凡
十五年。

送子由使契丹

云海相望寄此身，那因远适更沾巾。

不辞驲骑凌风雪，要使天骄识凤麟。

沙漠回看清禁月，湖山应梦武林春。

单于若问君家世，莫道中朝第一人。

是诗作于元祐四年（1089）九月，杭州知州任上。

驲（rì）骑：驿马。

天骄：匈奴自称天之骄子，后世以"天骄"代指草原部族。

凤麟：喻指杰出的人物，此处代指宋朝人才。

第一人：唐人李揆美风仪，善奏对，唐肃宗赞其"门地、人物、文学，皆当世第一"。德宗时，李揆出使蕃地，酋长问曰："闻唐有第一人李揆，公是否？"李揆畏惧被扣留，因谎称云："彼李揆安肯来邪？"苏轼用此典故，期愿苏辙能顺利归来。

寄蔡子华

故人送我东来时，手栽荔子待我归。

荔子已丹吾发白，犹作江南未归客。

江南春尽水如天，肠断西湖春水船。

想见青衣江畔路，白鱼紫笋不论钱。

霜髯三老如霜桧，旧交零落今谁辈。

莫从唐举问封侯，但遣麻姑更爬背。

蔡子华，指蔡襃，字子华，四川眉山人，苏轼叔丈。是诗作于元祐五年（1090）二月，杭州知州任上。

荔子：荔枝。
三老：指苏轼的叔岳丈王庆源、表叔杨君素及叔丈蔡子华。
今谁辈：如今谁人可比。辈，类、比。
唐举：战国时相面术士，曾为秦相蔡泽相面，云其还有四十三年之寿。
麻姑：传说中的仙女。东汉桓帝时，应仙人王远之召，降于蔡经家，年可十八九岁，甚美。蔡经见麻姑手指纤细似鸟爪，自念："背大痒时，得此爪以爬背，当佳。"

病后醉中

病为兀兀安身物，
酒作逢逢入脑声。
堪笑钱塘十万户，
官家付与老书生。

是诗作于元祐五年（1090），杭州知州任上。

兀兀：静止貌。
逢逢：鼓声。
官家：称呼皇帝之辞。

次韵送张山人归彭城

羡君飘荡一虚舟，来作钱塘十日游。

水洗禅心都眼净，山供诗笔总眉愁。

雪中乘兴真聊尔，春尽思归却罢休。

何日五湖从范蠡，种鱼万尾橘千头。

张山人，指张天骥，字圣途，居徐州云龙山，号云龙山人。苏轼知徐州时，多与其往来。是诗作于元祐五年（1090）三月，杭州知州任上。

雪中乘兴：王子猷雪夜乘兴访戴安道，至门而返，云己本乘兴而来，兴尽而返，何必见戴。

聊尔：聊且如此。

种鱼：养鱼。

橘千头：东汉丹阳太守李衡于武陵氾州上种橘树千株，临终谓其子曰："吾州里有千头木奴，不责汝衣食。"

绝句

春来濯濯江边柳，

秋后离离湖上花。

不羡千金买歌舞，

一篇珠玉是生涯。

濯濯：光明清朗貌。
珠玉：喻指精美的诗文。

赠刘景文

荷尽已无擎雨盖，

菊残犹有傲霜枝。

一年好景君须记，

最是橙黄橘绿时。

刘季孙（1033—1092），字景文，祥符（今河南开封）人，大将刘平之子。是诗作于元祐五年（1090）十月，杭州知州任上，时刘季孙以左藏库副使为两浙兵马都监。

次韵杨公济奉议梅花十首·其四

月地云阶漫一樽，

玉奴终不负东昏。

临春结绮荒荆棘，

谁信幽香是返魂。

杨蟠，字公济，章安人。善诗，受欧阳修称赞。苏轼知杭州时，杨蟠以奉议大夫任通判。是诗作于元祐六年（1091），杭州知州任上。

玉奴：指齐明帝妃潘玉儿。梁武帝萧衍灭齐，废齐明帝为东昏侯。萧衍闻潘玉儿有国色，一度欲纳之。后军官田安启求纳潘玉儿，玉儿泣曰："昔者见遇时主，今岂下匹非类。死而后已，义不受辱。"遂自缢。

临春结绮：陈后主于宫中起临春、结绮、望仙三阁，高数十丈，皆以沉香为之，香气弥漫数里。后主自居临春阁，张贵妃丽华居结绮阁。

返魂：传说西域月氏国有返魂香，死者闻此香而复活。是以诗人用此言说幽香梅花如妃子香魂之返。

游宝云寺，得唐彦猷为杭州日送客舟中手书一绝句云："山雨霏微不满空，画船来往疾轻鸿。谁知独卧朱帘里，一榻无尘四面风。"明日，送彦猷之子坰赴鄂州，舟中遇微雨，感叹前事，因和其韵，作两首送之，且归其书唐氏

　　二妙凋零笔法空，忽惊云海戏群鸿。
　　清诗不敢私囊箧，人道黄门有父风。

　　　　［黄门，卫恒也。］

　　出处荣枯一笑空，十年社燕与秋鸿。
　　谁知白首长河路，还卧当时送客风。

宝云寺，在杭州西湖北山上。唐彦猷，指唐询（1005—1064），钱塘人，以父荫入仕，天圣中赐进士及第。累官吏部郎中，翰林侍读学士。嘉祐三年至五年，任杭州知州。彦猷之子，指唐坰，字林夫，以父任得官，后赐进士出身。是诗作于元祐六年（1091），杭州知州任上。

二妙：晋人卫瓘、索靖皆善草书，卫瓘任尚书令，索靖为尚书郎，故时人号称"一台二妙"。唐彦猷与其弟唐彦范俱擅文章翰墨，且风神疏秀，故苏轼有二妙之比。

云海戏群鸿：喻指精妙的书法。

黄门：卫瓘子卫恒为黄门郎，善草隶书。唐坰亦承家风，极善书法。故上文先以卫瓘比唐彦猷，此句即以卫恒比唐坰。

长河路：杭州城外漕渠有长河堰，为行人往来之地。

予去杭十六年而复来，留二年而去。平生自觉出处老少，粗似乐天，虽才名相远，而安分寡求，亦庶几焉。三月六日，来别南北山诸道人，而下天竺惠净师以丑石赠行，作三绝句

当年衫鬓两青青，强说重临慰别情。
衰发只今无可白，故应相对话来生。

出处依稀似乐天，敢将衰朽较前贤。
便从洛社休官去，犹有闲居二十年。

在郡依前六百日，山中不记几回来。
还将天竺一峰去，欲把云根到处栽。

乐天，即唐代诗人白居易，字乐天。南北山，西湖南北诸山，上多佛寺。下天竺，即杭州天竺山下天竺寺，今称法镜寺。是诗作于元祐六年（1091）三月，时将由杭州归京。

洛社：白居易晚年致仕居洛阳，爱香山之胜，常与寺僧如满结香火社。
云根：古人认为山石由白云化生，故以云根指石。

九月十五日，观月听琴西湖示坐客

白露下众草，碧空卷微云。

孤光为谁来，似为我与君。

水天浮四座，河汉落酒樽。

使我冰雪肠，不受曲蘖醺。

尚恨琴有弦，出鱼乱湖纹。

哀弹奏旧曲，妙耳非昔闻。

良时失俯仰，此见宁朝昏。

悬知一生中，道眼无由浑。

西湖，指颍州西湖。是诗作于元祐六年（1091）九月，颍州知州任上。

曲蘖（qū niè）：即指酒。

良时：美好的时光。俯仰：一俯一仰之际，喻指时光倏尔即逝。

道眼：分辨是非之眼。

泛颍

我性喜临水，得颍意甚奇。

到官十日来，九日河之湄。

吏民笑相语，使君老而痴。

使君实不痴，流水有令姿。

绕郡十余里，不驶亦不迟。

上流直而清，下流曲而漪。

画船俯明镜，笑问汝为谁。

忽然生鳞甲，乱我须与眉。

散为百东坡，顷刻复在兹。

此岂水薄相，与我相娱嬉。

是诗作于元祐六年（1091）九月，颍州知州任上。

河之湄：颍水之滨。

令姿：美好的姿态。

鳞甲：喻指水波。此句指忽有清风吹过，原本平静的水面上泛起涟漪。

百东坡：指风吹水面，自己的水中倒影似被分出好多个。

薄相：轻薄捉弄。

声色与臭味，颠倒眩小儿。

等是儿戏物，水中少磷缁。

赵陈两欧阳，同参天人师。

观妙各有得，共赋泛颍诗。

臭（xiù）味：气味，多指香气。

磷缁：喻指受环境影响而产生的变化。磷，磨损之貌。缁，染黑之貌。

赵陈两欧阳：苏轼门生赵令畤、陈师道，欧阳修二子欧阳棐与欧阳辩。

天人师：如来之别号，代指佛理禅机。

观妙：观物之妙，道家所谓之悟道。

次韵刘景文见寄

淮上东来双鲤鱼，巧将诗信渡江湖。

细看落墨皆松瘦，想见掀髯正鹤孤。

烈士家风安用此，书生习气未能无。

莫因老骥思千里，醉后哀歌缺唾壶。

刘景文，即刘季孙，见前《赠刘景文》。是诗作于元祐六年（1091），颍州知州任上。

双鲤鱼：古人有鲤鱼寄书之说，故以之代指书信。

掀髯：笑时开口张须之貌。鹤孤：鹤立鸡群之意，谓刘景文卓尔不群、独立无偶。

烈士家风：刘景文父刘平任侠善弓马，与西夏征战时殉国，谥壮武。

缺唾壶：东晋王敦每酒后，辄吟咏曹操诗："老骥伏枥，志在千里。烈士暮年，壮心不已。"并以铁如意击唾壶为节拍，壶尽缺。

欧阳叔弼见访，诵陶渊明事，叹其绝识。既去，感慨不已，而赋此诗

渊明求县令，本缘食不足。

束带向督邮，小屈未为辱。

翻然赋归去，岂不念穷独。

重以五斗米，折腰营口腹。

云何元相国，万钟不满欲。

胡椒铢两多，安用八百斛。

以此杀其身，何啻鹊抵玉。

往者不可悔，吾其反自烛。

欧阳叔弼，指欧阳棐，欧阳修之子。是诗作于元祐六年（1091），颍州知州任上。

元相国：唐人元载，代宗朝拜宰相，纵诸子贪污索贿，后被代宗赐自尽。抄没其家时得钟乳五百两、胡椒八百石等。

万钟：代指官员优厚的俸禄。

鹊抵玉：指元载因贪污财货而身亡，好似以乌鹊抵偿美玉，即以贵逐贱也。

自烛：照亮自己，言元载之事足以警戒自我。

二鲜于君以诗文见寄，作诗为谢

我怀元祐初，圭璋满清班。

维时南隆老，奉使独未还。

迁叟向我言，青齐岁方艰。

斯人乃德星，遣出虚危间。

[司马温公谓轼曰："子骏，福星也。京东人困甚，且令彼往。"]

召用既晚矣，天命良复悭。

一朝失老骥，寂寞空帝闲。

至今清夜梦，枕衾有余潸。

喜闻二三子，结发师闵颜。

高论逼河汉，清诗鸣珮环。

遥知三日雪，积玉埋崧山。

谁念此幽桂，坐蒙榛与菅。

故人在颍尾，投诗清泠湾。

二鲜于君，指鲜于侁之子。鲜于侁（1018—1087），字子骏，北宋阆州（今四川阆中）人。曾举荐二苏兄弟应贤良方正能直言极谏科，与二苏兄弟交往甚笃。是诗作于元祐六年（1091）末，颍州知州任上。

圭璋：朝会时大臣所执玉器，代指贤良的大臣。
清班：旧时以翰林学士、馆阁官员等文学侍从为清华高贵者，故称清班。
南隆老：南隆为阆州旧名，南隆老即指鲜于侁。
迁叟：司马光的别号。
青齐：青州与齐州，均在今山东。
帝闲：帝王的马厩。
结发：代指童年或青春期。闵颜：孔子的弟子闵子骞与颜渊。
崧山：嵩山，鲜于侁所葬之地。

淮上早发

澹月倾云晓角哀，
小风吹水碧鳞开。
此生定向江湖老，
默数淮中十往来。

淮上，淮河之上。是诗作于元祐七年（1092）三月，赴扬州知州任，途经淮河。

次韵徐仲车

恶衣恶食诗愈好，恰似霜松啭春鸟。

苍蝇莫乱远鸡声，世上谁如公觉早。

八年看我走三州，

[元丰八年予赴登州，元祐四年赴杭州，今赴扬州，皆见仲车。]

月自当空水自流。

人间扰扰真蝼蚁，应笑人呼作斗牛。

徐积（1028—1103），字仲车，楚州山阳（今江苏淮安）人，自号南郭翁。初从胡瑗学，以耳聋不能仕，屏处乡里，而四方事无不知晓。善诗，性至孝。是诗作于元祐七年（1092）三月，赴扬州知州任途中。

"恰似"句：喻指徐积的诗歌如霜松般刚健，如春鸟般宛转动听。
苍蝇：喻指追名逐利的小人。远鸡：喻指志趣高洁的君子。
公觉早：谓徐积不慕荣利，很早就致仕退居。
蝼蚁：喻指人间的富贵不过是微不足道的纷扰。
斗牛：牛斗之倒装。喻指世间俗人追名逐利、纷争不已的样子。

和陶饮酒二十首·其一

我不如陶生，世事缠绵之。

云何得一适，亦有如生时。

寸田无荆棘，佳处正在兹。

纵心与事往，所遇无复疑。

偶得酒中趣，空杯亦常持。

陶渊明于晋、宋之际作《饮酒》二十首，苏轼逐一和韵。是诗作于元祐七年（1092），扬州知州任上。

云何：如何。
生：陶生，指陶渊明。
寸田：道家所谓心田，喻指心境。荆棘：喻指杂念。
酒中趣：饮酒的真意。

和陶饮酒二十首·其十二

我梦入小学，自谓总角时。

不记有白发，犹诵论语辞。

人间本儿戏，颠倒略似兹。

惟有醉时真，空洞了无疑。

坠车终无伤，庄叟不吾欺。

呼儿具纸笔，醉语辄录之。

总角：古时儿童束发为两结，向上分开，形状如角，故称总角。借指
童年。

颠倒：指老来复梦孩提时的情事。

坠车：《庄子·达生》："夫醉者之坠车，虽疾不死。"

送晁美叔发运右司年兄赴阙

我年二十无朋俦，当时四海一子由。

君来扣门如有求，顾然鹤骨清而修。

醉翁遣我从子游，翁如退之蹈轲丘。

尚欲放子出一头，

[嘉祐初，轼与子由寓兴国浴室，美叔忽见访。云："吾从欧阳公游久矣，公令我来，与子定交，谓子必名世，老夫亦须放他出一头地。"]

酒醒梦断四十秋。

病鹤不病骨愈虬，惟有我颜老可羞。

醉翁宾客散九州，几人白发还相收。

我如怀祖拙自谋，正作尚书已过优。

君求会稽实良筹，往看万壑争交流。

[美叔方乞越。]

是诗作于元祐七年（1092），扬州知州任上。时晁端彦（字美叔）以右司郎中任江、淮、荆、浙等路发运使。

顾（qí）然：修长的样子。

"翁如"句：韩愈，字退之。轲、丘，即孟轲、孔丘。韩愈《赠张籍》诗云："我身蹈丘、轲，爵位不早绾。"是句云欧阳修欲效仿韩愈，履行孔孟之道。

怀祖：东晋王述，字怀祖，少有名誉，与王羲之齐名，然王羲之甚轻之，遂交情不协。及王述为扬州刺史，周行郡界，独不拜访王羲之。王羲之谓宾客曰："怀祖正当作尚书耳，投老可得仆射。更求会稽，便自邈然。"

万壑：顾恺之从会稽还，人问山川之美，其云："千岩竞秀，万壑争流。草木蒙笼，若云兴霞蔚。"

115

送芝上人游庐山

二年阅三州，我老不自惜。

团团如磨牛，步步踏陈迹。

岂知世外人，长与鱼鸟逸。

老芝如云月，炯炯时一出。

比年三见之，常若有所适。

逝将走庐阜，计阔道逾密。

吾生如寄耳，出处谁能必。

江南千万峰，何处访子室。

芝上人，指钱塘禅僧法芝，字昙秀，吴越国钱王家族后代。是诗作于元祐七年（1092），扬州知州任上。

磨牛：拉磨的牛，因其围着磨转圈，故云团团。
逝将：将逝，将往、将去之意。
必：一定。

116

召还至都门先寄子由

老身倦马河堤永，踏尽黄榆绿槐影。

荒鸡号月未三更，客梦还家时一顷。

归老江湖无岁月，未填沟壑犹朝请。

黄门殿中奏事罢，诏许来迎先出省。

已飞青盖在河梁，定饷黄封兼赐茗。

远来无物可相赠，一味丰年说淮颍。

是诗作于元祐七年（1092）九月，在开封。

荒鸡：三更前啼叫的鸡。古人以其鸣为恶声，主不祥。
填沟壑：代指去世。朝请：代指入朝觐见。
黄门：唐玄宗开元年间曾改门下省为黄门省。苏辙时任门下侍郎，故此
句即谓苏辙于门下省奏对办公的场景。
青盖：青色车盖。代指苏辙前来迎接自己的仪仗。
黄封：宫廷美酒常以黄罗帕封口，故称。赐茗：皇帝赏赐的茶叶。
淮颍：扬州与颍州，句谓将对苏辙诉说自己在颍州、扬州任上的故事。

上元侍饮楼上三首呈同列

澹月疏星绕建章，仙风吹下御炉香。

侍臣鹄立通明殿，一朵红云捧玉皇。

薄雪初消野未耕，卖薪买酒看升平。

吾君勤俭倡优拙，自是丰年有笑声。

老病行穿万马群，九衢人散月纷纷。

归来一盏残灯在，犹有传柑遗细君。

[侍饮楼上，则贵戚争以黄柑遗近臣，谓之传柑，听携以归，盖故事也。]

北宋元夕，皇帝通常张宴宣德楼上，召从臣侍饮，共赏花灯。是诗作于元祐八年（1093）正月十五日，在开封。

建章：西汉建章官，后人用以代指皇官。

鹄立：依次站立。通明殿：供奉玉皇大帝的神殿，此处代指皇官正殿。

红云：传说玉皇大帝坐处常有红云缭绕，虽仙人亦不得见其面。此处即用以颂赞皇帝。

细君：东方朔名其妻子为细君。一日诏赐从官肉，东方朔不等有司分肉，即自行割去一大块，携之归家。后皇帝问之，东方朔云乃归遗细君。苏轼此处即以细君代指自己的妻子。

次韵吴传正枯木歌

天公水墨自奇绝，瘦竹枯松写残月。

梦回疏影在东窗，惊怪霜枝连夜发。

生成变坏一弹指，乃知造物初无物。

古来画师非俗士，妙想实与诗同出。

龙眠居士本诗人，能使龙池飞霹雳。

君虽不作丹青手，诗眼亦自工识拔。

龙眠胸中有千驷，不独画肉兼画骨。

但当与作少陵诗，或自与君拈秃笔。

东南山水相招呼，万象入我摩尼珠。

尽将书画散朋友，独与长铗归来乎。

吴安诗，字传正，浦城（今属福建）人。神宗朝宰相吴充长子，以恩荫入官，元祐年间曾任中书舍人，哲宗亲政后遭贬谪，徽宗崇宁年间入元祐党籍。是诗作于元祐八年（1093），在开封。

龙眠居士：李公麟，号龙眠居士，北宋著名画家。
龙池飞霹雳：杜甫《韦讽录事宅观曹将军画马图歌》："曾貌先帝照夜白，龙池十日飞霹雳。"即指所画骏马栩栩如生，好似能听见雷霆般的嘶鸣。
摩尼珠：宝珠，佛家用之喻眼。
长铗归来：冯谖客孟尝君，弹其剑而歌曰："长铗归来乎，食无鱼。"孟尝君遂赐之食有鱼。复歌曰："长铗归来乎，出无舆。"孟尝君遂赐之车。复歌曰："长铗归来乎，无以为家。"苏轼用之言自己的归隐愿望。

东府雨中别子由

庭下梧桐树，三年三见汝。

前年适汝阴，见汝鸣秋雨。

去年秋雨时，我自广陵归。

今年中山去，白首归无期。

客去莫叹息，主人亦是客。

对床定悠悠，夜雨空萧瑟。

起折梧桐枝，赠汝千里行。

归来知健否？莫忘此时情。

东府指北宋中书、门下、尚书三省的办公衙署。是诗作于元祐八年（1093）九月，赴定州知州任临行辞京之时。其时苏辙任门下侍郎，故在东府话别。

中山：指定州。

三月二十日开园三首

雪髯霜鬓语伧狞，淡荡园林取次行。
要识将军不凡意，从来只啜小人羹。

［是日散父老酒食。］

西园牡籥夜沉沉，尚有游人卧柳阴。
鹤睡觉时风露下，落花飞絮满衣襟。

郁郁苍髯真道友，*丝丝红萼是乡人*。

［苍髯，松也。红萼，海棠也。］

何时翠竹江村路，送我柴门月色新。

是诗作于元祐九年（1094），定州知州任上。

伧狞：发音粗重的样子，含轻侮意。
淡荡：平和清淑貌。取次：任意，随便。
将军：苏轼自称。盖定州知州兼任安抚使马步军都总管，故云。
小人羹：春秋时，郑庄公赐颍考叔食，颍考叔将肉置于一边。庄公问
之，颍考叔答曰："小人有母，皆尝小人之食矣，未尝君之羹，请以遗
之。"苏轼以此言自己将官府酒食散发给定州父老。
牡籥（yuè）：锁与钥匙。
是乡人：宋代四川盛产海棠花，故云"丝丝红萼是乡人"。

黄河

活活何人见混茫，昆仑气脉本来黄。

浊流若解污清济，惊浪应须动太行。

帝假一源神禹迹，世流三患梗尧乡。

灵槎果有仙家事，试问青天路短长。

是诗作于绍圣元年（1094）闰四月，由定州赴英州经黄河之时。

活活：水流之声。

昆仑：昆仑山。古人认为黄河发源于昆仑山，故云。

浊流：指黄河。

清济：济水。济水源出河南，本穿过黄河而流至山东，然济水下游后被黄河所夺，不复存在。苏轼此句即言此。

神禹迹：大禹治水，足迹遍历九州。

三患：传说尧观风俗于华地，当地人祝福尧多福多寿多男子，尧皆辞让不受。

灵槎：槎，木筏。传说银河与海通，有人居海渚者，年年八月见有浮槎按时去来，遂乘槎浮海而至银河，遇织女、牵牛。此人问此是何处，答曰："君还，至蜀郡，访严君平则知之。"后至蜀，君平曰："某年月日有客星犯牵牛宿。"正是此人到银河时。

六月七日泊金陵，阻风，得钟山泉公书，寄诗为谢

今日江头天色恶，炮车云起风欲作。

独望钟山唤宝公，林间白塔如孤鹤。

宝公骨冷唤不闻，却有老泉来唤人。

电眸虎齿霹雳舌，为余吹散千峰云。

南行万里亦何事，一酌曹溪知水味。

他年若画蒋山图，为作泉公唤居士。

钟山泉公，指法泉，住持钟山蒋山寺，与苏轼友善。是诗作于绍圣元年（1094），南迁英州途经金陵之时。

炮车云：一种云层的形状，此云出现，意味暴风将至。
宝公：南朝高僧宝志，居金陵钟山道林寺，卒葬钟山独龙阜。
"电眸"句：法泉的眼神、齿牙与言语，喻指敏锐的禅理机锋。
千峰云：喻指缠绕心头的欲望与杂念。
曹溪：水名。在广东省曲江县东南双峰山下。为禅宗六祖惠能占籍，故曹溪即代指禅宗法门。
居士：苏轼自称。

南康望湖亭

八月渡长湖，萧条万象疏。

秋风片帆急，暮霭一山孤。

许国心犹在，康时术已虚。

岷峨家万里，投老得归无。

南康，指北宋南康军，今属江西九江。是诗作于绍圣元年（1094）八月初，南迁惠州途经南康军之时。

长湖：鄱阳湖。
许国心：报效国家的忠心。
康时术：指挽救危难时局的办法。
投老：到老。

八月七日，初入赣，过惶恐滩

七千里外二毛人，十八滩头一叶身。

山忆喜欢劳远梦，

[蜀道有错喜欢铺，在大散关上。]

地名惶恐泣孤臣。

长风送客添帆腹，积雨浮舟减石鳞。

便合与官充水手，此生何止略知津。

赣，指赣江。惶恐滩在今江西高安，赣江十八滩之一，旧说原名黄公
滩。是诗作于绍圣元年（1094）八月，南迁惠州途中。

七千里外：赣江距眉山有七千里之遥。二毛人：头发斑白的垂老之人。
孤臣：被贬谪的大臣。
石鳞：江水冲击水底的礁石而形成的水波。
与官充水手：为官府充当水手。
知津：知晓渡口所在，代指识途。

天竺寺 并引

予年十二，先君自虔州归，为予言："近城山中天竺寺，有乐天亲书诗云：'一山门作两山门，两寺原从一寺分。东涧水流西涧水，南山云起北山云。前台花发后台见，上界钟清下界闻。遥想吾师行道处，天香桂子落纷纷。'笔势奇逸，墨迹如新。"今四十七年矣。予来访之，则诗已亡，有刻石存耳。感涕不已，而作是诗。

香山居士留遗迹，天竺禅师有故家。

空咏连珠吟叠璧，已亡飞鸟失惊蛇。

林深野桂寒无子，雨浥山姜病有花。

四十七年真一梦，天涯流落泪横斜。

天竺寺，在虔州（今江西赣州）城郊。先君，已经去世的父亲，即指苏洵。是诗作于绍圣元年（1094）八月，南迁惠州途中。

天竺禅师：指唐朝禅僧韬光禅师，元和年间由钱塘驻锡于此。
连珠、叠璧：皆喻指精美的诗文，此处代指白居易的诗。
飞鸟、惊蛇：皆喻指精妙飞扬的书法，此处代指白居易手书墨迹。

过大庾岭

一念失垢污，身心洞清净。

浩然天地间，惟我独也正。

今日岭上行，身世永相忘。

仙人抚我顶，结发受长生。

大庾岭，南岭五岭之一，亦名塞岭、梅岭，在今江西、广东交界处，为长江流域与珠江流域的分水岭。传说汉武帝时，有庾姓将军筑城岭下，故名大庾岭。

洞：通透、洞晓。

"仙人"二句：李白《经乱离后，天恩流夜郎，忆旧游书怀赠江夏韦太守良宰》："仙人抚我顶，结发受长生。"

发广州

朝市日已远，此身良自如。

三杯软饱后，

[浙人谓饮酒为软饱。]

一枕黑甜余。

[俗谓睡为黑甜。]

蒲涧疏钟外，黄湾落木初。

天涯未觉远，处处各樵渔。

是诗作于绍圣元年（1094）九月，南迁惠州途经广州之时。

朝市：朝廷与集市。
蒲涧：蒲涧寺，在广州番禺县白云山麓。
黄湾：黄木湾，在广州东南。落木初：树木刚开始落叶的时候。

十月二日初到惠州

仿佛曾游岂梦中，欣然鸡犬识新丰。

吏民惊怪坐何事，父老相携迎此翁。

苏武岂知还漠北，管宁自欲老辽东。

岭南万户皆春色，

[岭南万户酒。]

会有幽人客寓公。

惠州，今属广东。是诗作于绍圣元年（1094）十月，初至惠州贬所。

识新丰：刘邦定都长安，其父刘太公于宫中凄怆不乐。太公平生所好，
皆屠贩少年、沽酒卖饼、斗鸡蹴鞠，然今皆无此。刘邦依故乡丰县形
制，于长安城外作新丰，移故乡诸人实之，太公乃悦。新丰筑成，衢巷
栋宇，皆一仍其旧。是以士女老幼，各知其室。犬羊鸡鸭，亦知归家
之路。
苏武：西汉苏武出使匈奴，被扣留，于北海牧羊十九年，终得归汉。
管宁：东汉北海人。汉末大乱，管宁听闻公孙度令行于海外，遂至辽
东。时避难辽东者多居郡南，而管宁独居郡北，以示不南归之志。
春色：唐宋人多呼酒为春。

江郊 并引

惠州归善县治之北，数百步抵江，少西有盘石小潭，可以垂钓，作《江郊》诗云。

江郊葱昽，云水蒨绚。

碕岸斗入，泂潭轮转。

先生悦之，布席闲燕。

初日下照，潜鳞俯见。

意钓忘鱼，乐此竿线。

优哉悠哉，玩物之变。

是诗作于绍圣元年（1094）十二月，在惠州贬所。

葱昽（lóng）：明丽貌。
蒨绚：鲜明绚丽貌。
碕（qí）岸斗入：曲折的江岸直插入水中。
轮转：回旋。
潜鳞：深水中的游鱼。

和陶归园田居六首·其三

新浴觉身轻，新沐感发稀。

风乎悬瀑下，却行咏而归。

仰观江摇山，俯见月在衣。

步从父老语，有约吾敢违。

陶渊明曾作《归园田居》六首，苏轼绍圣二年（1095）三月，于惠州贬所逐一和韵。

赠王子直秀才

万里云山一破裘，杖端闲挂百钱游。

五车书已留儿读，二顷田应为鹤谋。

水底笙歌蛙两部，山中奴婢橘千头。

幅巾我欲相随去，海上何人识故侯。

王原，字子直，号鹤田处士，虔州人，时应科举，故称秀才。是诗作于绍圣二年（1095），在惠州贬所。

"杖端"句：西晋名士阮修常步行，以百钱挂杖头。至酒店，辄独酣畅，虽当世贵盛不肯诣也。

五车书：战国人惠施博览群书，家藏书籍可装五辆大车。后成学识广博的代指。

二顷田：指私家的薄田。为鹤谋：据称王子直此行欲往鹤田山，故云。

蛙两部：齐梁名士孔稚圭风韵清疏，不与世合，于钟山秀丽处营建屋舍。门庭之内，杂草不除，中有蛙鸣。或问之故，孔稚圭笑曰："我以此当两部鼓吹。"鼓吹为官员行道时所用的乐队仪仗。

故侯：代指旧日官员。

食荔支二首·其二

罗浮山下四时春，

卢橘杨梅次第新。

日啖荔支三百颗，

不辞长作岭南人。

是诗作于绍圣三年（1096）四月，在惠州贬所。

罗浮山：在今广东增城、博罗、河源三地交界处，素有岭南第一山之称。

卢橘：今日所谓之金橘。

纵笔

白头萧散满霜风，
小阁藤床寄病容。
报道先生春睡美，
道人轻打五更钟。

是诗作于绍圣三年（1096），在惠州贬所。

吾谪海南，子由雷州，被命即行，了不相知，至梧乃闻其尚在藤也，且夕当追及，作此诗示之

九疑联绵属衡湘，苍梧独在天一方。

孤城吹角烟树里，落日未落江苍茫。

幽人拊枕坐叹息，我行忽至舜所藏。

江边父老能说子，白须红颊如君长。

莫嫌琼雷隔云海，圣恩尚许遥相望。

平生学道真实意，岂与穷达俱存亡。

天其以我为箕子，要使此意留要荒。

他年谁作舆地志，海南万里真吾乡。

雷州，今广东湛江雷州。梧，梧州，今属广西。藤，藤州，今广西藤县。是诗作于绍圣四年（1097）五月，赴昌化军贬所途经梧州时。

九疑：九疑山。在今湖南省宁远县南，传说为舜的逝世之地。
衡湘：衡山与湘水，泛指湖南地区。
苍梧：梧州在西汉时属苍梧郡，而九疑山别名苍梧山，故连类言之。
舜所藏：《礼记》记载舜葬于苍梧之野，当为湖南之九疑山，苏轼因苍梧之名连类至所处之梧州。
琼雷：琼州与雷州。
箕子：商纣王叔父箕子谏纣王止暴虐，纣王不听，箕子被囚。武王伐纣后，箕子获封于朝鲜，遂教当地民众礼仪田蚕，制八条之教。
要荒：要服与荒服，皆为距离京城极为偏远之地。
舆地志：记载地理或某地山川风土的书籍。

独觉

瘴雾三年恬不怪，反畏北风生体疥。

朝来缩颈似寒鸦，焰火生薪聊一快。

红波翻屋春风起，先生默坐春风里。

浮空眼缬散云霞，无数心花发桃李。

翛然独觉午窗明，欲觉犹闻醉鼾声。

回首向来萧瑟处，也无风雨也无晴。

是诗作于绍圣四年（1097），在昌化军贬所。

红波：早晨的日光。
眼缬（xié）：眼花。
心花：佛教语。喻开朗的心情。
翛（xiāo）然：自然超脱貌。

海南人不作寒食，而以上巳上冢。予携一瓢酒，寻诸生，皆出矣。独老符秀才在，因与饮，至醉。符盖儋人之安贫守静者也

老鸦衔肉纸飞灰，万里家山安在哉！

苍耳林中太白过，鹿门山下德公回。

管宁投老终归去，王式当年本不来。

记取城南上巳日，木棉花落刺桐开。

老符秀才，名符林，儋州人。是诗作于绍圣五年（1098），在昌化军贬所。

苍耳：植物名，叶可食。李白有诗题云"寻鲁城北范居士，失道落苍耳中，见范置酒摘苍耳作"，故此处以李白喻己。

德公：汉末庞德公，南郡襄阳人。荆州刺史刘表数聘请之，皆辞不就。后携妻子登鹿门山，采药不返。此处以庞德公代指老符秀才。

王式：西汉王式获除国子博士，与诸大夫、博士饮于国子舍中。博士江公心生嫉妒，谓歌吹诸生曰："歌《骊驹》。"王式甚以之为耻，云："我本不欲来，诸生强劝我，竟为竖子所辱！"遂谢病归。

夜烧松明火

岁暮风雨交，客舍栖薄寒。

夜烧松明火，照室红龙鸾。

快焰初煌煌，碧烟稍团团。

幽人忽富贵，蕙帐芬椒兰。

珠煤缀屋角，香㶡流铜盘。

［香㶡，松沥也。出《本草》注。］

坐看十八公，俯仰灰烬残。

齐奴朝爨蜡，莱公夜长叹。

海康无此物，烛尽更未阑。

松明，富含油脂的松树枝条，常用以照明。是诗作于元符二年（1099）
十二月，在昌化军贬所。

"蕙帐"句：屋内因燃烧松明，充满了香气，好似富贵人家置满椒兰之
华屋。
珠煤：喻指松明烟灰所积成的黑色颗粒物。
香㶡：经火烤出的松枝汁液。
十八公：指松。盖"松"字可拆成"十八公"三字。
齐奴：西晋富豪石崇，小字齐奴，曾与贵戚王恺斗富，王恺以糖水洗
锅，石崇则以蜡烛为柴。
爨（cuàn）：指烧。
莱公：寇准，因获封莱国公，故称。寇准少年富贵，不点油灯，睡觉时
亦燃蜡烛。每罢官去后，人皆见其官舍厕所间烛泪在地，往往成堆。
海康：宋时属雷州，寇准晚年被贬雷州司户参军，卒于贬所。
此物：指松明。

儋耳

霹雳收威暮雨开，独凭阑槛倚崔嵬。

垂天雌霓云端下，快意雄风海上来。

野老已歌丰岁语，除书欲放逐臣回。

残年饱饭东坡老，一壑能专万事灰。

儋耳，即儋州。是诗作于元符三年（1100）五月，时苏轼收到量移廉州
（今广西合浦）的诏令。

霹雳：喻指朝廷与帝王的威仪。

崔嵬：高峻之山。

雌霓：彩虹。

除书：诏书。

一壑能专：占有一丘一壑的欢美，指自己只希望能获得归隐之地。

万事灰：犹云万事成灰，谓自己已经没有任何的红尘杂念及政治欲望。

139

六月二十日夜渡海

参横斗转欲三更，苦雨终风也解晴。

云散月明谁点缀，天容海色本澄清。

空余鲁叟乘桴意，粗识轩辕奏乐声。

九死南荒吾不恨，兹游奇绝冠平生。

渡海，指渡过琼州海峡。是诗作于元符三年（1100）六月，量移廉州途中渡海之时。

参横斗转：参宿与斗宿于农历六月的星空之象。

鲁叟：孔子，因其为鲁国人，故称。孔子云："道不行，乘桴浮于海。"

轩辕：黄帝。《庄子》中提到北门成向黄帝问音乐之理，黄帝即以道家玄理向其解释听乐所感之由。是句谓自己通过海涛之声了悟黄帝就音乐阐述的得失荣辱之理。

九死：多次濒临死亡。南荒：南方荒远之地，代指海南。

次韵王郁林

晚途流落不堪言，海上春泥手自翻。

汉使节空余皓首，故侯瓜在有颓垣。

平生多难非天意，此去残年尽主恩。

误辱使君相扰拭，宁闻老鹤更乘轩。

郁林，今广西玉林市。王郁林即王姓郁林长官，余不详。是诗作于元符三年（1100）九月，量移廉州途经郁林时。

"海上"句：谓自己在海南时躬耕陇亩。

汉使：指苏武。苏武牧羊时拄杖汉节，卧起操持，久之，汉节上的节旄尽落。待十九年后归汉之时，已须发尽白。

故侯瓜：秦汉人召平，秦时曾封东陵侯。秦亡后为布衣，种瓜于长安城东，瓜甚美，俗谓之东陵瓜。又因召平曾为故秦之侯，又称故侯瓜。

使君：对州郡长官的尊称。

老鹤：春秋时卫懿公爱鹤成痴，竟让鹤乘坐轩车。及狄人入侵，组织国人抵御，国人皆云使鹤出战，曰："鹤实有禄位，余焉能战？"苏轼此处反用此典，以"宁闻"一词谓自己不再追求仕宦爵禄。

和孙叔静兄弟李端叔唱和

病骨瘦欲折，霜髯籋更疏。

喜闻新国政，兼得故人书。

秉烛真如梦，倾杯不敢余。

天涯老兄弟，怀抱几时摅。

孙鼛，字叔静，钱塘人。年十五，游太学，苏洵、滕甫称之。二子娶晁补之、黄庭坚女。是诗作于元符三年（1100）十月，量移廉州途中经广州。时孙鼛任提举广东常平。李之仪（约1035—1117），字端叔，沧州无棣（今属山东）人。治平年间进士。苏轼知定州时，曾入定州幕府，多有唱和。李之仪于哲宗年间未被贬谪岭南，盖苏轼从海南归至广州时，遇孙鼛，孙鼛向苏轼出示近年唱和诗卷，苏轼有感于其间的这首孙氏兄弟与李之仪的唱和诗，遂赓韵此篇。

籋（niè）：镊子夹取。
新国政：指本年正月徽宗即位后的一系列更张措施。
故人书：指孙鼛转呈的李之仪书信。
摅：抒发。

往年，宿瓜步，梦中得小绝，录示谢民师

吴塞兼葭空碧海，

隋宫杨柳只金堤。

春风自恨无情水，

吹得东流竟日西。

瓜步，指瓜步山，在今江苏南京六合区东南，山下有瓜步镇，濒临长江。谢举廉，字民师，广东人，博学工辞章。苏轼自海南归至广州，谢举廉袖书及旧作中道拜谒。苏轼览之，大为称赏。故是诗之录示，当在元符三年（1100）。

赠岭上梅

梅花开尽百花开，

过尽行人君不来。

不趁青梅尝煮酒，

要看细雨熟黄梅。

岭，指大庾岭。是诗作于建中靖国元年（1101），北归经大庾岭时。

煮酒：烫过的白酒，宋人多以青梅下此酒。

次韵法芝举旧诗一首

春来何处不归鸿，
非复羸牛踏旧踪。
但愿老师心似月，
谁家瓮里不相逢。

法芝，即芝上人。是诗作于建中靖国元年（1101）五月，北归至金
陵时。

答径山琳长老

与君皆丙子，各已三万日。

一日一千偈，电往那容诘。

大患缘有身，无身则无疾。

平生笑罗什，神咒真浪出。

径山琳长老，指径山维琳，湖州人，云门宗禅僧，能诗。长老，即对
僧人的尊称。是诗作于建中靖国元年（1101）七月二十六日，为苏轼的
绝笔。

"与君"句：谓苏轼与维琳皆是仁宗景祐三年丙子出生。
三万日：从出生至今，苏轼与维琳已经活了两万三千多日，此处举其成
数，故云三万。
"一日"句：每天诵读一千首偈子。据载鸠摩罗什即日诵千偈。
电往：如闪电般倏尔即逝。诘：追问。
"大患"二句：患，忧患、病患。身，即指身体。二句语本《老子》：
"吾所以有大患者，为吾有身。及吾无身，吾有何患？"
罗什：鸠摩罗什，印度僧人，十六国时期来到中国，传播大乘佛教。
神咒：鸠摩罗什临终，出神咒令弟子朗诵，欲以此延续生命，然未
成功。
浪出：虚妄，无所功用。句谓鸠摩罗什临终所为是徒劳的。

省试刑赏忠厚之至论

尧、舜、禹、汤、文、武、成、康之际，何其爱民之深，忧民之切，而待天下以君子长者之道也。有一善，从而赏之，又从而咏歌嗟叹之，所以乐其始而勉其终；有一不善，从而罚之，又从而哀矜惩创之，所以弃其旧而开其新。故其吁俞之声，欢休惨戚，见于虞、夏、商、周之书。成、康既没，穆王立，而周道始衰。然犹命其臣吕侯，而告之以祥刑。其言忧而不伤，威而不怒，慈爱而能断，恻然有哀怜无辜之心，故孔子犹有取焉。

本文为苏轼嘉祐二年（1057）应省试的试文。试题"刑赏忠厚之至"出自《尚书·大禹谟》："罪疑惟轻，功疑惟重。"伪孔安国传云："刑疑付轻，赏疑从众，忠厚之至。"孔颖达疏云："罪有疑者，虽重从轻罪之；功有疑者，虽轻，从重赏之。"要求考生围绕此句撰写策论一道。

哀矜惩创：因惩戒而哀怜同情。
吁俞之声：赞同与反对的声音。
吕侯：周穆王时代的司法官。
祥刑：谓善用刑罚、谨慎使用刑罚。
"故孔子"句：所以孔子把《吕刑》收进《尚书》里。《吕刑》即记录吕侯言行法令的文献，古人多认为《尚书》是孔子所编，故苏轼有此语。

《传》曰"赏疑从与"，所以广恩也；"罚疑从去"，所以慎刑也。当尧之时，皋陶为士。将杀人，皋陶曰"杀之"三，尧曰"宥之"三。故天下畏皋陶执法之坚，而乐尧用刑之宽。四岳曰："鲧可用。"尧曰："不可，鲧方命圮族。"既而曰："试之。"何尧之不听皋陶之杀人，而从四岳之用鲧也？然则圣人之意，盖亦可见矣。

《书》曰："罪疑惟轻，功疑惟重。与其杀不辜，宁失不经。"呜呼！尽之矣。可以赏，可以无赏，赏之过乎仁；可以罚，可以无罚，罚之过乎义。过乎仁，不失为君子；过乎义，则流而入于忍人。故仁可过也，义不可过

《传》：指《尚书》的伪孔安国《传》。

赏疑从与：以下四句即完成指出试题出处的写作要求。

皋陶：传说尧舜时代的司法官。

士：指司法官。

"将杀人"五句：苏轼征引的故事诸书未载，据称当时即引起考官欧阳修与梅尧臣的疑惑。放榜后苏轼前来拜谢，遂问之。苏轼言此乃自己想当然编造的。二人赞赏苏轼的豪迈，叹息不已。实际上此事见于《礼记·文王世子》，乃周公与司法官之事，苏轼在考场上将之误记为尧与皋陶之事。

四岳：传说中尧舜时代分掌四方的诸侯。

鲧：传说中尧舜时代的部落领袖，为大禹的父亲。

方命圮（pǐ）族：违抗命令，毁谤同族。

《书》：《尚书》。

"罪疑惟轻"四句：点出试题所解释的经文原文。谓罪行轻重有可疑时，宁可从轻处置；功劳大小有疑处，宁可从重奖赏。与其错杀无辜的人，宁可犯执法失误的过失。不经，不符合法律条文。

则流而入于忍人：那么就流为残忍之人了。

也。古者赏不以爵禄，刑不以刀锯。赏以爵禄，是赏之道行于爵禄之所加，而不行于爵禄之所不加也。刑以刀锯，是刑之威施于刀锯之所及，而不施于刀锯之所不及也。先王知天下之善不胜赏，而爵禄不足以劝也；知天下之恶不胜刑，而刀锯不足以裁也。是故疑则举而归之于仁，以君子长者之道待天下，使天下相率而归于君子长者之道。故曰忠厚之至也。

《诗》曰："君子如祉，乱庶遄已。君子如怒，乱庶遄沮。"夫君子之已乱，岂有异术哉？时其喜怒，而无失乎仁而已矣。《春秋》之义，立法贵严，而责人贵宽。因其褒贬之义以制赏罚，亦忠厚之至也。

不胜赏：赏不尽。

劝：奖励。

不胜刑：惩罚不尽。

裁：制裁。

"是故"句：所以当赏罚有疑问时，就以仁爱之心对待。

"君子如祉"四句：出自《诗经·小雅·巧言》。君子如果高兴地纳谏，祸乱就会快速止息；君子如果怒斥小人的谗言，祸乱也会快速止息。原文实作："君子如怒，乱庶遄沮。君子如祉，乱庶遄已。"苏轼将之记颠倒了。

已乱：平息祸乱。

时其喜怒：控制自我的喜怒。

上梅直讲书

　　某官执事。轼每读《诗》至《鸱鸮》，读《书》至《君奭》，常窃悲周公之不遇。及观《史》，见孔子厄于陈、蔡之间，而弦歌之声不绝，颜渊、仲由之徒相与问答。夫子曰："'匪兕匪虎，率彼旷野'，吾道非邪，吾何为于此？"颜渊曰："夫子之道至大，故天下莫能容。

本文作于嘉祐二年（1057）三月，中举后所上之谢书。梅直讲，梅尧臣（1002—1060），字圣俞，宣州宣城（今属安徽）人，北宋著名诗人。以父荫为河南主簿，仁宗召试，赐进士出身，累迁尚书都官员外郎。时梅尧臣以国子监直讲参与省试阅卷。

执事：称呼对方的敬辞。

《鸱鸮（chī xiāo）》：《诗经·豳风》中的诗作。周公东征，成王对此颇为不解，周公遂作此诗，以明己志。

《君奭（shì）》：《尚书》中的文章。据称召公姬奭怀疑周公有篡位之心，周公遂作此篇，以明己志。

《史》：即《史记》，其下征引的孔子故事，见于《史记·孔子世家》。

厄于陈、蔡间：孔子晚年居陈、蔡之间，楚国欲聘之。陈、蔡大夫担心孔子入楚后对本国不利，遂将其围困在郊外，以致孔子一行人断粮患病。

弦歌之声不绝：孔子厄于陈、蔡之间，依然没有停止与弟子的讨论教习。

"匪兕匪虎"二句：语出《诗经·小雅·何草不黄》，意谓我并非犀牛，也并非老虎，却奔逃于荒野之上。

邪（yé）：同"耶"，语气词，表疑问。

虽然，不容何病？不容然后见君子。"夫子油然而笑曰：
"回，使尔多财，吾为尔宰。"夫天下虽不能容，而其徒
自足以相乐如此。乃今知周公之富贵，有不如夫子之贫
贱。夫以召公之贤，以管、蔡之亲而不知其心，则周公谁
与乐其富贵。而夫子之所与共贫贱者，皆天下之贤才，则
亦足以乐乎此矣！轼七八岁时，始知读书，闻今天下有欧
阳公者，其为人如古孟轲、韩愈之徒。而又有梅公者从之
游，而与之上下其议论。其后益壮，始能读其文词，想见
其为人，意其飘然脱去世俗之乐而自乐其乐也。方学为对
偶声律之文，求斗升之禄，自度无以进见于诸公之间。来
京师逾年，未尝窥其门。今年春，天下之士群至于礼部，
执事与欧阳公实亲试之。诚不自意，获在第二。既而闻之
人，执事爱其文，以为有孟轲之风。而欧阳公亦以其能不
为世俗之文也而取焉。是以在此，非左右为之先容，非亲

油然：轻松舒缓貌。
使尔多财：假如你有很多的财富。
宰：管家。
管、蔡之亲：管叔与蔡叔皆为周公的弟弟。
上下其议论：相互讨论商榷。
第二：苏轼以省试第二名的身份被欧阳修录取。
先容：先行举荐。

旧为之请属，而向之十余年间，闻其名而不得见者，一朝为知己。退而思之，人不可以苟富贵，亦不可以徒贫贱。有大贤焉而为其徒，则亦足恃矣。苟其侥一时之幸，从车骑数十人，使闾巷小民聚观而赞叹之，亦何以易此乐也。传曰："不怨天，不尤人。"盖"优哉游哉，可以卒岁。"执事名满天下，而位不过五品。其容色温然而不怒，其文章宽厚敦朴而无怨言，此必有所乐乎斯道也。轼愿与闻焉。

向：之前。

苟富贵：为了富贵而苟且行事。

徒贫贱：徒劳于贫贱。

苟：倘若。

"不怨天"二句：语出《论语·宪问》。

"优哉"二句：语出《左传·襄公二十一年》。谓悠然自得，可以尽享天年。

轼愿与闻焉：我想听一听您的高见。

南行前集叙

　　夫昔之为文者，非能为之为工，乃不能不为之为工也。山川之有云雾，草木之有华实，充满勃郁，而见于外，夫虽欲无有，其可得耶？自少闻家君之论文，以为古之圣人有所不能自已而作者。故轼与弟辙为文至多，而未尝敢有作文之意。

　　己亥之岁，侍行适楚，舟中无事，博弈饮酒，非所以为闺门之欢，而山川之秀美，风俗之朴陋，贤人君子之遗迹，与凡耳目之所接者，杂然有触于中，而发于咏叹。盖家君之作与弟辙之文皆在，凡一百篇，谓之《南行集》。将以识一时之事，为他日之所寻绎。且以为得于谈笑之间，而非勉强所为之文也。时十二月八日，江陵驿书。

嘉祐四年（1059）十月，苏轼、苏辙守母丧毕，随父离开眉山，由水路经湖北入京。旅途间多有唱和，至江陵时结成一编，苏轼即撰此文为序。

充满勃郁：事物内部充满了旺盛之气。
见于外：显露于外在。
无有：指不为文章。
适楚：抵达湖北之地。
闺门之欢：言语谈笑以娱乐父母。
朴陋：质朴无华。
家君：对自己父亲的称谓。
识（zhì）：记，记住。
寻绎：追思。

策略一

臣闻天下治乱，皆有常势。是以天下虽乱，而圣人以为无难者，其应之有术也。水旱盗贼，人民流离，是安之而已也；乱臣割据，四分五裂，是伐之而已也；权臣专制，擅作威福，是诛之而已也；四夷交侵，边鄙不宁，是攘之而已也。凡此数者，其于害民蠹国为不浅矣。然其所以为害者有状，是故其所以救之者有方也。

天下之患，莫大于不知其然而然。不知其然而然者，是拱手而待乱也。国家无大兵革几百年矣，天下有治平之名，而无治平之实；有可忧之势，而无可忧之形。此其有未测者也。方今天下，非有水旱盗贼人民流离之祸，而咨嗟怨愤，常若不安其生；非有乱臣割据四分五裂之

嘉祐五年（1060），苏轼为应贤良方正能直言极谏科，需先进呈策论五十篇，称"贤良进卷"。苏轼的贤良进卷由策、论各二十五篇组成，此文即二十五策之首篇。

四夷交侵：国境四周的夷狄纷纷前来入侵。
边鄙：边境。
攘之：抵御。
蠹（dù）：蛀蚀。
有状：有具体的情状。

忧，而休养生息，常若不足于用；非有权臣专制擅作威福之弊，而上下不交，君臣不亲；非有四夷交侵边鄙不宁之灾，而中国皇皇，常有外忧。此臣所以大惑也。

　　今夫医之治病，切脉观色，听其声音，而知病之所由起，曰"此寒也，此热也"，或曰"此寒热之相搏也"，及其他，无不可为者。今且有人恍然而不乐，问其所苦，且不能自言，则其受病有深而不可测者矣。其言语、饮食、起居、动作，固无以异于常人，此庸医之所以为无足忧，而扁鹊、仓公之所以望而惊也。其病之所由起者深，则其所以治之者，固非卤莽因循苟且之所能去也。而天下之士，方且掇拾三代之遗文，补葺汉、唐之故事，以为区区之论，可以济世，不已疏乎？

上下不交：上级与下级之间没有顺畅的沟通。

皇皇：惶惶不安貌。

扁鹊、仓公：古时名医。

因循苟且：沿袭守旧，敷衍应付。

掇拾：整理、摘取。三代之遗文：三代即夏、商、周，此处指儒家经典。

补葺：补充整理。汉、唐之故事：代指前代事迹。谓仅仅根据经史旧事，却不思考当今现实局势。

方今之势，苟不能涤荡振刷，而卓然有所立，未见其可也。臣尝观西汉之衰，其君皆非有暴鸷淫虐之行，特以怠惰弛废，溺于宴安，畏期月之劳，而忘千载之患，是以日趋于亡而不自知也。夫君者，天也。仲尼赞《易》，称天之德曰："天行健，君子以自强不息。"由此观之，天之所以刚健而不屈者，以其动而不息也。惟其动而不息，是以万物杂然各得其职而不乱，其光为日月，其文为星辰，其威为雷霆，其泽为雨露，皆生于动者也。使天而不知动，则其块然者将腐坏而不能自持，况能以御万物哉？苟天子一日赫然奋其刚明之威，使天下明知人主欲有所立，则智者愿效其谋，勇者乐致其死，纵横颠倒无所施而不可。苟人主不先自断于中，群臣虽有伊、吕、稷、契，无如之何。故臣特以人主自断而欲有所立为先，而后论所以为立之要云。

暴鸷（zhì）：残暴。

期月：一个月。

仲尼赞《易》：孔子为《周易》作传。

"天行健"二句：《周易》乾卦的象辞，谓天运动不息，故君子也要像天那样自强不息。

块然：独立貌。

乐致其死：乐意为之效命。

伊、吕、稷、契：传说中的上古四位贤臣，即辅佐商汤灭夏的伊尹，辅佐周武王灭商的吕尚，以及尧舜时代的后稷和子契。

无如之何：无法有效应对。

要：大要，要旨。云：句末语气词。

贾谊论

非才之难，所以自用者实难。惜乎贾生王者之佐，而不能自用其才也。夫君子之所取者远，则必有所待；所就者大，则必有所忍。古之贤人，皆有可致之才，而卒不能行其万一者，未必皆其时君之罪，或者其自取也。

愚观贾生之论，如其所言，虽三代何以远过？得君如汉文，犹且以不用死。然则是天下无尧舜，终不可以有所为耶？仲尼圣人，历试于天下，苟非大无道之国，皆欲

此文为苏轼贤良进卷的二十五论之一。贾谊（前200—前168），西汉初年洛阳人。少以才学闻名，获汉文帝召用，提出一系列改革主张。由于老臣周勃、灌婴等人的反对与排挤，被贬为长沙王太傅，遂悲愤抑郁。三年后召回京城，改任梁怀王太傅。梁怀王坠马而卒，贾谊甚为自责，悲郁而亡。

"非才"二句：获得才学并非难事，如何自用其才学，才是真正的难事。

可致之才：可以取得成功的才学。

时君：当时在位的君王。

三代：指夏商周三代。

汉文：汉文帝刘恒，开创"文景之治"。

勉强扶持，庶几一日得行其道。将之荆，先之以子夏，申之以冉有。君子之欲得其君，如此其勤也。孟子去齐，三宿而后出昼，犹曰"王其庶几召我"。君子之不忍弃其君，如此其厚也。公孙丑问曰："夫子何为不豫？"孟子曰："方今天下，舍我其谁哉？而吾何为不豫？"君子之爱其身，如此其至也。夫如此而不用，然后知天下之果不足与有为，而可以无憾矣。若贾生者，非汉文之不用生，生之不能用汉文也。

夫绛侯亲握天子玺，而授之文帝；灌婴连兵数十万，以决刘、吕之雌雄，又皆高帝之旧将，此其君臣相得之分，岂特父子骨肉手足哉？贾生，洛阳之少年，欲使其一朝之间，尽弃其旧而谋其新，亦已难矣。为贾生者，上得

"将之荆"三句：孔子要去楚国谋求官职，先后派弟子子夏、冉有前去表明心愿。事见《礼记·檀弓上》。

孟子去齐：孟子被齐王疏远，遂离开齐国。临行前特意在昼城（今山东临淄）停留三天，以期齐王能回心转意。事见《孟子·公孙丑下》。

公孙丑：事见《孟子·公孙丑下》，原文为孟子弟子充虞与孟子的问答，苏轼误记成公孙丑与孟子的问答。

不豫：不高兴。

绛侯：周勃，西汉开国功臣。刘邦卒后，吕后当政，吕后死后，周勃率兵诛灭诸吕，迎立代王刘恒为帝，即汉文帝。

灌婴：西汉开国功臣，与周勃联兵诛灭诸吕，拥戴汉文帝登基。

高帝：汉高祖刘邦。

其君，下得其大臣如绛、灌之属，<u>优游浸渍而深交之</u>，使天子不疑，大臣不忌，然后举天下而惟吾之所欲为，不过十年，可以得志。安有立谈之间，而<u>遽为人痛哭哉</u>？观其过湘，为赋以吊屈原，纡郁愤闷，<u>趯然有远举之志</u>。其后卒以自伤哭泣，至于夭绝。是亦不善处穷者也。夫谋之一不见用，安知终不复用也？不知默默以待其变，而自残至此。呜呼！贾生志大而量小，才有余而识不足也。

古之人，有高世之才，必有<u>遗俗之累</u>。是故非聪明睿哲不惑之主，则不能全其用。古今称<u>苻坚得王猛于草茅之中</u>，一朝尽斥去其旧臣，而与之谋。彼其匹夫略有天下之半，其以此哉？

<u>愚</u>深悲贾生之志，故备论之。亦使人君得如贾谊之臣，则知其有<u>狷介之操</u>，一不见用，则忧伤病沮，不能复振；而为贾生者，亦慎其所<u>发</u>哉！

"优游"句：从容地与他们交游，获得深厚的交情，于交往间慢慢地影响他们。

为人痛哭：对着别人痛哭。此处指贾谊《治安策序》所谓的当今政治有"可为痛哭者一，可为流涕者二，可为长太息者六"。

趯（yuè）然：超然。

遗俗之累：遗弃世俗的缺点。指才华杰出的人往往不通人情世故。

苻坚得王猛：前秦皇帝苻坚听闻王猛的声名，遂召见，一见大喜，以为如刘备获诸葛亮一般。旧臣有不服者，苻坚即杀之，独与王猛商讨国事。

愚：我。

狷介之操：孤高不群的性格。

发：指如何自用其才。

喜雨亭记

　　亭以雨名，志喜也。古者有喜，则以名物，示不忘也。周公得禾，以名其书；汉武得鼎，以名其年；叔孙胜狄，以名其子。其喜之大小不齐，其示不忘一也。

　　予至扶风之明年，始治官舍。为亭于堂之北，而凿池其南，引流种树，以为休息之所。是岁之春，雨麦于岐山之阳，其占为有年。既而弥月不雨，民方以为忧。越三月，乙卯乃雨，甲子又雨，民以为未足。丁卯大雨，三日乃止。官吏相与庆于庭，商贾相与歌于市，农夫相与抃于野，忧者以乐，病者以愈，而吾亭适成。

本文作于嘉祐七年（1062）三月，凤翔府签判任上。

周公得禾：唐叔得到一棵二茎同生一穗的禾，进献于成王。成王命唐叔去献给周公，并作《归禾》诗。周公收到后，遂作《嘉禾》诗以记此事。
汉武得鼎：汉武帝元狩七年（前116），得一宝鼎，于是改年号为元鼎。
叔孙胜狄：狄人入侵鲁国，鲁文公派叔孙得臣抵御，大败狄军，获狄君侨如。叔孙得臣遂将其子命名为侨如，以旌其功。
扶风：凤翔府，曹魏时凤翔府为扶风郡。
雨麦：麦子从天而降。
其占为有年：这是预示丰年的吉兆。
越：直到。
抃（biàn）：鼓掌。
适成：恰好竣工。

于是举酒于亭上以属客，而告之曰："五日不雨可乎？"曰："五日不雨则无麦。""十日不雨可乎？"曰："十日不雨则无禾。"无麦无禾，岁且荐饥，狱讼繁兴，而盗贼滋炽。则吾与二三子，虽欲优游以乐于此亭，其可得耶？今天不遗斯民，始旱而赐之以雨，使吾与二三子得相与优游而乐于此亭者，皆雨之赐也，其又可忘耶？

既以名亭，又从而歌之，曰："使天而雨珠，寒者不得以为襦；使天而雨玉，饥者不得以为粟。一雨三日，繄谁之力？民曰太守，太守不有。归之天子，天子曰不然。归之造物，造物不自以为功。归之太空，太空冥冥。不可得而名，吾以名吾亭。"

属客：向宾客敬酒。
荐饥：连年无收。
遗：抛弃。
雨珠：下珍珠。
襦：短衣。此处代指衣服。
繄（yī）谁之力：依靠谁的力量。繄，句首语气词，表示反问。
太守不有：太守说自己没有这样的能力。
太空冥冥：太空幽冥缥缈。
不可得而名：无法为其命名。

亡妻王氏墓志铭

治平二年五月丁亥，赵郡苏轼之妻王氏卒于京师。六月甲午，殡于京城之西。其明年六月壬午，葬于眉之东北彭山县安镇乡可龙里先君、先夫人墓之西北八步。轼铭其墓曰：

君讳弗，眉之青神人，乡贡进士方之女。生十有六年而归于轼，有子迈。君之未嫁，事父母；既嫁，事吾先君、先夫人，皆以谨肃闻。其始，未尝自言其知书也。见轼读书，则终日不去，亦不知其能通也。其后，轼有所忘，君辄能记之。问其他书，则皆略知之，由是始知其敏而静也。

本文作于英宗治平三年（1066），时在开封。王弗，苏轼第一任妻子。

赵郡：苏轼祖籍赵郡栾城，今河北石家庄市栾城区，故常以赵郡苏轼自称。

殡：停棺待葬。

先君、先夫人：去世的父亲与母亲，此处即指苏洵与程夫人。

从轼官于凤翔。轼有所为于外，君未尝不问知其详，曰："子去亲远，不可以不慎。"日以先君之所以戒轼者相语也。轼与客言于外，君立屏间听之，退必反覆其言，曰："某人也，言辄持两端，惟子意之所向，子何用与是人言？"有来求与轼亲厚甚者，君曰："恐不能久，其与人锐，其去人必速。"已而果然。将死之岁，其言多可听，类有识者。其死也，盖年二十有七而已。始死，先君命轼曰："妇从汝于艰难，不可忘也。他日，汝必葬诸其姑之侧。"未期年而先君没，轼谨以遗令葬之，铭曰：

君得从先夫人于九原，余不能。呜呼哀哉！余永无所依怙。君虽没，其有与为妇何伤乎？呜呼哀哉！

锐：精明急切。

姑：丈夫的母亲，即婆婆。

"未期年"句：苏洵卒于治平三年四月二十五日，距王弗之卒未满一年。

九原：泛指墓地。

165

祭欧阳文忠公文

呜呼哀哉！公之生于世，六十有六年。民有父母，国有蓍龟，斯文有传，学者有师，君子有所恃而不恐，小人有所畏而不为。譬如大川乔岳，不见其运动，而功利之及于物者，盖不可以数计而周知。今公之没也，赤子无所仰芘，朝廷无所稽疑，斯文化为异端，而学者至于用夷。君子以为无为为善，而小人沛然自以为得时。譬如深渊大泽，龙亡而虎逝，则变怪杂出，舞鳅鳝而号狐狸。

本文作于熙宁五年（1072），杭州知州任上。欧阳修于本年闰七月二十三日，卒于颍州私第。

蓍（shī）龟：用来占卜的蓍草与龟甲。此处喻指欧阳修德高望重，为国之栋梁。
斯文：儒道。
功利：功绩恩惠。
仰芘（bì）：仰仗庇护。芘，同"庇"。
稽疑：咨询疑问。
用夷：采用佛教的思想。
鳅鳝（qiū shàn）：泥鳅与鳝鱼。
号狐狸：狐狸号叫。

166

昔其未用也，天下以为病；而其既用也，则又以为迟；及其释位而去也，莫不冀其复用；至其请老而归也，莫不惆怅失望，而犹庶几于万一者，幸公之未衰。孰谓公无复有意于斯世也，奄一去而莫予追！岂厌世溷浊，洁身而逝乎？将民之无禄，而天莫之遗？

昔我先君，怀宝遁世，非公则莫能致。而不肖无状，因缘出入，受教于门下者，十有六年于兹。闻公之丧，义当匍匐往救，而怀禄不去，愧古人以忸怩。缄词千里，以寓一哀而已矣！盖上以为天下恸，而下以哭其私。呜呼哀哉！

以为病：认为这是不对的。

庶几于万一：还抱有一丝希望。

奄：忽然。

厌世溷（hùn）浊：厌倦了混浊的人世。

"将民"二句：抑或是世间百姓没有这样的福分，是上天不肯留先生在人间？

先君：已经去世的父亲，即指苏洵。

不肖：谦辞，指自己。

匍匐往救：语出《诗经·邶风·谷风》。谓自己本应竭尽全力地救助。

怀禄：代指公务。

古人：逝者。

忸怩：羞愧。

缄词千里：于千里之外作此祭文。

哭其私：哭诉我自己的伤痛。

文与可字说

"乡人皆好之，何如？"曰："未可也。""乡人皆恶之，何如？"曰："未可也。不如乡人之善者好之，其不善者恶之。""善者好之，不善者恶之，足以为君子乎？"曰："未也。孔子为问者言也，以为贤于所问者而已。君子之居乡也，善者以劝，不善者以耻，夫何恶之有？君子不恶人，亦不恶于人。子夏之于人也，可者与之，其不可者拒之。子张曰：'君子尊贤而容众。嘉善而矜不能。我之大贤欤，于人何所不容？我之不贤欤，人将拒我，如之何其拒人也。'子张之意，岂不曰与其可者，而其不

文同（1018—1079），字与可，号笑笑先生，人称石室先生，梓州梓潼（今四川盐亭）人，苏轼从表兄。宋仁宗皇祐元年（1049年）进士，仕至湖州知州。善诗文书画，尤长于墨竹。本文作于熙宁八年（1075），在密州知州任。此文中对答为苏轼自己设问回答。

乡人皆好之：语出《论语·子路》，为子贡与孔子的问答。
劝：勉励。
子夏之于人也：语出《论语·子张》。子夏与子张皆为孔子的弟子。
矜不能：怜悯无能的人。
如之何其拒人也：怎么能够去拒绝别人呢？

可者自远乎？""使不可者而果远也，则其为拒也甚矣，而子张何恶于拒也？"曰："恶其有意于拒也。""夫苟有意于拒，则天下相率而去之，吾谁与居？然则孔子之于孺悲也，非拒欤？"曰："孔子以不屑教诲为教诲者也，非拒也。夫苟无意于拒，则可者与之，虽孔子、子张皆然。"

吾友文君名同，字与可。或曰："为子夏者欤？"曰："非也。取其与，不取其拒，为子张者也。"与可之为人也，守道而忘势，行义而忘利，修德而忘名，与为不义，虽禄之千乘不顾也。虽然，未尝有恶于人，人亦莫之恶也。故曰：与可为子张者也。

"使不可者"二句：如果不可交往的人果真疏远自己了，那么拒绝与他们交往不是也没错吗？

孺悲：人名，曾求见孔子，但孔子以生病推辞。但孺悲派来传递消息的人苦苦哀求，孔子便取瑟自弹自唱，让大家都知晓自己是不想见孺悲而称病。

"孔子以不屑"四句：对不屑教诲的人，孔子依然予以教诲，就不能算作拒绝。只要没有拒绝别人交往的念头，那么可以交往的人自然会前来。

忘势：不畏权势。

与鲜于子骏书三首·二

忝厚眷，不敢用启状，必不深讶。所惠诗文，皆萧然有远古风味。然此风之亡也久矣。欲以求合世俗之耳目，则疏矣。但时独于闲处开看，未尝以示人，盖知爱之者绝少也。所索拙诗，岂敢措手，然不可不作，特未暇耳。近却颇作小词，虽无柳七郎风味，亦自是一家。呵呵。数日前，猎于郊外，所获颇多。作得一阕，令东州壮士抵掌顿足而歌之，吹笛击鼓以为节，颇壮观也。写呈取笑。

本文作于熙宁八年（1075），密州知州任上。鲜于子骏，鲜于侁（1019—1087），字子骏，北宋阆州（今四川阆中）人。曾举荐二苏兄弟应贤良方正能直言极谏科，与二苏兄弟交往甚笃。

忝（tiǎn）厚眷：非常惭愧让您这样挂念着我。
启状：书信形式，通常用于正式的书信往来。本文属于尺牍。
疏：错误。
但：只是。
措手：代指不写诗。
柳七郎：柳永，北宋著名词人，所作词天下流行。排行第七，故称柳七。
一阕：指《江城子·密州出猎》。
东州：指密州。
抵掌顿足：拍手跺脚。

超然台记

凡物皆有可观。苟有可观，皆有可乐，非必怪奇玮丽者也。餔糟啜漓，皆可以醉；果蔬草木，皆可以饱。推此类也，吾安往而不乐？

夫所为求福而辞祸者，以福可喜而祸可悲也。人之所欲无穷，而物之可以足吾欲者有尽。美恶之辨战乎中，而去取之择交乎前，则可乐者常少，而可悲者常多。是谓求祸而辞福。夫求祸而辞福，岂人之情也哉？物有以盖之矣。彼游于物之内，而不游于物之外。物非有大小也，自其内而观之，未有不高且大者也。彼挟其高大以临我，则我常眩乱反覆，如隙中之观斗，又乌知胜负之所在？是以美恶横生，而忧乐出焉，可不大哀乎！

本文作于熙宁八年（1075）十一月，密州知州任上。

餔糟啜漓：吃着酒糟，喝着薄酒。

战乎中：在心中反复交锋辩论。

物有以盖之矣：这是外物把人给蒙蔽了呀。

乌知：怎么能够知道。

余自钱塘移守胶西，释舟楫之安，而服车马之劳；去雕墙之美，而庇采椽之居；背湖山之观，而行桑麻之野。始至之日，岁比不登，盗贼满野，狱讼充斥；而斋厨索然，日食杞菊。人固疑余之不乐也。处之期年，而貌加丰，发之白者，日以反黑。余既乐其风俗之淳，而其吏民亦安予之拙也。于是治其园圃，洁其庭宇，伐安丘、高密之木以修补破败，为苟完之计。而园之北，因城以为台者旧矣，稍葺而新之。时相与登览，放意肆志焉。南望马耳、常山，出没隐见，若近若远，庶几有隐君子乎？而其

胶西：密州，古为胶西国之境。
庇采椽之居：住在粗木盖的房子里。
岁比不登：连续多年歉收。
斋厨：厨房。索然：空无一物。
杞菊：代指野菜。
期年：一整年。
貌加丰：变胖了一些。
安丘、高密：今山东安丘与高密，北宋时为密州辖县。
马耳：马耳山，在密州城南。

东则卢山，秦人卢敖之所从遁也。西望穆陵，隐然如城郭，师尚父、齐桓公之遗烈，犹有存者。北俯潍水，慨然太息，思淮阴之功，而吊其不终。台高而安，深而明，夏凉而冬温。雨雪之朝，风月之夕，余未尝不在，客未尝不从。撷园蔬，取池鱼，酿秫酒，瀹脱粟而食之，曰："乐哉游乎！"

方是时，余弟子由适在济南，闻而赋之，且名其台曰"超然"，以见余之无所往而不乐者，盖游于物之外也。

卢敖：秦时燕人。秦始皇使其求神仙，未果，遂逃避于卢山（位于今山东诸城东南）。

穆陵：穆陵关，位于山东临沂。春秋时齐国于此筑长城，为当时的险隘。

师尚父：姜子牙。武王伐纣后，姜子牙被封于齐，为齐国的开国之君。

潍水：潍河。韩信伐齐，楚将龙且率兵二十万救齐，两军夹河列阵。韩信夜壅潍水，复决壅，大败楚军，杀龙且。

吊其不终：西汉建国后，韩信参与谋反，遭泄密，被吕后、萧何诱杀于长乐宫钟室，并夷三族。

秫（shú）酒：黄米酒。

瀹（yuè）脱粟：煮糙米。

适在济南：苏辙时任齐州（即山东济南）掌书记。

放鹤亭记

　　熙宁十年秋，彭城大水。云龙山人张君天骥之草堂，水及其半扉。明年春，水落，迁于故居之东，东山之麓。升高而望，得异境焉，作亭于其上。彭城之山，冈岭四合，隐然如大环，独缺其西十二，而山人之亭适当其缺。春夏之交，草木际天；秋冬雪月，千里一色。风雨晦明之间，俯仰百变。山人有二鹤，甚驯而善飞。旦则望西山之缺而放焉，纵其所如，或立于陂田，或翔于云表，暮则傃东山而归。故名之曰"放鹤亭"。

　　郡守苏轼，时从宾客僚吏往见山人，饮酒于斯亭而乐之，揖山人而告之曰："子知隐居之乐乎？虽南面之君，未可与易也。《易》曰：'鸣鹤在阴，其子和之。'

本文作于元丰元年（1078）十一月八日，徐州知州任上。

张君天骥：张天骥，字圣途，徐州地区著名修道隐士，号云龙山人。
扉：门。
十二：十分之二。
傃（sù）：向着，顺着。
南面之君：代指帝王。

174

《诗》曰：'鹤鸣于九皋，声闻于天。'盖其为物，清远闲放，超然于尘垢之外，故《易》《诗》人以比贤人君子、隐德之士。狎而玩之，宜若有益而无损者。然卫懿公好鹤则亡其国。周公作《酒诰》，卫武公作《抑戒》，以为荒惑败乱无若酒者；而刘伶、阮籍之徒，以此全其真而名后世。嗟夫！南面之君，虽清远闲放如鹤者，犹不得好，好之，则亡其国；而山林遁世之士，虽荒惑败乱如酒者，犹不能为害，而况于鹤乎？由此观之，其为乐未可以同日而语也。"山人听然而笑曰："有是哉！"乃作放鹤招鹤之歌曰：

鹤飞去兮，西山之缺，高翔而下览兮，择所适。翻然敛翼，婉将集兮，忽何所见，矫然而复击。独终日于涧

"《诗》曰"句：语出《诗经·小雅·鹤鸣》。象征隐士归隐山林，但声名显著于世间。皋，深泽。

狎（xiá）：亲近。

卫懿公：春秋时卫懿公好鹤，封给鹤爵位，让鹤乘车而行。狄人伐卫时，召国人御敌，国人皆曰："使鹤，鹤实有禄位，余焉能战？"卫因此亡国。

《酒诰》：周武王以商旧都封康叔，当地百姓皆嗜酒，周公作《酒诰》以戒之。

《抑戒》：《诗经·大雅·抑》："颠覆厥德，荒湛于酒。"相传此诗为卫武公所作，以刺周厉王并自戒。

刘伶、阮籍：西晋名士。二人沉湎于酒，佯狂任诞，不问世事。

好：嗜好。

听然：笑貌。

复击：再次振翅高飞。

谷之间兮，啄苍苔而履白石。鹤归来兮，东山之阴。其下有人兮，黄冠草履，葛衣而鼓琴。躬耕而食兮，其余以汝饱。归来归来兮，西山不可以久留。

元丰元年十一月初八日记。

黄冠：道士所戴的帽子。

"躬耕"二句：亲自耕作以食，剩下的食物用来喂养鹤。

日喻

　　生而眇者不识日，问之有目者。或告之曰："日之状如铜盘。"扣盘而得其声。他日闻钟，以为日也。或告之曰："日之光如烛。"扪烛而得其形。他日揣籥，以为日也。日之与钟、籥亦远矣，而眇者不知其异，以其未尝见而求之人也。道之难见也甚于日，而人之未达也，无以异于眇。

　　达者告之，虽有巧譬善导，亦无以过于盘与烛也。自盘而之钟，自钟而之籥，转而相之，岂有既乎？故世之言道者，或即其所见而名之，或莫之见而意之，皆求道之过也。

　　然则道卒不可求欤？苏子曰："道可致而不可求。"

眇（miǎo）：盲。

有目者：视力正常的人。

扪（mén）：触摸。

籥（yuè）：管乐器，形似笛。

既：停止。

意之：根据自我的理解来阐释道。

求道之过：错误的求道之法。

致：循序渐进地自然获得。

求：强行获得。

何谓致？孙武曰："善战者致人，不致于人。"子夏曰："百工居肆以成其事，君子学以致其到。"莫之求而自至，斯以为致也欤？南方多没人，日与水居也。七岁而能涉，十岁而能浮，十五而能浮没矣。夫没者，岂苟然哉？必将有得于水之道者。日与水居，则十五而得其道。生不识水，则虽壮，见舟而畏之。故北方之勇者，问于没人，而求其所以没，以其言试之河，未有不溺者也。故凡不学而务求道，皆北方之学没者也。

昔者以声律取士，士杂学而不志于道；今者以经术取士，士求道而不务学。渤海吴君彦律，有志于学者也，方求举于礼部，作《日喻》以告之。

"子夏曰"三句：语出《论语·子张》。各行各业的手艺人在店铺作坊里，完成他们制造和出售产品的业务，就像有才德的人刻苦学习，儒道自然到来。

斯以为致也欤：这就是"致"啊。

没人：擅长潜水的人。

涉：蹚水过河。

浮：游泳。

浮没：潜水。

苟然：偶然间获得。

声律取士：神宗熙宁四年之前，科举承袭隋唐旧例，以诗赋取士。

经术取士：神宗熙宁四年改革科举，罢诗赋，以经义、论、策取士。

吴君彦律：吴琯，字彦律，苏轼知徐州时，监酒税。

求举于礼部：准备科举考试。

湖州谢上表

臣轼言：蒙恩就移前件差遣，已于今月二十日到任上讫者。风俗阜安，在东南号为无事；山水清远，本朝廷所以优贤。顾惟何人，亦与兹选！臣轼中谢。伏念臣性资顽鄙，名迹埋微；议论阔疏，文学浅陋。凡人必有一得，而臣独无寸长。荷先帝之误恩，擢置三馆；蒙陛下之过听，

本文作于元丰二年（1079）四月，到任湖州知州之际。地方官员到任后，需给皇帝写一篇谢上表，感谢皇帝赐与州郡长官之职，本文即按例而作。然上呈朝廷之后，监察御史何中正摘此表中"知其愚不适时，难以追陪新进；察其老不生事，或能牧养小民"数语，认为苏轼妄自尊大，故弹劾之。复权监察御史舒亶，缴进苏轼近年所印行的诗集，御史中丞李定遂弹劾苏轼作诗谤讪，成乌台诗狱。

前件差遣：即指湖州之任，时苏轼以祠部员外郎直史馆之官职知湖州军州事。

阜（fù）安：富足安宁。

优贤：优待贤良。

"顾惟何人"二句：谦辞，谓看看自己这么平凡的人，竟然也能够获得如此荣耀的官职。

阔疏：迂阔空疏。

一得：某项优点或长处。

"荷先帝"二句：三馆指史馆、昭文馆、集贤院，为北宋中央储备人才之所。先帝指宋英宗。英宗治平二年末，苏轼凤翔府签判任满，英宗欲召入翰林，授知制诰。宰相韩琦以为不得骤进，未来自有大用之时。英宗复欲以苏轼修起居注，韩琦亦以为不妥，终依旧例召试苏轼入馆，授直史馆。

"蒙陛下"二句：陛下即指宋神宗，此处乃谓密州知州与徐州知州两任。

付以两州。非不欲痛自激昂，少酬恩造。而才分所局，有过无功；法令具存，虽勤何补？罪固多矣，臣犹知之。夫何越次之名邦，更许借资而显受。顾惟无状，岂不知恩？此盖伏遇皇帝陛下，天覆群生，海涵万族。用人不求其备，嘉善而矜不能。知其愚不适时，难以追陪新进；察其老不生事，或能牧养小民。而臣顷在钱塘，乐其风土。鱼鸟之性，既自得于江湖；吴越之人，亦安臣之教令。敢不奉法勤职，息讼平刑。上以广朝廷之仁，下以慰父老之望。臣无任。

少酬（chóu）恩造：报答帝王的栽培。

所局：所局限。

越次：指此次湖州知州之任，是超过自己资历的特别恩宠。

"更许"句：谓是蒙受陛下的恩惠才获得了这次的越级除授。

顾惟无状：回首我的为官生涯，并没有什么功绩。

鱼鸟之性：悠游湖山之间的贤人隐士。

臣无任：臣无能。此为上表篇末的常用谦辞结语。

到黄州谢表

臣轼言：去岁十二月二十九日，准敕责降臣检校尚书水部员外郎充黄州团练副使，本州安置，不得金书公事。臣已于今月一日到本所讫者。狂愚冒犯，固有常刑；仁圣矜怜，特从轻典。赦其必死，许以自新；祗服训辞，惟知感涕。中谢。

伏念臣早缘科第，误忝缙绅。亲逢睿哲之兴，遂有功名之意。亦尝召对便殿，考其所学之言；试守三州，观其所行之实。而臣用意过当，日趋于迷。赋命衰穷，天夺其魄；叛违义理，辜负恩私。茫如醉梦之中，不知言语之出。虽至仁屡赦，而众议不容。案罪责情，固宜伏斧锧于

本文作于元丰三年（1080）二月，抵达黄州贬所之际。

常刑：一定的刑罚。

祗（zhī）服：敬谨奉行。

缙绅：代指朝廷官员。

召对便殿：熙宁二年，苏轼上《议学校贡举状》反对王安石的科举改革。神宗阅后，于便殿召见苏轼。

三州：指密州、徐州与湖州。

天夺其魄：指因为不敬帝王，从而上天降灾祸于己身。

恩私：帝王对我的恩情。

两观；推恩屈法，犹当御魑魅于三危。岂谓尚玷散员，更叨善地。投畀麇鼯之野，保全樗栎之生。臣虽至愚，岂不知幸？此盖伏遇皇帝陛下，德刑并用，善恶兼容。欲使法行而知恩，是用小惩而大戒。天地能覆载之，而不能容之于度外；父母能生育之，而不能出之于死中。伏惟此恩，何以为报？惟当蔬食没齿，杜门思愆，深悟积年之非，永为多士之戒。

贪恋圣世，不敢杀身；庶几余生，未为弃物。若获尽力鞭棰之下，必将捐躯矢石之间。指天誓心，有死无易。臣无任。

两观：阙名。指官门外的望楼。

屈法：曲行其法，从轻发落。

三危：传说舜流放三苗等反叛族群之地。

散员：无固定职事的官员。此句指依然保留了官阶。

叨（tāo）：谦辞，意为受之有愧。

投畀（bì）：放逐。麇鼯（jūn wú）：獐子与鼠类。

樗栎（chū lì）：木名，材质疏松，大而无用。喻指无用之人。

此恩：即言神宗让自己免于刑法的惩罚，免去自己的死罪。

蔬食没齿：仅吃粗茶淡饭。

杜门思愆（qiān）：闭门思过。

多士：代指朝臣。

鞭棰：鞭子，喻指国家法度的严格管控。

方山子传

方山子，光、黄间隐人也。少时慕朱家、郭解为人，闾里之侠皆宗之。稍壮，折节读书，欲以此驰骋当世，然终不遇。晚乃遁于光、黄间，曰岐亭。庵居蔬食，不与世相闻。弃车马，毁冠服，徒步往来山中，人莫识也。见其所著帽，方屋而高，曰："此岂古方山冠之遗像乎？"因谓之方山子。

余谪居于黄，过岐亭，适见焉。曰："呜呼！此吾故人陈慥季常也，何为而在此？"方山子亦矍然问余所以至

本文作于元丰四年（1081），在黄州贬所。方山子，即陈慥，字季常，陈希亮第四子。苏轼任凤翔府签判时，陈希亮任知府，苏轼与陈慥即定交于此时。

光、黄间隐人：隐居于光州、黄州之间的隐士。光州，今河南潢川。
朱家、郭解：西汉前期的著名游侠。事见《史记·游侠列传》。
折节：放弃为侠的志向。
冠服：指儒生的衣冠。
方屋而高：帽子很高，帽顶呈方形。
方山冠：汉代祭宗庙时乐舞人所戴之冠。
矍（jué）然：惊讶的样子。

此者。余告之故。俯而不答，仰而笑，呼余宿其家。环堵萧然，而妻子奴婢皆有自得之意。余既耸然异之。

独念方山子少时，使酒好剑，用财如粪土。前十有九年，余在岐下，见方山子从两骑，挟二矢，游西山。鹊起于前，使骑逐而射之，不获。方山子怒马独出，一发得之。因与余马上论用兵及古今成败，自谓一世豪士。今几日耳，精悍之色，犹见于眉间，而岂山中之人哉！

然方山子世有勋阀，当得官，使从事于其间，今已显闻。而其家在洛阳，园宅壮丽，与公侯等。河北有田，岁得帛千匹，亦足以富乐。皆弃不取，独来穷山中，此岂无得而然哉？

余闻光、黄间多异人，往往阳狂垢污，不可得而见。方山子傥见之与？

环堵萧然：家里什么也没有。借用陶渊明《五柳先生传》"环堵萧然，不蔽风日"之句。
马上：骑在马上。
当得官：可以通过恩荫获得官职。
岂无得而然哉：难道不是因为有所收获才会如此吗？
"方山子"句：方山子大概是见过他们的吧。

赤壁赋

壬戌之秋，七月既望，苏子与客泛舟，游于赤壁之下。清风徐来，水波不兴。举酒属客，诵明月之诗，歌窈窕之章。少焉，月出于东山之上，徘徊于斗牛之间。白露横江，水光接天。纵一苇之所如，凌万顷之茫然。浩浩乎如冯虚御风，而不知其所止；飘飘乎如遗世独立，羽化而登仙。

于是饮酒乐甚，扣舷而歌之。歌曰："桂棹兮兰桨，击空明兮溯流光。渺渺兮予怀，望美人兮天一方。"客有

本文作于元丰五年（1082）七月，在黄州贬所。赤壁为东汉末年周瑜大破曹操之地，后世于江汉一带逐渐产生五处名为赤壁之地。通常认为赤壁之战的旧址在今湖北嘉鱼境内，而苏轼所游赤壁是黄州江岸的赤鼻矶，两者并非一地。

既望：农历每小月之望为十五日，大月之望为十六日，本年七月为大月，故七月十六为望。既望指望日之后一天，此处指七月十七日。望，月满之时。
明月之诗、窈窕之章：指《诗经·陈风·月出》第一章："月出皎兮，佼人僚兮。舒窈纠兮，劳心悄兮。"
斗牛：斗宿与牛宿，以此泛指东方。
一苇：犹云一叶扁舟。
冯虚御风：凭借虚空，驾乘清风。即言乘风飞行。冯，通"凭"。
客：当指道士杨世昌，四川人，苏轼好友。

吹洞箫者，倚歌而和之。其声呜呜然，如怨如慕，如泣如诉，余音袅袅，不绝如缕。舞幽壑之潜蛟，泣孤舟之嫠妇。

苏子愀然，正襟危坐，而问客曰："何为其然也？"客曰："'月明星稀，乌鹊南飞'，此非曹孟德之诗乎？西望夏口，东望武昌，山川相缪，郁乎苍苍。此非孟德之困于周郎者乎？方其破荆州，下江陵，顺流而东也，舳舻千里，旌旗蔽空，酾酒临江，横槊赋诗，固一世之雄也，而今安在哉？况吾与子渔樵于江渚之上，侣鱼虾而友麋鹿，驾一叶之扁舟，举匏尊以相属。寄蜉蝣于天地，渺沧海之

舞幽壑之潜蛟：令沉眠于深谷中的蛟龙起舞。

嫠（lí）妇：寡妇。

月明星稀，乌鹊南飞：曹操《短歌行》诗句。

夏口：今湖北武汉武昌区。

武昌：今湖北鄂州。

缪（liǎo）：连接、缠绕。

周郎：周瑜。

"方其"三句：追述曹操赤壁之战前降服荆州（治所在今湖北襄阳）刘琮，攻陷江陵，顺着长江一路东进，驻军赤壁。

舳舻（zhú lú）千里：战船首尾相连，可达千里。

酾（shī）酒：斟酒。

匏尊：葫芦做的酒器。

相属：相互劝酒。

蜉蝣：昆虫，夏秋间生于水边，据说朝生暮死。句谓像蜉蝣一样短暂地寄生在天地间。

一粟。哀吾生之须臾，羡长江之无穷。挟飞仙以遨游，抱明月而长终。知不可乎骤得，托遗响于悲风。”

苏子曰："客亦知夫水与月乎？逝者如斯，而未尝往也；盈虚者如彼，而卒莫消长也。盖将自其变者而观之，则天地曾不能以一瞬；自其不变者而观之，则物与我皆无尽也，而又何羡乎？且夫天地之间，物各有主，苟非吾之所有，虽一毫而莫取。惟江上之清风，与山间之明月，耳得之而为声，目遇之而成色，取之无禁，用之不竭，是造物者之无尽藏也，而吾与子之所共食。"

客喜而笑，洗盏更酌。肴核既尽，杯盘狼籍。相与枕藉乎舟中，不知东方之既白。

挟飞仙：与飞仙携手。
抱明月而长终：怀抱明月而与之永恒长存。
物各有主：万物各有自身的载体。
声：佛家所谓的听觉表象。
色：佛家所谓的视觉表象。
无尽藏：佛家语，取用不尽的宝藏。
共食：一起享用。食，一作"适"。
肴核既尽：菜肴与果品全被吃完。
相与枕藉：互相倚靠着睡觉。
东方之既白：东方已天色微亮。

187

后赤壁赋

　　是岁十月之望，步自雪堂，将归于临皋。二客从予，过黄泥之坂。霜露既降，木叶尽脱，人影在地，仰见明月。顾而乐之，行歌相答。

　　已而叹曰："有客无酒，有酒无肴，月白风清，如此良夜何？"客曰："今者薄暮，举网得鱼，巨口细鳞，状如松江之鲈。顾安所得酒乎？"归而谋诸妇。妇曰："我有斗酒，藏之久矣，以待子不时之须。"于是携酒与鱼，复游于赤壁之下。江流有声，断岸千尺，山高月小，水落石出。曾日月之几何，而江山不可复识矣。予乃摄衣而

本文作于元丰五年（1082）十月，在黄州贬所。

雪堂：苏轼得黄州城东废圃躬耕，效仿白居易故事命名为东坡，于其上筑一堂，以大雪中为之，故绘雪景于四壁之上，号曰雪堂。

临皋：在黄州城西，苏轼于黄州的安置之所。

黄泥之坂：黄泥坂，在雪堂与临皋之间的一段小斜坡。

松江之鲈：松江（流经江苏苏州及上海一带）盛产的四鳃鲈，长仅五六寸，味极鲜美。

顾：但是。

谋诸妇：谋之于妇，回家与妻子商量这件事。

"曾日月"二句：距离上次游览赤壁才仅仅隔了几天，江山就变得完全认不出了。呼应《赤壁赋》中"自其变者而观之，则天地曾不能以一瞬"。

上，履巉岩，披蒙茸，踞虎豹，登虬龙，攀栖鹘之危巢，俯冯夷之幽宫。盖二客不能从焉。划然长啸，草木震动，山鸣谷应，风起水涌。予亦悄然而悲，肃然而恐，凛乎其不可久留也。反而登舟，放乎中流，听其所止而休焉。时夜将半，四顾寂寥。适有孤鹤，横江东来；翅如车轮，玄裳缟衣。戛然长鸣，掠予舟而西也。

须臾客去，予亦就睡。梦一道士，羽衣蹁跹，过临皋之下，揖予而言曰："赤壁之游乐乎？"问其姓名，俯而不答。呜呼噫嘻！我知之矣。畴昔之夜，飞鸣而过我者，非子也邪？道士顾笑，予亦惊寤。开户视之，不见其处。

履巉（chán）岩：踏着险峻的山石。

披蒙茸：拨开稠密的草木。

踞虎豹：蹲坐在形似虎豹的石头上。

登虬龙：攀着像虬龙一样弯曲的树木。

鹘（hú）：一种猛禽。

冯夷：水神。此处代指幽暗的长江江面。

玄：黑色。裳：下裙。缟：代指白色。衣：上衣。

戛然：尖厉。

羽衣：道士所穿的道袍。蹁跹：飘然轻快的样子。

畴昔：之前。畴昔之夜即指昨夜。

非子也邪：怕不就是你吧。

顾笑：回头一笑。

惊寤：惊醒。

户：门。

记承天夜游

　　元丰六年十月十二日夜，解衣欲睡，月色入户，欣然起行。念无与为乐者，遂至承天寺寻张怀民。怀民亦未寝，相与步于中庭。庭下如积水空明，水中藻荇交横，盖竹柏影也。何夜无月？何处无竹柏？但少闲人如吾两人者耳。

本文作于元丰六年（1083）十月，在黄州贬所。承天寺，在黄州城南。

张怀民：张梦得，字怀民，一字偓佺，清河人，时方贬至黄州，暂居承天寺。
中庭：庭中。
藻荇（xìng）：泛指水草。

书临皋亭

　　东坡居士酒醉饭饱，倚于几上，白云左绕，清江右洄，重门洞开，林峦坌入。当是时，若有思而无所思，以受万物之备，惭愧！惭愧！

本文作于贬谪黄州时期，具体作年不详。临皋亭，苏轼在黄州时的住处。

洄（huí）：水弯曲地流过。
林峦坌（bèn）入：树林与山峦一起涌进视野。
万物之备：自然万物的恩泽。

石钟山记

　　《水经》云："彭蠡之口有石钟山焉。"郦元以为下临深潭，微风鼓浪，水石相搏，声如洪钟。是说也，人常疑之。今以钟磬置水中，虽大风浪，不能鸣也，而况石乎！至唐李渤始访其遗踪，得双石于潭上，扣而聆之，南声函胡，北音清越，枹止响腾，余韵徐歇。自以为得之矣。然是说也，余尤疑之。石之铿然有声者，所在皆是也，而此独以钟名，何哉？

本文作于元丰七年（1084）六月，自黄州量移汝州途经江州湖口（今属江西）之时。

《水经》：中国古代第一部记录江河水系的地理类图书。
彭蠡（lǐ）：鄱阳湖。
石钟山：在今江西湖口鄱阳湖东岸，有南北二山，南名上钟山，北名下钟山。山体中空，有如大钟覆地，复有钟鸣之声，故得此名。
郦元：郦道元，字善长，北魏地理学家，著《水经注》四十卷。
李渤：字濬之，唐代洛阳人。德宗贞元年间隐居庐山，贞元十四年撰《辨石钟山记》。
南声函胡：南边山上石块的声音模糊不清。
北音清越：北边山上石块的声音清脆响亮。
枹（fú）止响腾：鼓槌停止了敲击，但声音犹在回荡。枹，鼓槌。
是说：这个说法。

元丰七年六月丁丑，余自齐安舟行适临汝，而长子迈将赴饶之德兴尉，送之至湖口，因得观所谓石钟者。寺僧使小童持斧，于乱石间择其一二扣之，硿硿焉，余固笑而不信也。至暮夜月明，独与迈乘小舟至绝壁下。大石侧立千仞，如猛兽奇鬼，森然欲搏人；而山上栖鹘，闻人声亦惊起，磔磔云霄间；又有若老人咳且笑于山谷中者，或曰此鹳鹤也。余方心动欲还，而大声发于水上，噌吰如钟鼓不绝，舟人大恐。徐而察之，则山下皆石穴罅，不知其浅深，微波入焉，涵澹澎湃而为此也。舟回至两山间，将入港口，有大石当中流，可坐百人，空中而多窍，与风水相吞吐，有窾坎镗鞳之声，与向之噌吰者相应，如乐

齐安：黄州，古时为齐安郡。
临汝：汝州，古时为临汝郡。
长子迈：苏迈（1059—1119），字伯达，苏轼长子。
饶之德兴尉：饶州德兴县（今属江西）尉。
硿（kōng）硿焉：击打金石的声音。
磔（zhé）磔：鸟鸣声。
噌吰（chēng hóng）：钟声洪亮之音色。
石穴罅（xià）：石洞与石缝。
空中而多窍：中空而且有很多孔。
窾（kuǎn）坎：击打物体的声音。镗鞳（tāng tà）：钟鼓声。

作焉。因笑谓迈曰："汝识之乎？噌吰者，周景王之无射也，窾坎镗鞳者，魏庄子之歌钟也。古之人不余欺也！"

事不目见耳闻，而臆断其有无，可乎？郦元之所见闻，殆与余同，而言之不详。士大夫终不肯以小舟夜泊绝壁之下，故莫能知。而渔工水师，虽知而不能言。此世所以不传也。而陋者乃以斧斤考击而求之，自以为得其实。余是以记之，盖叹郦元之简，而笑李渤之陋也。

如乐作焉：好像在演奏音乐。

"周景王"句：东周景王曾铸造大钟，名无射，盖其声合于无射之律，故名。无射，中国古代音乐的十二律之一。

魏庄子：魏绛，晋国大夫，谥庄子。晋悼公曾获郑国赠予的歌钟三十二枚、女乐十六人，遂赏赐了一半给魏绛。

"古之人"句：古人确实没有欺骗我。

殆：大概。

实：真相，本源。

书吴道子画后

　　知者创物，能者述焉。非一人而成也。君子之于学，百工之于技，自三代历汉至唐而备矣。故诗至于杜子美，文至于韩退之，书至于颜鲁公，画至于吴道子，而古今之变，天下之能事毕矣。道子画人物，如以灯取影，逆来顺往，旁见侧出，横斜平直，各相乘除，得自然之数，不差毫末，出新意于法度之中，寄妙理于豪放之外，所谓

本文作于元丰八年（1085）十一月七日，登州知州任上。时已接到返京的诏令。吴道子，唐代著名画家，主要活动于唐玄宗时代，被后世称为画圣。

知者：智者，代指古代圣贤。

述：继承。

杜子美：杜甫，字子美，被后世称为诗圣。

韩退之：韩愈，字退之。

颜鲁公：颜真卿，字清臣，封鲁国公，后世称颜鲁公。唐代著名书法家。

能事：所能做到的事情。

逆来顺往：根据实际运笔。

旁见侧出：指不拘一格的笔法。

乘除：增减。

自然之数：自然的尺度，指画出了人物的本来面貌。

游刃余地，运斤成风，盖古今一人而已。余于他画，或不能必其主名，至于道子，望而知其真伪也。然世罕有真者，如史全叔所藏，平生盖一二见而已。元丰八年十一月七日书。

运斤成风：挥斧而成风声。斤，斧头。据说有位石匠本领高超，在人鼻端上涂上白粉，拿起斧头快速飞舞，将鼻端白粉砍去，却一点也没有损伤鼻子。事见《庄子·徐无鬼》。
必其主名：肯定地判断出作者。

答张文潜县丞书

　　轼顿首文潜县丞张君足下。久别思仰。到京公私纷然，未暇奉书。忽辱手教，且审起居佳胜，至慰！至慰！

　　惠示文编，三复感叹。甚矣君之似子由也。子由之文实胜仆，而世俗不知，乃以为不如。其为人深不愿人知之，其文如其为人，故汪洋澹泊，有一唱三叹之声，而其秀杰之气，终不可没。作《黄楼赋》，乃稍自振厉，若欲以警发愦愦者。而或者便谓仆代作，此尤可笑，是殆见吾善者机也。

本文作于元祐元年（1086）春，在开封。张文潜，张耒（1054—1114），字文潜，号柯山，楚州淮阴（今江苏淮安）人。人称宛丘先生、张右史。北宋文学家，苏门四学士之一。苏轼写这篇书信的时候，张耒任咸平县丞，本年夏初，张耒即入京任太学录。

公私纷然：公务私事，杂乱众多。

辱手教：收到你的亲笔信。

审：知晓。起居：日常生活。

"甚矣"句：你实在是太像苏辙了。张耒是苏辙弟子，故苏轼有此称赞之语。

仆：自称的谦辞。

愦愦者：糊涂之人。

或者：有的人。

"是殆"句：语出《庄子·大宗师》："其耆欲深者，其天机浅。"指大概别人只见到了我的优点。

文字之衰，未有如今日者也。其源实出于王氏。王氏之文未必不善也，而患在于好使人同己。自孔子不能使人同，颜渊之仁，子路之勇，不能以相移，而王氏欲以其学同天下！地之美者，同于生物，不同于所生。惟荒瘠斥卤之地，弥望皆黄茅白苇，此则王氏之同也。近见章子厚言，先帝晚年甚患文字之陋，欲稍变取士法，特未暇耳。议者欲稍复诗赋，立《春秋》学官，甚美。

王氏：王安石。

斥卤：盐碱地。

章子厚：章惇（1035—1106），字子厚，号大涤翁，建宁军浦城（今属福建）人。苏轼同榜进士，新党成员，哲宗亲政后拜为宰相。

取士法：科举制度。王安石变法，改革科举，废除诗赋，改考经义、策论，以自己的《三经新义》作为答卷标准，这使得进士的写作水平下降。神宗晚年意识到了这个问题，想要对此做出改变。

特：只是。

立《春秋》学官：在太学设置专门教授研究《春秋》的博士。因王安石贬低《春秋》，故太学内不教授，科举也不考《春秋》。

仆老矣，使后生犹得见古人之大全者，正赖黄鲁直、秦少游、晁无咎、陈履常与君等数人耳。如闻君作太学博士，愿益勉之。"德輶如毛，民鲜克举之。我仪图之，爱莫助之。"此外千万善爱。偶饮卯酒醉，来人求书，不能复覼缕。

黄鲁直：黄庭坚（1045—1105），字鲁直，号山谷道人等，洪州（今江西修水）人。北宋著名诗人，苏门四学士之首。

秦少游：秦观（1049—1100），字少游，一字太虚，号淮海居士，高邮（今属江苏）人。北宋著名词人，苏门四学士之一。

晁无咎：晁补之（1053—1110），字无咎，号归来子，济州钜野（今山东巨野）人。北宋著名文学家，苏门四学士之一。

陈履常：陈师道（1053—1102），字履常，一字无己，号后山居士，徐州彭城（今江苏徐州）人。北宋著名诗人，苏门六君子之一。

太学博士：太学里的学官，即指张耒由咸平县丞调任太学录一事。

"德輶如毛"四句：语出《诗经·大雅·烝民》。德行轻如毫毛，但很少人能举起它。我揣测这件事情，大概只有仲山甫能举起它，可惜没有人能帮助他。

善爱：好好珍惜自己的品德与才华。

卯酒：早晨喝的酒。

覼（luó）缕：详细陈述。

六一居士集叙

　　夫言有大而非夸，达者信之，众人疑焉。孔子曰：
"天之将丧斯文也，后死者不得与于斯文也。"孟子曰：
"禹抑洪水，孔子作《春秋》，而予距杨、墨。"盖以是
配禹也。文章之得丧，何与于天？而禹之功与天地并，孔
子、孟子以空言配之，不已夸乎？自《春秋》作而乱臣贼
子惧，孟子之言行而杨、墨之道废。天下以为是固然而不
知其功。孟子既没，有申、商、韩非之学，违道而趋利，
残民以厚主，其说至陋也，而士以是罔其上。上之人侥
幸一切之功，靡然从之。而世无大人先生如孔子、孟子
者，推其本末，权其祸福之轻重，以救其惑，故其学遂

本文约作于元祐三年（1088），在开封。

言有大而非夸：有的言论虽然听上去很自大，但并不是虚诞自夸。
"孔子曰"句：语出《论语·子罕》。如果上天要消灭礼乐文教，那我
（即相较于周文王的"后死者"）就不会掌握它了。
空言：只起褒贬作用但对当世政治产生影响的言论。
杨、墨之道：春秋战国时期道家杨朱学派思想及墨家学说。
申、商、韩非之学：战国时期申不害、商鞅、韩非的法家学说。
罔：蒙蔽。
"上之人"句：君主只贪图眼前的全部短期利益。

行。秦以是丧天下，陵夷至于胜、广、刘、项之祸，死者十八九，天下萧然。洪水之患，盖不至此也。方秦之未得志也，使复有一孟子，则申、韩为空言，作于其心，害于其事，作于其事，害于其政者，必不至若是烈也。使杨、墨得志于天下，其祸岂减于申、韩哉？由此言之，虽以孟子配禹可也。

太史公曰："盖公言黄、老，贾谊、晁错明申、韩。"错不足道也，而谊亦为之，余以是知邪说之移人，虽豪杰之士有不免者，况众人乎？自汉以来，道术不出于孔氏，而乱天下者多矣。晋以老庄亡，梁以佛亡，莫或正之。五百余年而后得韩愈，学者以愈配孟子，盖庶几焉。愈之后二百有余年而后得欧阳子，其学推韩愈、孟子以达于孔氏，著礼乐仁义之实，以合于大道。其言简而明，信而通，引物连类，折之于至理，以服人心，故天下翕然师尊之。自欧阳子之存，世之不说者，哗而攻之，能折困

陵夷：衰落、衰败。

胜、广、刘、项之祸：指秦末大乱。胜、广、刘、项即陈胜、吴广、刘邦、项羽。

十八九：十分之八九。

"太史公曰"句：语出《史记·太史公自序》，谓盖公精通黄老道家学说，贾谊、晁错通晓申不害、韩非的法家思想。盖公，西汉初年山东长者。晁错（前200—前154），西汉政治家、文学家。

移人：蛊惑人心。

盖庶几焉：应该说是贴切的。

其身，而不能屈其言。士无贤不肖，不谋而同曰："欧阳子，今之韩愈也。"

宋兴七十余年，民不知兵，富而教之，至天圣、景祐极矣，而斯文终有愧于古。士亦因陋守旧，论卑气弱。自欧阳子出，天下争自濯磨，以通经学古为高，以救时行道为贤，以犯颜纳说为忠。长育成就，至嘉祐末，号称多士。欧阳子之功为多。呜呼，此岂人力也哉？非天其孰能使之！

欧阳子没十有余年，士始为新学，以佛老之似，乱周孔之真，识者忧之。赖天子明圣，诏修取士法，风厉学者专治孔氏，黜异端，然后风俗一变。考论师友渊源所自，复知诵习欧阳子之书。予得其诗文七百六十六篇于其子棐，乃次而论之曰："欧阳子论大道似韩愈，论事似陆贽，记事似司马迁，诗赋似李白。"此非余言也，天下之言也。

欧阳子讳修，字永叔。既老，自谓六一居士云。

濯磨：洗涤磨炼。比喻加强修养，以期有为。
犯颜纳说：为使君王采纳谏言，不惜触犯君王。
新学：指王安石的学说，多以佛老之学阐释儒家经典，于王安石变法时期成为科举考试的标准，当时号称"荆公新学"。
风厉：鼓励。
陆贽：陆贽（754—805），字敬舆，苏州嘉兴（今属浙江嘉兴）人。唐朝政治家、文学家，官至宰相，工诗文，尤长于制诰政论。

范文正公文集叙

庆历三年，轼始总角入乡校。士有自京师来者，以鲁人石守道所作《庆历圣德诗》示乡先生。轼从旁窥观，则能诵习其词。问先生以所颂十一人者何人也？先生曰："童子何用知之？"轼曰："此天人也耶，则不敢知；若亦人耳，何为其不可！"先生奇轼言，尽以告之，且曰："韩、范、富、欧阳，此四人者，人杰也。"时虽未尽了，则已私识之矣。

范文正公，指范仲淹（989—1052），字希文，吴县（今江苏苏州）人。真宗大中祥符八年（1015）进士。仕至枢密副使，参知政事。仁宗庆历年间主持庆历新政。卒谥文正。本文作于元祐四年（1089）。

入乡校：古时八岁入小学。庆历三年（1043），苏轼入眉山当地学校读书。
石守道：石介（1005—1045），字守道，兖州奉符（今山东泰安）人。仁宗天圣年间进士，仕至国子监直讲、太子中允。
《庆历圣德诗》：庆历三年，宋仁宗罢免吕夷简、夏竦等，起用杜衍、范仲淹、韩琦、富弼、晏殊、章得象、贾昌朝以推行新政，欧阳修、余靖、王素、蔡襄为谏官。石介大喜，作《庆历圣德诗》以歌颂此十一人。
韩：韩琦（1008—1075），字稚圭，相州安阳（今河南安阳）人。天圣五年（1027）进士，仕至枢密副使、同中书门下平章事。
富：富弼（1004—1083），字彦国，洛阳人，晏殊女婿。仕至枢密使、同中书门下平章事。

嘉祐二年，始举进士至京师，则范公殁。既葬，而墓碑出，读之至流涕，曰："吾得其为人。盖十有五年而不一见其面，岂非命也欤？"

是岁登第，始见知于欧阳公，因公以识韩、富，皆以国士待轼，曰："恨子不识范文正公。"其后三年，过许，始识公之仲子今丞相尧夫。又六年，始见其叔彝叟京师。又十一年，遂与其季德孺同僚于徐。皆一见如旧，且以公遗稿见属为叙。又十三年，乃克为之。

呜呼！公之功德，盖不待文而显，其文亦不待叙而传。然不敢辞者，自以八岁知敬爱公，今四十七年矣。彼三杰者，皆得从之游，而公独不识，以为平生之恨。若获挂名其文字中，以自托于门下士之末，岂非畴昔之愿也哉！

墓碑：指欧阳修所撰《资政殿学士户部侍郎文正范公神道碑铭》与富弼所撰《墓志铭》。
恨：遗憾。
尧夫：范纯仁（1027—1101），字尧夫，范仲淹次子。仕至吏部尚书、同知枢密院事。
彝叟：范纯礼（1031—1106），字彝叟，范仲淹第三子。以父荫入仕，仕至给事中、吏部侍郎。
德孺：范纯粹（1046—1117），字德孺，范仲淹第四子。以父荫入仕，仕至户部侍郎。熙宁十年（1077）苏轼知徐州，范纯粹知徐州滕县。
乃克为之：才完成这篇序文。
畴昔：过往。

古之君子，如伊尹、太公、管仲、乐毅之流，其王霸之略，皆素定于畎亩中，非仕而后学者也。淮阴侯见高帝于汉中，论刘、项短长，画取三秦，如指诸掌，及佐帝定天下，汉中之言，无一不酬者。诸葛孔明卧草庐中，与先主策曹操、孙权，规取刘璋，因蜀之资，以争天下，终身不易其言。此岂口传耳受，尝试为之而侥幸其或成者哉？

公在天圣中，居太夫人忧，则已有忧天下致太平之意，故为万言书以遗宰相，天下传诵。至用为将，擢为执政，考其平生所为，无出此书者。今其集二十卷，为诗赋

乐毅：战国政治家和军事家，助燕昭王破齐国七十余城。
畎亩：田野乡间。
淮阴侯：汉初名将韩信。西汉立国后封楚王，后因诬告，贬为淮阴侯。
三秦：秦地，今陕西。秦亡后，项羽将关中地区分为三个部分，分别以秦降将章邯为雍王，司马欣为塞王，董翳为翟王，故称三秦。
因：凭借。
居太夫人忧：指范仲淹天圣年间服母丧。
万言书：范仲淹守母丧时，晏殊知应天府，闻范仲淹名，邀请至府学。范仲淹遂上书论择郡守、举县令、斥游惰等事，凡万余言。
为将：范仲淹于康定元年（1040）任陕西经略安抚使，庆历二年（1042）任陕西四路经略安抚使，与韩琦共领军事以拒西夏。
擢为执政：庆历三年（1043），范仲淹任参知政事。

二百六十八，为文一百六十五。其于仁义礼乐，忠信孝弟，盖如饥渴之于饮食，欲须臾忘而不可得。如火之热，如水之湿，盖其天性有不得不然者。虽弄翰戏语，率然而作，必归于此。故天下信其诚，争师尊之。孔子曰："有德者必有言。"非有言也，德之发于口者也。又曰："我战则克，祭则受福。"非能战也，德之见于怒者也。元祐四年四月十一日。

弄翰戏语：玩弄文辞，戏为之言。

"我战"二句：出自《礼记·礼器》，意谓懂得礼的人，碰到战事一定能够得到胜利，祭祀时一定能够获得福佑，这是因为得到了至道。

太息一章送秦少章秀才

孔北海与曹公论盛孝章云："孝章，实丈夫之雄者也。游谈之士，依以成声。今之少年，喜谤前辈，或讥评孝章，孝章要为有天下重名，九牧之人，所共称叹。"吾读至此，未尝不废书太息也。曰：嗟乎！英伟奇逸之士，不容于世俗也久矣。虽然，自今观之，孔北海、盛孝章犹在世，而向之讥评者与草木同腐久矣。昔吾举进士，试于礼部，欧阳文忠公见吾文曰："此我辈人也，吾当避之。"方是时，士以剽裂为文，聚而见讪，且讪公者所在

本文作于元祐五年（1090），杭州知州任上。秦少章，秦观，字少章，秦观之弟，苏轼知杭州时，多与交游。

孔北海：孔融，字文举，鲁国（今山东曲阜）人，建安七子之一，曾任青州北海郡（今山东寿光）相，故人称"孔北海"。曾给曹操写过《论盛孝章书》，叙述好友盛孝章的危险境地，希望曹操能够对他加以救助。
盛孝章：名宪，字孝章，会稽（今浙江绍兴）人，原为吴郡太守。孙策平吴后，遭孙策忌恨，孙权继位后，持续遭迫害，终为孙权所杀。
要为：总的说来是。
九牧之人：九州之人，即天下之人。
聚而见讪：欧阳修嘉祐二年（1057）主考时，完全不按照时文风气选拔进士，引起轩然大波，众多学习时文写法的士子聚在一起，围攻诋毁欧阳修。

成市。曾未数年，忽焉若潦水之归壑，无复见一人者，此岂复待后世哉？今吾衰老废学，自视缺然，而天下士不吾弃，以为可以与于斯文者，犹以文忠公之故也。张文潜、秦少游此两人者，士之超逸绝尘者也，非独吾云尔，二三子亦自以为莫及也。士骇于所未闻，不能无异同，故纷纷之言，常及吾与二子，吾策之审矣。士如良金美玉，市有定价，岂可以爱憎口舌贵贱之欤？少游之弟少章，复从吾游，不及期年，而论议日新，若将施于用者。欲归省其亲，且不忍去。呜呼！子行矣，归而求诸兄，吾何加焉。作《太息》一篇，以饯其行，使藏于家，三年而后出之。元祐五年正月廿五日。

潦水：洪水。

可以与于斯文者：可以承担起传承儒道的责任。

纷纷之言：批评诋毁的言论。

若将施于用者：似乎将大有用于世。

黠鼠赋

　　苏子夜坐，有鼠方啮。拊床而止之，既止复作。使童子烛之，有橐中空。嘐嘐聱聱，声在橐中。曰："嘻！此鼠之见闭而不得去者也。"发而视之，寂无所有。举烛而索，中有死鼠。童子惊曰："是方啮也，而遽死耶？向为何声，岂其鬼耶？"覆而出之，堕地乃走。虽有敏者，莫措其手。

本文大致作于元祐六年（1091），在开封。苏轼于元丰八年（1085）归至宜兴时曾有诗句云"山寺归来闻好语"，时神宗方崩，故本年八月，赵君锡、贾易以此弹劾苏轼此诗"有欣幸先帝上仙之意"。或云苏轼即作此赋以慨叹之。

有鼠方啮：有老鼠正在咬东西。
拊床：敲打床板。
烛之：用蜡烛照亮床下。
橐（tuó）：袋子。
嘐（jiāo）嘐聱（áo）聱：形容老鼠咬东西的声音。
见闭：被闷在袋子里。
遽：突然、瞬间。
向：先前。
走：跑。

苏子叹曰："异哉，是鼠之黠也。闭于橐中，橐坚而不可穴也。故不啮而啮，以声致人；不死而死，以形求脱也。吾闻有生，莫智于人。扰龙伐蛟，登龟狩麟，役万物而君之，卒见使于一鼠。堕此虫之计中，惊脱兔于处女，乌在其为智也？"

坐而假寐，私念其故。若有告余者曰："汝惟多学而识之，望道而未见也，不一于汝，而二于物，故一鼠之啮而为之变也。人能碎千金之璧，不能无失声于破釜；能搏猛虎，不能无变色于蜂虿。此不一之患也。言出于汝，而忘之耶？"余俛而笑，仰而觉。使童子执笔，记余之作。

穴：打洞。

"不啮而啮"四句：在无法咬破袋子的前提下咬袋子，用声音引起人的注意。老鼠装死，希望通过装死之形获得逃脱。

有生：生命。

见使于一鼠：被一只老鼠欺骗驱使。

惊脱兔于处女：惊讶于这只老鼠从极静到极动的瞬间变化。

乌在：何在。

识：记忆。

不一于汝，而二于物：你自己心中不够专心，受外物影响而分心。

言出于汝：这是你自己说过的话。苏轼少年时，苏洵令其作《夏侯太初论》，其间有句云："人能碎千金之璧，不能无失声于破釜；能搏猛虎，不能无变色于蜂虿。"

潮州韩文公庙碑

匹夫而为百世师，一言而为天下法。是皆有以参天地之化，关盛衰之运，其生也有自来，其逝也有所为。故申、吕自岳降，傅说为列星，古今所传，不可诬也。孟子曰："吾善养吾浩然之气。"是气也，寓于寻常之中，而塞乎天地之间。卒然遇之，则王公失其贵，晋、楚失其富，良、平失其智，贲、育失其勇，仪、秦失其辩。是孰使之然哉？其必有不依形而立，不恃力而行，不待生而存，不随死而亡者矣。故在天为星辰，在地为河岳，幽则为鬼神，而明则复为人。此理之常，无足怪者。

本文作于元祐七年（1092）三月，赴扬州知州途中。

匹夫：寻常之人。
申、吕：周宣王大臣申伯与周穆王大臣吕侯。二人为伯夷的后代，相传是嵩山之神降生。
傅说：殷高宗武丁之相，传说死后成为天上的星宿。
晋、楚：晋国、楚国，春秋之时的富国。
良、平：张良、陈平，辅佐刘邦平定天下，以足智多谋著称于世。
贲、育：孟贲、夏育，传说中的上古时代勇士。
仪、秦：张仪、苏秦，战国著名纵横家，以能言善辩著称。
幽：阴间。
明：阳世。

自东汉以来，道丧文弊，异端并起，历唐贞观、开元之盛，辅以房、杜、姚、宋而不能救。独韩文公起布衣，谈笑而麾之，天下靡然从公，复归于正，盖三百年于此矣。文起八代之衰，而道济天下之溺；忠犯人主之怒，而勇夺三军之帅。岂非参天地，关盛衰，浩然而独存者乎？

　　盖尝论天人之辨，以谓人无所不至，惟天不容伪。智可以欺王公，不可以欺豚鱼；力可以得天下，不可以得匹夫匹妇之心。故公之精诚，能开衡山之云，而不能回宪宗之惑；能驯鳄鱼之暴，而不能弭皇甫镈、李逢吉之谤；能信于南海之民，庙食百世，而不能使其身一日安于朝廷

房、杜、姚、宋：房玄龄、杜如晦，唐太宗时期的名相；姚崇、宋璟，唐玄宗时期的名相。

八代：指东汉、魏、晋、宋、齐、梁、陈、隋八个朝代。

忠犯人主之怒：唐宪宗崇佛，欲迎佛骨于宫中，韩愈上表劝谏，宪宗大怒，欲处死韩愈，左右大臣贵戚皆劝，遂贬韩愈为潮州刺史。

勇夺三军之帅：唐穆宗时，镇州兵乱，进围深州。韩愈奉命宣抚，独入叛军大营，无惧帐前刀斧手，慷慨以大义责之，遂解深州之围。

驯鳄鱼之暴：韩愈任潮州刺史时，当地有鳄鱼之患。韩愈投一豚一羊于河川，撰《祭鳄鱼文》以祝之。暴风震电起于河川之上，数日河水尽涸，河道西迁至六十里外，潮州遂无鳄鱼之患。

皇甫镈、李逢吉：韩愈被贬潮州后上表谢罪。宪宗感动，欲官复原职，但宰相皇甫镈素忌韩愈端直，进言："愈终狂疏，可且内移。"故仅改韩愈为袁州刺史。穆宗时，宰相李逢吉与李绅不合，故意制造韩愈、李绅二人矛盾，以二人不合为由，罢韩愈为兵部侍郎，出李绅为江西观察使。

庙食百世：受潮州民众的代代祭祀。

之上。盖公之所能者，天也；所不能者，人也。

始，潮人未知学，公命进士赵德为之师。自是潮之士，皆笃于文行，延及齐民，至于今，号称易治。信乎孔子之言："君子学道则爱人，小人学道则易使也。"潮人之事公也，饮食必祭，水旱疾疫，凡有求必祷焉。而庙在刺史公堂之后，民以出入为艰。前守欲请诸朝作新庙，不果。元祐五年，朝散郎王君涤来守是邦，凡所以养士治民者，一以公为师。民既悦服，则出令曰："愿新公庙者，听！"民欢趋之，卜地于州城之南七里，期年而庙成。

或曰："公去国万里，而谪于潮，不能一岁而归。没而有知，其不眷恋于潮也，审矣。"轼曰："不然！公之神在天下者，如水之在地中，无所往而不在也。而潮人独信之深，思之至，焄蒿凄怆，若或见之。譬如凿井得泉，而曰水专在是，岂理也哉？"

所能者：能够遵从的。
"君子"二句：语出《论语·阳货》。官员学习了道义，就会有仁爱之心；百姓学习了道义，就容易听从使唤。
"愿新"二句：愿意一起重修韩愈祠庙的，就来听我的命令。
不能：不到。
"没而有知"三句：若死后有知的话，他应该不会对潮州有所眷恋的，这是事实！
焄蒿（xūn hāo）凄怆：谓潮州百姓祭祀韩愈时，就不由地涌起悲伤凄怆的感觉。焄，祭物的香气。蒿，香气蒸发上升的样子。焄蒿代指祭祀。

元丰七年，诏封公昌黎伯，故榜曰："昌黎伯韩文公之庙。"潮人请书其事于石，因作诗以遗之，使歌以祀公。其词曰：

公昔骑龙白云乡，手抉云汉分天章，天孙为织云锦裳。飘然乘风来帝旁，下与浊世扫秕糠。西游咸池略扶桑，草木衣被昭回光。追逐李、杜参翱翔，汗流籍、湜走且僵，灭没倒景不可望。作书抵佛讥君王，要观南海窥衡湘，历舜九嶷吊英、皇。祝融先驱海若藏，约束蛟鳄如驱羊。钧天无人帝悲伤，讴吟下招遣巫阳。爆牲鸡卜羞我觞，於粲荔丹与蕉黄。公不少留我涕滂，翩然被发下大荒。

诏拜公昌黎伯：宋神宗元丰七年（1084），追封韩愈为昌黎伯。

白云乡：仙乡。

云汉、天章：皆指银河。

天孙：即织女。

帝：天帝。

咸池：传说中的太阳沐浴之处。

扶桑：传说中的日落之处。

籍、湜：张籍、皇甫湜。韩愈同时代写作古文的文学家，曾追随效法韩愈之文。句谓韩愈的成就令张籍、皇甫湜辈望尘莫及。

祝融：南海海神。

海若：海神。

钧天：传说中天帝所居。

爆牲鸡卜：用于祭祀的牛，用于占卜的鸡骨，代指祭品。

"於粲"句：用岭南物产代指祭品。於粲（wū càn），光彩夺目貌。荔丹，红色的荔枝。蕉黄，黄色的香蕉。

大荒：代指冥界。谓韩愈已离开人世，令人无限伤心。

祭亡妻同安郡君文

维元祐八年，岁次癸酉，八月丙午朔，初二日丁未，具位苏轼，谨以家馔酒果，致奠于亡妻同安郡君王氏二十七娘之灵。呜呼！昔通义君，没不待年。嗣为兄弟，莫如君贤。妇职既修，母仪甚敦。三子如一，爱出于天。从我南行，菽水欣然。汤沐两郡，喜不见颜。我曰归哉，行返丘园。曾不少须，弃我而先。孰迎我门，孰馈我田。已矣奈何，泪尽目干。旅殡国门，我实少恩。惟有同穴，尚蹈此言。呜呼哀哉！

本文作于元祐八年（1093）八月，在开封。同安郡君，苏轼第二任夫人王闰之，为王弗堂妹，累封同安郡君。

具位：唐宋以来，官员在奏疏、函牍等文字上，常把应写明的官职爵位略写为"具位"，表示谦敬。

通义君：指王弗，累封通义君。

嗣为兄弟：指王弗卒后，苏轼寻觅续弦的对象。

三子：苏轼此时膝下有三个儿子，其中长子苏迈为王弗所生，苏迨与苏过为王闰之所生。

菽水：惟有黄豆与清水可作食物，代指生活之清苦。

汤沐两郡：苏轼元祐年间获封开封、武功县开国伯的爵位，王闰之因此联封同安郡君。

曾不少须：一点也没有犹豫。

旅殡国门：谓王闰之卒于京城，暂殡于城西惠济院。

朝云墓志铭

东坡先生侍妾曰朝云，字子霞，姓王氏，钱塘人。敏而好义，事先生二十有三年，忠敬若一。绍圣三年七月壬辰，卒于惠州，年三十四。八月庚申，葬之丰湖之上栖禅山寺之东南。生子遁，未期而夭。盖常从比丘尼义冲学佛法，亦粗识大意。且死，诵《金刚经》四句偈以绝。铭曰：

浮屠是瞻，伽蓝是依。如汝宿心，惟佛之归。

本文作于绍圣三年（1096），在惠州贬所。

生子遁：元丰六年（1083），朝云于黄州生下苏遁。次年七月，苏遁病亡于金陵。苏轼有诗哭此事。
比丘尼：尼姑。
浮屠、伽蓝：本意指佛塔与佛寺，此处均代指佛教。

南安军学记

古之为国者四，井田也，肉刑也，封建也，学校也。今亡矣，独学校仅存耳。古之为学者四，其大者则取士论政，而其小者则弦诵也。今亡矣，直诵而已。舜之言曰："庶顽谗说，若不在时。侯以明之，挞以记之。书用识哉，欲并生哉。工以纳言，时而飏之。格则承之庸之，否则威之。"格之言改也。《论语》曰："有耻且格。"承

本文作于建中靖国元年（1101）三月，自海南北归途经江西南安军，当地士人求苏轼为南安军学撰写一篇记文。苏轼并未当即动笔，待继续行至虔州时，方作此文。

古之为国者四：夏、商、周三代有四种重要的国家制度。

井田：井田制，夏、商、周三代的土地制度。

肉刑：残伤肉体的刑罚制度，分墨、劓、荆、宫四种。

封建：分封制。

学校：建立学校以供国子学习的教育制度。

弦诵：学习音乐与诗歌。

"舜之言"句：语出《尚书·益稷》。意谓：至于愚蠢而又喜欢恶意中伤别人的人，如不能明察做臣的道理，就用射侯的礼仪明确地教训他们，鞭挞警戒戒他们，把他们的罪过记录在刑书上，让他们悔改上进。做官的要采纳意见，好的就称颂宣扬，正确的就进献上去以便采用，如果不采纳意见就要惩罚他们。射侯，古代的射礼，古人用此礼教化人们区分善恶。侯即箭靶。

有耻且格：语出《论语·为政》，意谓人有知耻之心，则能自我检点而归于正道。

217

之言荐也。《春秋传》曰："奉承齐牺。"庶顽谗说、不率是教者，舜皆有以待之。夫化恶莫若进善，故择其可进者，以射侯之礼举之。其不率教甚者，则挞之，小则书其罪以记之。非疾之也，欲与之并生而同忧乐也。此士之有罪而未可终弃者，故使乐工采其讴谣讽议之言而飏之，以观其心。其改过者，则荐之，且用之。其不悛者，则威之、屏之、僰之、寄之之类是也。此舜之学政也。

射之中否，何与于善恶，而曰"侯以明之"，何也？曰：射所以致众而论士也。众一而后论定。孔子射于矍相之圃，盖观者如堵，使弟子扬觯而叙点者三，则仅有存者。由此观之，以射致众，众集而后论士，盖所从来

"《春秋传》"句：语出《左传·昭公十三年》，句谓进献上用作祭品的纯色牲畜。

不率是教者：不遵奉礼乐教化的人。

不悛（quān）：不悔改。

屏之：放逐到远方。

僰（bó）之：放逐到蛮夷所居的边远之地。

致众：召集众人。

孔子射于矍相之圃：典出《礼记·射义》。孔子在矍相的泽宫演习射礼，围观的人很多。孔子先后叫子路、公罔之裘、序点邀请希望射箭的人。听完三人对道德、礼法的要求之后，人差不多就走光了。

扬觯（zhì）：举起酒器。

远矣。《诗》曰："在泮献囚。"又曰："在泮献馘。"
《礼》曰："受成于学。"郑人游乡校，以议执政，或谓
子产："毁乡校何如？"子产曰："不可。善者吾行之，不
善者吾改之，是吾师也。"孔子闻之，谓子产仁。古之取
士论政者，必于学。有学而不取士、不论政，犹无学也。
学莫盛于东汉，士数万人，嘘枯吹生。自三公九卿，皆折
节下之；三府辟召，常出其口。其取士论政，可谓近古，
然卒为党锢之祸，何也？曰：此王政也。王者不作，而士
自以私意行之于下，其祸败固宜。

朝廷自庆历、熙宁、绍圣以来，三致意于学矣。虽
荒服郡县必有学，况南安江西之南境，儒术之富，与闽、

"《诗》曰"两句：出自《诗经·鲁颂·泮水》，意谓在泮水之宫献
俘。泮宫为鲁国祭祀之所，后渐用于乡射、饮酒之礼，逐渐成为学宫的
代指。
受成于学：语出《礼记·王制》，意为（君王）在学校内讨论制订作战
计划。
郑人游乡校：事见《左传·襄公三十一年》。
学：学校。
嘘枯吹生：枯了的吹气使其生长，生长的吹气使其干枯。比喻通过言论
对朝政人物予以批评与表扬。
三府：指大司徒、大司空与大司马，为东汉三公，有开府之权。
三致意于学矣：三次下旨兴办学校。
荒服郡县：代指极为偏远的郡县。

蜀等。而太守朝奉郎曹侯登，以治郡显闻，所至必建学，故南安之学，甲于江西。侯仁人也，而勇于义。其建是学也，以身任其责，不择剧易，期于必成。士以此感奋，不劝而力。费于官者，为钱九万三千，而助者不赀。为屋百二十间，礼殿讲堂，视夫邦君之居。凡学之用，莫不严具。又以其余增置廪给食数百人。始于绍圣二年之冬，而成于四年之春。学成而侯去，今为潮州。

轼自海南还，过南安，见闻其事为详。士既德侯不已，乃具列本末，赢粮而从轼者三百余里，愿纪其实。夫学，王者事也。故首以舜之学政告之。然舜远矣，不可以庶几。有贤太守，犹可以为郑子产也。学者勉之，无愧于古人而已。建中靖国元年三月四日，朝奉郎提举成都府玉局观眉山苏轼书。

曹侯登：宋人习惯称州郡长官为侯，此处指前任南安军太守曹登。
勇于义：积极承担道义之责。
剧易：艰难。
不劝而力：不用劝说即自愿出力。
助者不赀：民间自愿资助的钱用则不可计量。
视夫邦君之居：按照州郡长官官舍的规格建造。
"学成"二句：学校竣工之际，曹登就离开了南安军，改任潮州知州。
赢粮：挑着食物。

自评文

　　吾文如万斛泉源，不择地皆可出，在平地滔滔汩汩，虽一日千里无难。及其与山石曲折，随物赋形，而不可知也。所可知者，常行于所当行，常止于不可不止，如是而已矣。其他虽吾亦不能知也。

本文作年不详，盖自述己文之短跋，当写成于晚年。

万斛：古时以十斗为一斛，万斛即极言容量之多。
不择地：随时随地。
随物赋形：随着遇到的事物的变换而变化形状。

简

谱

仁宗景祐三年 （1036）丙子 生	十二月十九日（西历1037年1月8日），苏轼生于眉州（今四川眉山）眉山纱縠行。 本年父苏洵二十八岁，母程氏二十七岁。范仲淹四十八岁，欧阳修三十岁，司马光十八岁，曾巩十八岁，王安石十六岁，东林常总禅师十二岁，刘挚七岁，吕惠卿五岁，佛印了元禅师五岁，程颐四岁，章惇两岁。 范仲淹因反对宰相吕夷简而被贬饶州，欧阳修因支持范仲淹而被贬夷陵。
宝元元年 （1038）戊寅 三岁	苏轼兄苏景先去世。 元昊称帝，建立西夏。司马光进士及第。
宝元二年 （1039）己卯 四岁	苏轼弟苏辙生于二月二十日。
庆历二年 （1042）壬午 七岁	苏轼始读书。此年，苏轼见到九十岁的眉山老尼，听她讲述蜀主孟昶和花蕊夫人的轶事。 本年王安石、韩绛进士及第。

庆历三年 （1043）癸未 八岁	苏轼始入乡校，随道士张易简读书。读石介《庆历圣德诗》，敬慕范仲淹、韩琦、富弼、欧阳修之为人。 本年范仲淹任参知政事，主持庆历新政。参寥子道潜生。
庆历五年 （1045）乙酉 十岁	苏洵东游京师，拟应次年制科考试。苏轼随母亲程夫人读《后汉书》，读至东汉名士范滂传记，奋厉有当世志。 本年范仲淹等离朝外任，庆历新政中断。黄庭坚生。
庆历六年 （1046）丙戌 十一岁	苏洵举制科，不中。
庆历七年 （1047）丁亥 十二岁	五月，苏轼祖父苏序去世。苏洵返家居丧，教养二子。伯父苏涣回到蜀中，苏轼、苏辙受其教诲。 本年蔡京生。
庆历八年 （1048）戊子 十三岁	本年宋神宗赵顼生，王巩生，李之仪生。

皇祐元年 （1049）己丑 十四岁	苏洵作《名二子说》，称"轼乎，吾惧汝之不外饰也"，希望苏轼能够学会隐藏锋芒。 本年秦观生。
皇祐二年 （1050）庚寅 十五岁	苏轼三姊苏八娘嫁表兄程之才。
皇祐四年 （1052）壬辰 十七岁	苏八娘为程家所不悦，患病被弃，郁郁而卒，苏、程两家由此绝交。 本年范仲淹卒。
皇祐五年 （1053）癸巳 十八岁	苏轼好读史、论史，间亦好道。 本年晁补之生，陈师道生。
至和元年 （1054）甲午 十九岁	娶青神县乡贡进士王方之女王弗为妻，王弗时年十六岁。益州知州张方平求访当地贤人，访得苏洵。 本年张耒生。
至和二年 （1055）乙未 二十岁	苏轼随父苏洵至成都拜见张方平，深受赏识。 本年作《正统论》，已学通经史，熟习欧阳修文章。

嘉祐元年 （1056）丙申 二十一岁	张方平致书欧阳修，推荐苏洵。 三月，苏轼、苏辙随父进京。五六月抵达。 八月，苏轼、苏辙参加开封府解试，顺利通过，苏轼第二。获得次年礼部省试的参试资格。欧阳修读苏洵文章，赞为今古文第一，遂向朝廷举荐苏洵。
嘉祐二年 （1057）丁酉 二十二岁	正月，时任礼部侍郎、翰林侍读学士的欧阳修担任主考官。苏轼应省试，作《刑赏忠厚之至论》，一反险怪奇涩之"太学体"。欧阳修极为赞赏，误以为此文为弟子曾巩所作，为避嫌，置于第二名。后来梅尧臣、欧阳修困惑文中尧与皋陶一事出处，苏轼云："想当然耳，何必须要有出处？"二人赞其豪迈。 三月，二苏参加仁宗亲自主持的殿试，双双进士及第，名动京师。仁宗见过二苏后，曾有"吾为子孙得两宰相"之语。 二人成为欧阳修的门生。苏轼作《谢欧阳内翰书》《上梅直讲书》等以谢考官，欧阳修在给梅尧臣的信中称："读苏轼书，不觉汗出。快哉！快哉！老夫当避路，放他出一头地也。"宰相韩琦、富弼皆以国士待之。当时士人文风，为之一变。 四月初七，母程氏病故。 五月底，程氏丧闻，父子三人仓皇离京，回乡治丧。后司马光为程夫人作墓志铭。 十一月，程氏葬于眉州老翁泉侧。 本年同榜进士有曾巩、曾布、张载、程颢、吕惠卿、朱光庭、章惇、晁端彦等，状元章衡。

嘉祐四年 （1059）己亥 二十四岁	十月，母丧期满，二苏兄弟随父苏洵沿江东下，再赴京师，一路遍览山川名胜。父子三人多有纪行诗篇，结成《南行前集》，苏轼作序。此集收录苏轼诗四十二首，是现存苏诗中最早的一批作品。本年长子苏迈出生。 本年刘挚进士及第。李廌生。
嘉祐五年 （1060）庚子 二十五岁	二月十五日，至京师。初授河南府福昌县主簿，未赴任。欧阳修、杨畋推荐二苏应次年制科考试。二苏留京，寓居怀远驿读书写作，准备"贤良方正能直言极谏科"，按规定上呈贤良进卷五十篇，其中包括著名的《留侯论》《贾谊论》。二人读韦应物诗，有"宁知风雨夜，复此对床眠"之句，约定日后共同退隐闲居。 本年梅尧臣卒。欧阳修拜枢密副使。
嘉祐六年 （1061）辛丑 二十六岁	八月十七日，二苏参与制科第二轮秘阁试论，王安石时任知制诰，是考官之一。二十五日，崇政殿举行御试对策，仁宗亲临，司马光、范镇、蔡襄等人任考官。二苏连名并中，苏轼入三等。此考试第一、二等皆为虚设，苏轼之前从未有人入第三等。苏辙论事"最为切直"，引发争论，仁宗亲裁后列为四等。 苏轼授官大理评事、凤翔府签判。苏辙授官商州军事推官。王安石拒绝为苏辙撰写任命诏书，反对此任命，苏辙请辞，居家侍父。王安石与三苏交恶始于此。

十一月十九日，苏轼独自赴凤翔府签判任。途中写下《和子由渑池怀旧》。

十二月十四日，到任凤翔。见到韩愈曾吟咏的石鼓，观开元寺王维、吴道子画。

本年宋祁卒。

嘉祐七年 （1062）壬寅 二十七岁	在凤翔府签判任。 此年春干旱，三月下旬方雨。苏轼将新建的亭子命名为"喜雨亭"，作《喜雨亭记》。 本年秋，赴长安，与章惇共同主持永兴军路、秦凤路解试。九月，兼凤翔府教授。 本年伯父苏涣卒。
嘉祐八年 （1063）癸卯 二十八岁	在凤翔府签判任。 上元夜，在凤翔东院残灯下观王维画壁。 六月，陈希亮知凤翔府。苏、陈二人初不相合，屡有争论。苏轼中元节假未过知府厅，陈希亮判罚铜八斤。苏轼与陈希亮之子陈慥结交。 本年三月，仁宗皇帝驾崩，四月初一，英宗即位。八月，王安石母卒，苏洵不赴吊，作《辨奸论》讽刺之。
英宗治平元年 （1064）甲辰 二十九岁	在凤翔府签判任。 与陈希亮尽释前嫌。本年末任满，转官殿中丞，启程归京。

在凤翔期间，苏轼多交游，作文论诗，收集书画古器。其间始与文同相识。妻王弗时常以慎行、慎交游劝谏苏轼。

治平二年（1065）乙巳三十岁	二月，自凤翔府归京，判登闻鼓院（处理官民申诉、建议的机构）。英宗欲破格提拔苏轼，召入翰林院，宰相韩琦以为不可，主张按例召试馆职。苏轼遂参加馆阁考试，除直史馆。 五月二十八日，妻王弗卒。 本年宋廷议论英宗生父濮安懿王称号，宰相韩琦、参知政事欧阳修力主称英宗生父为皇考，天章阁待制司马光、侍御史范纯仁等力主称仁宗为皇考，双方激烈争论十八个月，史称"濮议"。次年曹太后下诏，尊英宗生父为皇考，结束此争论。本年苏辙出为大名府推官。陈希亮卒。
治平三年（1066）丙午三十一岁	四月二十五日，苏洵卒于京师，享年五十八岁。临终嘱托苏轼、苏辙完成他未能写完的《易传》。英宗赐银、绢，欧阳修等人赠礼，苏轼谢绝，请求英宗追赐官职。英宗诏赐光禄寺丞，派官船送之归葬。二苏兄弟护丧返乡。
治平四年（1067）丁未三十二岁	四月，护丧还里。 十月二十七日，葬父苏洵于眉山老翁泉侧，手植青松。

	本年英宗驾崩，神宗即位。欧阳修罢参知政事，出知亳州。黄庭坚进士及第。
神宗熙宁元年（1068）戊申三十三岁	七月，父丧期满。 续娶王介幼女，王弗表妹王闰之，闰之时年二十一岁。 十一月，与苏辙携家赴京，友人手植荔树以待归。苏轼此后再未归蜀。
熙宁二年（1069）己酉三十四岁	二月，王安石任参知政事（副宰相），设立制置三司条例司，管理户部、度支、盐铁三司条例，作为指挥变法的核心机构。苏轼与王安石学术素异，遂以殿中丞、直史馆授官告院（负责颁发授官凭证），兼判尚书祠部。 三月，苏辙上书论政，在制置三司条例司任职。 四月，诏令臣僚议论科举改革。 五月，苏轼上《议学校贡举状》，反对科举改革，受神宗召见。神宗言："凡在馆阁，皆当为朕深思治乱，无有所隐。"欲让苏轼修中书条例，王安石反对。 八月十四日，苏轼为国子监考官，出策题讽刺王安石。十六日，苏辙主动离开制置三司条例司，除河南府留守推官。 十一月，苏轼以殿中丞、直史馆判官告院权开封府推官。 十二月，上《谏买浙灯状》，认为"不宜以玩好示人"，神宗从其言。上万言《上神宗皇帝书》，

全面驳斥新法。

在馆阁期间，苏轼与表兄文同、驸马王诜时常往来。文同擅作画，尤善画竹。王诜亦为画家。

熙宁三年 （1070）庚戌 三十五岁	苏轼作《再上皇帝书》，论新法不可行，要求罢免王安石。然神宗贬黜群官，力挺王安石，并拜相。 三月，礼部考试，新党中人吕惠卿担任主考官。苏轼任编排官，二人意见相左。吕惠卿取赞美新政的叶祖洽为第一。苏轼再上《拟进士对御试策》，继续反对新法。 五月，苏迨生。 八月，御史谢景温弹劾苏轼，称其治平三年回乡期间，贩卖私盐、木材，神宗下令查问，一时沸沸扬扬，终查无实据。范镇、司马光等人上书为苏轼辩解。苏轼祈补外任。 十二月，罢权开封府推官，依旧官告院。 本年苏辙任陈州教授。
熙宁四年 （1071）辛亥 三十六岁	岁初，迁太常博士。 二月，朝廷颁布贡举新制，罢诗赋，考经义对策。 六月，除杭州通判（州府副长官）。 七月，离京赴任，道中过陈州，与苏辙相聚七十余日。 九月，苏辙送行至颍州，拜会欧阳修。这是师生的最后一次见面。 抵扬州，初过平山堂。游金山、北固山。于苏州

虎丘观王禹偁画像。

十一月二十八日，至杭州。游孤山、灵隐寺。在杭州与张先交游。

本年司马光因反对新法，罢归洛阳，买地筑独乐园。此后十五年不谈国事，闭门著书，完成《资治通鉴》。欧阳修致仕。

熙宁五年 （1072）壬子 三十七岁	在杭州通判任。 城外探春，赋《浪淘沙》词，一般认为此年为苏轼填词之始。 作《戏子由》等诗，讽刺新法。 三月，吉祥寺观牡丹。 四月，三子苏过出生。 六月，登望湖楼，醉书五绝。 七月，巡行属县。 八月，主考解试，反对独尊王安石新学。陈襄到任杭州知州。 十二月，受命监督运盐河工程，作诗指责并抗拒新法。 本年欧阳修卒。苏轼作《祭欧阳文忠公文》。晁补之请见苏轼。苏轼始观黄庭坚诗文，颇为称赏。
熙宁六年 （1073）癸丑 三十八岁	在杭州通判任。 作《山村五绝》《和述古冬日牡丹四首》讽刺新法。 与陈襄修复杭州六井，解决杭州百姓饮水之事。

冬日，至常、润、苏、秀等州赈济灾民。

本年张先八十五岁买妾，苏轼赠诗嘲之。

本年朝廷设立"经义局"，由王安石主持修定《诗经》《尚书》《周礼》三经解释，谓之"三经新义"，以为科举经义之标准。沈括察访两浙农田、水利、差役等事，至杭州，搜集苏轼近作，笺注其间讽刺新法的内容，回朝进呈。刘安世、张耒进士及第。

熙宁七年 （1074）甲寅 三十九岁	在杭州通判任。 正月，往润州公干。 四月，离润州归杭，游历无锡、宜兴、苏州等地。 六月，至杭州。杨绘接替陈襄任杭州知州，八月到任。 九月，差知密州，离杭赴任。途经高邮时，始读秦观诗词，盛赞之。 十二月三日，至密州。 本年，在杭州纳侍妾王朝云，《苏子瞻学士钱塘集》出版。 本年大旱，京师涌入大量流民，监门官郑侠绘《流民图》上呈，乞斩王安石，被编管。王安石因此罢相，出知江宁府。韩绛继任宰相，吕惠卿出任参知政事，继续推行新法。
熙宁八年 （1075）乙卯 四十岁	在密州知州任。在居所附近筑超然台。 此年是王弗逝世十年，正月二十日，苏轼作《江城子》怀念亡妻。

四月初，祷雨常山。

五月，复旱，再祷雨常山。

六月，常山庙成，苏轼亲往祭祀，返回途中举行会猎，作《江城子·密州出猎》，自谓虽无柳七风味，然自是一家。

本年王安石复相，吕惠卿罢参知政事，《三经新义》正式颁行。韩琦卒，苏轼作祭文。

熙宁九年（1076）丙辰 四十一岁

在密州知州任。

年初，迁祠部员外郎。

寒食后，登超然台。本年友人纷纷寄来诗赋，赋超然台。

四月，快哉亭成。

中秋，作《水调歌头》，兼怀苏辙。

九月，诏移知河中府。

十二月，始离密州。密州士民在城西彭氏园中供苏轼肖像，岁时拜谒。

本年王安石再罢相，王安石长子王雱卒。王安石退居江宁府钟山，宋神宗亲自主持推行新法。

熙宁十年（1077）丁巳 四十二岁

二月十二日，改知徐州。苏辙自京师来迎，至澶州、濮州间相会，遂同赴京师。然至陈桥驿，接到知徐州之诰，有令不得入国门，乃寓居城外范镇之东园。

四月，与苏辙共沿汴河东下，赴徐州任。

二苏兄弟共度中秋后，苏辙赴南京留守签判任。

未几，黄河决堤，水至徐州城下，苏轼率徐州军民筑堤抗灾。十月五日，黄河水渐退。

本年高丽使者过杭州，购买苏轼文集。约在本年出版《眉山集》，次年退居江宁的王安石曾阅读此集。王安国卒。友人柳瑾卒，苏轼为之作祭文。宋哲宗赵煦生。

元丰元年 （1078）戊午 四十三岁	苏轼在徐州知州任。 年初，朝廷准苏轼之奏，拨款修筑堤防，并诏奖苏轼防洪功。 三月，春旱，祷雨城东石潭。得雨，复至石潭谢神。 八月，在徐州城东门上筑黄楼，以纪念去年之抗洪，九月初九落成。 本年黄庭坚始来诗请教。秦观入京应科举，路过徐州，专程拜访苏轼。云门宗禅僧参寥子道潜亦自杭州来访。张先去世，苏轼作《祭张子野文》。
元丰二年 （1079）己未 四十四岁	三月，罢徐州，以祠部员外郎、直史馆知湖州军州事。临别时，徐州父老夹道相送。赴任途中，至南都，会苏辙。复经高邮，会秦观、道潜，遂共赴湖州。 四月二十日，至湖州，呈《湖州谢上表》。表呈后，御史中丞李定率御史舒亶、何正臣等弹劾苏轼诗文讥讽朝廷、指责皇帝，御史台审阅苏轼《钱塘集》，遣中使皇甫遵到湖州勾摄苏轼。此即乌台诗案。

七月二十八日，皇甫遵至湖州，苏轼就逮，与妻子诀别，留书与苏辙，托付后事。长子苏迈随行。此月苏辙亦闻讯，上书请求以自己的官职为兄赎罪。

八月十八日到京，系于御史台狱。八月二十日开始审讯。狱中一度以为将死，作诗授狱卒梁成，以别苏辙。

十月二十日，太皇太后曹氏薨，曾于病中劝说神宗赦免苏轼。

十二月二十六日，结案出狱，诏贬检校水部员外郎、充黄州团练副使、本州安置、不得签书公事。苏辙亦被牵连，责监筠州盐酒税，王诜被削除所有官职，司马光、张方平、范镇、陈襄等人被罚铜。

本年表兄文同卒于陈州。晁补之进士及第。

元丰三年 （1080）庚申 四十五岁	正月初一，自京师启程赴黄州，道经陈州，与苏辙相见，议定家事，托付家眷，独自往黄州。 二月初一，抵达黄州，寓居定惠院。 五月，苏辙护送苏轼家眷至黄州，迁居长江边的临皋亭。苏辙留伴十日后别去，赴筠州。 七月，陈慥来访。 八月，苏轼乳母任氏卒。苏轼与长子苏过第一次夜游赤壁。 冬，借黄州天庆观道堂斋居。此一年间，苏轼生活清苦，日用不足一百五十钱。将每月用度挂在屋梁上，每天用又挑取一份作日用。 本年宋廷始议改革官制，封王安石为荆国公。陈襄卒。

元丰四年	谪居黄州。
（1081）辛酉	三月，次韵章质夫《水龙吟》。
四十六岁	五月，友人马正卿助苏轼请得故营地数十亩，遂躬耕其中，依白居易故事命名为东坡，自号东坡居士。
	本年米芾来访，苏轼作画赠跋。始与李廌通信，李廌复来黄州求教。陈师道本年居徐州，其兄陈传道将苏轼于密州、徐州的作品编为《超然集》《黄楼集》，来信请求出版，被苏轼婉拒。为陈慥作《方山子传》。
	本年宋神宗决策以五路进攻西夏，又欲召苏轼修国史，被执政所阻，遂改召曾巩。

元丰五年	谪居黄州。
（1082）壬戌	二月，作雪堂于东坡，在四壁绘雪景。白日躬耕东坡，夜间回雪堂读书。
四十七岁	三月初七，前往沙湖相田，途中遇雨，作《定风波》。
	五月，以怪石供赠佛印了元，始与之交往。四川绵竹武都山道士杨世昌来访，久住雪堂，次年五月方离开。苏轼向杨道士学习酿造蜜酒。
	七月十六日，作赤壁之游，归来作《前赤壁赋》。
	十月十五日，又作赤壁之游，撰《后赤壁赋》。
	冬，自临皋亭迁居雪堂。
	十二月十九日，友人于赤壁摆酒设宴，庆贺苏轼生辰。
	年底庐山琴师崔闲前来拜见苏轼，长住雪堂。苏轼为之作《醉翁操》。
	本年宋与西夏开战，宋军于永乐城大败，神宗颇

受打击。新官制颁行，神宗欲借此机会起用苏轼，被大臣阻止。宋徽宗赵佶生。

元丰六年 （1083）癸亥 四十八岁	谪居黄州。 年初，患眼病。故友巢谷前来投奔。 三月，参寥子到黄州，寓居雪堂。 四月，曾巩去世，苏轼正患眼疾，逾月不出门，遂传言苏轼亦卒，神宗叹息久之。范镇派门客问安，苏轼回信，云："平生所得毁誉，殆皆类此也。" 九月，朝云生小儿子苏遯（小名幹儿），苏轼《洗儿》诗即为此儿作。 十月十二日，至承天寺寻张怀民。 本年西夏攻宋，宋军败而求和。筠州知州请苏辙暂监州学教授，因所作策题违反《三经新义》之旨，被国子监官员劾罢。张怀民谪居黄州，寓居承天寺，建快哉亭。
元丰七年 （1084）甲子 四十九岁	正月二十五日，神宗亲出御札："苏轼黜居思咎，阅岁滋深，人材实难，不忍终弃，可移汝州团练副使，本州安置。" 三月，与参寥子等友人游定惠院，访海棠。作诗求刘唐年家煎饼。 居黄州期间，苏轼发明了东坡羹、东坡肉，作《东坡羹颂》《猪肉颂》。作雪堂义樽，以置邻近郡所送之酒。作雪堂砚。 离开黄州前，将雪堂托付给雪堂邻里潘大临、潘

大观居住。

四月，离黄州，陈慥等人送行，参寥子道潜随行。乘舟东下，至九江，宿庐山圆通寺。

五月，至筠州探望苏辙，相聚十日而别。再登庐山，至东林寺参临济宗黄龙派东林常总禅师。游毕，与参寥子道潜道别，送苏迈至德兴县尉之任，途中至石钟山。

七月，过江宁，见王安石，二人相谈甚欢，有买田安家、结邻而居之愿。二十八日，子苏遁卒。

八月，至镇江金山寺，访佛印了元禅师。

九月，至常州宜兴县，购置田宅。

十月，至扬州，表请常州居住。至高邮会秦观。

十二月初一，抵泗州，再上表请常州居住。除夕，偶遇亲家黄寔，黄寔赠酥酒。

本年司马光完成《资治通鉴》，苏辙起知歙州绩溪县。

元丰八年 （1085）乙丑 五十岁	正月初四，离泗州，至南京应天府，谒张方平，后获知朝廷批准其常州居住的申请。 三月初五，宋神宗驾崩，哲宗继位，因年幼，由太皇太后高氏垂帘听政，起用司马光、范纯仁等旧党人物。 四月，苏轼启程赴常州。 五月，诏复苏轼官爵，起知登州。 六月，司马光、范纯仁举荐二苏。 七月，苏轼自常州北上。 九月十八日，诏苏轼回朝以朝奉郎任礼部郎中。 苏轼本月过密州，再登超然台，海行赴登州。 十月十五日，苏轼至登州，二十日，得礼部郎

中诏。

十一月，启程赴京，于青州见李定，相谈甚欢。

十二月，至京，十八日除起居舍人。

本年苏辙以右司谏召还。秦观进士及第。

哲宗元祐元年 （1086）丙寅 五十一岁	在京师。 始与黄庭坚相见。司马光主政，尽废新法，斥逐新党，史称"元祐更化"。 三月十四日，免试除中书舍人，掌管外制，即政府命令、文告。 四月六日，王安石卒，苏轼起草《王安石赠太傅制》，多与褒奖。 九月一日，司马光卒，程颐主持丧事，泥行古礼，苏轼不满，常戏谑之，遂结怨。十二日，任翰林学士、知制诰，掌管内制，即皇帝诏命。 十一月，主试学士院馆职考试，撰《试馆职策题》，被程颐门生、御史朱光庭弹劾语涉讥讽，遂上书自辩。 本年苏辙任右司谏，激烈弹劾新法新党，十一月升任中书舍人。苏门中人皆受提拔。张耒任太学录，又与晁补之、刘安世等同试学士院，授馆职。刘挚自御史中丞升执政。黄庭坚任秘书省校书郎，检讨《神宗实录》。
元祐二年 （1087）丁卯 五十二岁	在京师。 正月二十三日，执政范纯仁认定苏轼无罪，然御史中丞傅尧俞、御史王岩叟、朱光庭坚持苏轼有

罪，并当面斥责太皇太后包庇苏轼。此事后虽平
息，然旧党内部分裂不可避免，成"朔党""蜀
党""洛党"等小群体，迭相攻讦，史称"洛蜀
党争"。苏轼即为"蜀党"之首。

六月，兼侍读。

十二月，御史杨康国、赵挺之复就策题一事弹劾
苏轼。

本年苏辙升任户部侍郎。程颐被逐回洛阳。

元祐三年
（1088）戊辰
五十三岁

在京师。

正月，主持礼部省试，取章惇之子章援为省元，
李廌不幸落第。因台谏攻击，屡上章请求外任。

约在本年，欲见晏几道，晏几道辞之。

本年秦观来京应制科，亦遭台谏攻击，罢归蔡州。

元祐四年
（1089）己巳
五十四岁

二月，再遭御史王彭年弹劾，称其讲读时所进汉
唐事迹非道德仁厚之术。

三月十六日，以龙图阁学士知杭州。

四月，应范纯仁之请，作《范文正公文集叙》。
离京前别文彦博，文彦博劝其少作诗，恐为人
诬谤。

七月初三，至杭州。

十月，始筹措西湖疏浚工程。

十一月，浙西七州旱灾，奏请赈济。

本年台谏官梁焘、刘安世等人要求公布王安石与
蔡确的亲党姓名，范纯仁反对，吕大防、刘挚
赞同。范纯仁罢相，以观文殿学士知颍昌府。苏

辙为翰林学士、吏部尚书，出使辽国，发现苏轼《眉山集》已传至彼邦。

元祐五年 （1090）庚午 五十五岁	三月，设安乐坊，命医官为疫者治病，施圣散子方。 九月，西湖疏浚工程竣工，筑成苏堤。 本年苏辙任御史中丞。秦观自蔡州奉诏入京，任秘书省校正黄本书籍。
元祐六年 （1091）辛未 五十六岁	正月二十六日，以吏部尚书召还朝廷。 二月初四，苏辙守尚书右丞，因兄弟不得同官尚书省，故苏轼避嫌改任翰林学士承旨。 三月，离杭州。 五月二十六日，至京。又命兼侍读学士。遭洛党贾易弹劾不已，乞补外。 八月十八日，以龙图阁学士知颍州。 闰八月二十二日，至颍州，陈师道、赵令时时为属下。 本年刘挚拜相，苏辙执政。然左相吕大防与右相刘挚不和，相攻讦不止，苏辙倾向吕大防，未几，刘挚罢相。张方平卒。东林常总禅师圆寂。
元祐七年 （1092）壬申 五十七岁	正月二十四日，由颍州移知郓州，二十八日又改扬州。 三月二十六日，到任扬州，时晁补之为扬州通

判。罢扬州花会，以安百姓。

七月，以兵部尚书兼侍读充南郊卤簿使，召回朝，继又兼侍读学士。

九月，至京师。十一月十四日，南郊礼成，除端明殿学士、礼部尚书兼翰林侍读学士。

本年苏辙进官门下侍郎，程颐父丧满，欲入朝，被苏辙所阻，犹闲居洛阳。

元祐八年
（1093）癸酉
五十八岁

在京，复自请外任。

六月二十六日，以礼部尚书、端明殿学士、翰林侍读学士、左朝散郎知定州。

八月初一，妻王闰之卒。

九月二十六日，离京赴定州，李之仪随行为幕僚，书童高俅留驸马王诜家。

十月二十三日，至定州。

本年九月初三，太皇太后高氏崩，哲宗亲政，范纯仁复相。

元祐九年
/绍圣元年
（1094）甲戌
五十九岁

宋哲宗行绍述之政，恢复神宗新法，改元绍圣，罢免吕大防、范纯仁、苏辙，召回章惇、曾布、蔡卞。新党掌控政局，元祐党人被大规模罢免，三十多位高级官员被贬到边远地区。

四月十一日，苏轼被剥夺端明殿学士、翰林侍读学士，以左朝奉郎知和州，又改英州。十三日，降官左承议郎。

闰四月初三，离定州。追随苏轼三十四年的老友马正卿与苏轼告别，留于雍丘米芾处。

六月初五，来之邵等复劾苏轼，责授宁远军节度副使、惠州安置。苏轼在金陵完成王闰之的遗愿，舍施财物。后将家属留于宜兴，携侍妾朝云、幼子苏过赴惠州。

九月，过大庾岭。

十月二日，至惠州贬所，寓居嘉祐寺松风亭。写信给苏辙，叙说自己在惠州买无人问津的羊脊骨的清苦生活。

本年三月，苏辙罢执政，出知汝州。六月，降官知袁州。七月，贬筠州居住。秦观谪监处州茶盐酒税。

绍圣二年 （1095）乙亥 六十岁	谪居惠州。 曾与苏家有怨的程家表兄程之才受命巡按广州。 三月与苏轼会面，尽释前嫌。 本年黄庭坚贬黔州。沈括卒。
绍圣三年 （1096）丙子 六十一岁	谪居惠州。 四月八日，营建白鹤峰新居。 七月初五，侍妾朝云卒，临终前诵《金刚经》六如偈。 八月初三，葬朝云于栖禅寺松林中，作墓志铭，寺僧为建六如亭。 本年前后，参寥子道潜遭两浙路转运使吕温卿迫害，剥夺僧籍，勒令还俗，编管兖州。

绍圣四年 （1097）丁丑 六十二岁	谪居惠州。 二月，白鹤峰新居完工，通知常州家人南来。 闰二月十九日，朝廷追贬元祐党人，苏轼再贬琼州别驾、昌化军安置。 四月十九日，将家人暂留惠州，对长子苏迈吩咐后事，在幼子苏过陪同下出发。 五月十一日，与苏辙相遇于藤州，同行至雷州。 六月初，苏辙送苏轼至海边。苏轼痔病发作，终夜未眠，苏辙陪守在侧，诵陶渊明诗，劝苏轼戒酒。苏轼和诗赠别。十一日，别弟渡海。此后二人再未相见。 七月二日，至昌化军，居桄榔林下。知昌化军张中请苏轼居于官舍。苏轼将儿子苏过所制椰壳冠寄送给苏辙。苏轼与当地黎民交好。 本年苏辙责授化州别驾、雷州安置。秦观编管横州。吕大防、刘挚贬死。
元符元年 （1098）戊寅 六十三岁	谪居海南。 三月初七，朝廷遣董必察访两广。一路上帮助过苏轼、苏辙的官员皆受弹劾。二十四日，将苏辙移循州安置，将苏轼逐出官舍。苏轼遂于城南买地，筑室五间，获当地士人襄助。 本年秦观移送雷州编管。佛印了元圆寂。
元符二年 （1099）己卯 六十四岁	谪居海南。 写信给小儿子苏过，提及在海南食蚝之事。 刘庠孙刘泻渡海来访，出所编苏轼诗文集二十卷。

元符三年 （1100）戊辰 六十五岁	正月十二日，宋哲宗崩，弟端王赵佶即位，是为宋徽宗，向太后听政。章惇一党受批判，元祐党人渐获起用。 二月，诏苏轼量移廉州。 四月二十一日，又授舒州团练副使、永州居住。 六月二十日，苏轼离海南，作《六月二十日夜渡海》。至雷州，会秦观。 七月四日，至廉州。 八月二十四日，得永州诏令，遂离廉州。 十月，至广州。 十一月初一，诏苏轼复官朝奉郎、提举成都玉局观、在外州军任便居住，遂离广州北上。 本年秦观卒。苏轼闻讯，有"少游已矣，虽万人何赎"之叹。苏辙北归至颍昌府。章惇、蔡卞罢免，蔡京落职居杭州，曾布拜相。
徽宗建中靖国元年 （1101）辛巳 六十六岁	正月初三，过大庾岭。初五至南安军，遇刘安世，下旬抵虔州。 三月，离虔州，至南昌。 四月，至南康军，登庐山，过湖口、池州、芜湖，抵当涂。 五月初一，舟至金陵，复抵真州。本欲赴颍昌府与苏辙聚，后转念改赴常州。 六月初，病暑，暴下，瘴毒大作。舟赴常州，上表请老，以本官致仕。 七月，径山维琳禅师到访，二十六日作绝笔诗《答径山琳长老》，二十八日卒。临终前自择河南郏县"小峨眉山"为葬地。

亡兄子瞻端明墓志铭

苏辙

予兄子瞻，谪居海南。四年春正月，今天子即位，推恩海内，泽及鸟兽。夏六月，公被命渡海北归。明年，舟至淮浙。秋七月，被病，卒于毗陵。吴越之民相与哭于市，其君子相吊于家，讣闻四方，无贤愚皆咨嗟出涕。太学之士数百人，相率饭僧慧林佛舍。呜呼，斯文坠矣，后生安所复仰？公始病，以书属辙曰："即死，葬我嵩山下，子为我铭。"辙执书，哭曰："小子忍铭吾兄！"

公讳轼，姓苏，字子瞻，一字和仲，世家眉山。曾大父讳杲，赠太子太保，妣宋氏，追封昌国太夫人。大父讳序，赠太子太傅，妣史氏，追封嘉国太夫人。考讳洵，赠太子太师，妣程氏，追封成国太夫人。公生十年，而先君宦学四方，太夫人亲授以书。闻古今成败，辄能语其要。太夫人尝读《东汉史》，至《范滂传》，慨然太息。公侍侧曰："轼若为滂，夫人亦许之否乎？"太夫人曰："汝能为滂，吾顾不能为滂母耶？"公亦奋厉有当世志。太夫人喜曰："吾有子矣！"

比冠，学通经史，属文日数千言。嘉祐二年，欧阳文忠公考试礼部进士，疾时文之诡异，思有以救之。梅圣俞时与其事，得公《论刑赏》，以示文忠。文忠惊喜，以为异人，欲以冠多士。疑曾子固所为。子固，文忠门下士也，乃置公第二。复以《春秋》对义，居第一，殿试中乙科，以书谢诸公。文忠见之，以书语圣俞曰："老夫当避此人，放出一头地。"士闻者始哗不厌，久乃信服。

丁太夫人忧，终丧。五年，授河南福昌主簿。文忠以直言荐之。秘阁试六论，旧不起草，以故文多不工。公始具草，文义粲然，时以为难。比答制策，复入三等。除大理评事、签书凤翔府判官。长吏意公文人，不以吏事责之。公尽心其职，老吏畏服。关中自元昊叛命，人贫役重，岐下岁以南山木筏自渭入河，经砥柱之险，衙前以破产者相继也。公遍问老校，曰："木筏之害，本不至此，若河、渭未涨，操筏者以时进止，可无重费也。患其乘河、渭之暴，多方害之耳。"公即修衙规，使衙前得自择水工，筏行无虞。仍言于府，使得系籍，自是衙前之害减半。

治平二年，罢还，判登闻鼓院。英宗在藩闻公名，欲以唐故事召入翰林。宰相限以近例，欲召试秘阁，上曰："未知其能否故试，如苏轼有不能耶？"宰相犹不可。及试二论，皆入三等，得直史馆。丁先君忧，服除，时熙宁二年也。王介甫用事，多所建立。公与介甫议论素异，既还朝，置之官告院。四年，介甫欲变更科举，上疑焉，使两制三馆议之。公议上，上悟曰："吾固疑此，得苏轼议，意释然矣。"即日召见，问："何以助朕？"公辞避久之，乃曰："臣窃意陛下求治太急，听言太广，进人太锐。愿陛下安静以待物来，然后应之。"上竦然听受，曰："卿三言，朕当详思之。"介甫之党皆不悦，命摄开封推官，意以多事困之。公决断精敏，声闻益远。会上元，有旨市浙灯。公密疏，旧例无有，不宜以玩好示人，即有旨罢。殿前初策进士，举子希合，争言祖宗法制非是。公为考官，退拟答以进，深中其病。自是论事愈力，介甫愈恨。御史知杂事者为诬奏公过失，穷治无所得。公未尝以一言自辨，乞外任避之，通判杭州。

是时，四方行青苗、免役、市易，浙西兼行水利、盐法。公于其间，常因法以便民，民赖以少安。高丽入贡使者凌蔑州郡，押伴使臣皆本路管库，乘势骄横，至与钤辖亢礼。公使人谓之曰："远夷慕化而来，理必恭顺。今乃尔暴恣，非汝导之，不至是也。不悛，当奏之。"押伴者惧，为之小戢。使者发币于官吏，书称甲子。公却之曰："高丽于本朝称臣，而不禀正朔，吾安敢受！"使者亟易书称熙宁，然后受之。时以为得体。吏民畏爱，及罢去，犹谓之学士而不言姓。

自杭徙知密州，时方行手实法，使民自疏财产以定户等，又使人得告其不实。司农寺又下诸路，不时施行者以违制论。公谓提举常平官曰："违制之坐，若自朝廷，谁敢不从？今出于司农，是擅造律也，若何？"使者惊曰："公姑徐之。"未几，朝廷亦知手实之害，罢之。密人私以为幸。郡尝有盗窃发而未获，安抚转运司忧之，遣一二班使臣领悍卒数十人，入境捕之。卒凶暴恣行，以禁物诬民，入其家争斗，至杀人，畏罪惊散，欲为乱。民诉之，公投其书，不视，曰："必不至此。"溃卒闻之少安，徐使人招出，戮之。

自密徙徐。是时，河决曹村，泛于梁山泊，溢于南清河。城南两山环绕，吕梁、百步扼之，汇于城下，涨不时泄。城将败，富民争出避水。公曰："富民若出，民心动摇，吾谁与守？吾在是，水决不能败城。"驱使复入。公履屦杖策，亲入武卫营，呼其卒长，谓之曰："河将害城，事急矣，虽禁军，宜为我尽力。"卒长呼曰："太守犹不避涂潦，吾侪小人，效命之秋也。"执梃入火伍中，率其徒短衣徒跣，持畚锸以出，筑东南长堤，首起戏马台，尾属于城。堤成，水至堤下，害不及城，民心乃安。然雨日夜不止，河势益暴，城不沉者三板。公庐于城上，过家不入，使官吏分堵而守，卒完城以闻。复请调来岁夫，增筑故城，为木岸，以虞水之再至，朝廷从之。讫事，诏褒之，徐人至今思焉。

徙知湖州，以表谢上。言事者摘其语以为谤，遣官逮赴御史狱。初，公既补外，见事有不便于民者，不敢言，亦不敢默视也，缘诗人之义，托事以讽，庶几有补于国。言者从而媒蘖之。上初薄其过，而浸润不止，是以不得已从其请。既付狱，吏必欲置之死，锻炼久之，不决。上终怜之，促具狱，以黄州团练副使安置。公幅巾芒屩，与田父野老相从溪谷之间，筑室于东坡，自号"东坡居士"。

五年，上有意复用，而言者沮之。上手札徙汝州，略曰：

"苏轼黜居思咎，阅岁滋深，人材实难，不忍终弃。"未至，上书自言有饥寒之忧，有田在常，愿得居之。书朝入，夕报可，士大夫知上之卒喜公也。会晏驾，不果复用。至常。

以哲宗即位，复朝奉郎、知登州。至登，召为礼部郎中。公旧善门下侍郎司马君实及知枢密院章子厚，二人冰炭不相入。子厚每以谑侮困君实。君实苦之，求助于公。公见子厚曰："司马君实时望甚重。昔许靖以虚名无实见鄙于蜀先主，法正曰：'靖之浮誉，播流四海，若不加礼，必以贱贤为累。'先主纳之，乃以靖为司徒。许靖且不可慢，况君实乎？"子厚以为然，君实赖以少安。既而朝廷缘先帝意，欲用公，除起居舍人。公起于忧患，不欲骤履要地，力辞之，见宰相蔡持正自言，持正曰："公徊翔久矣，朝中无出公右者。"公固辞。持正曰："今日谁当在公前者？"公曰："昔林希同在馆中，年且长。"持正曰："希固当先公耶？"卒不许。然希亦由此继补记注。

元祐元年，公以七品服入侍延和，即改赐银绯。二年，迁中书舍人。时君实方议改免役为差役。差役行于祖宗之世，法久多弊，编户充役不习，官府吏虐使之，多以破产，而狭乡之民或有不得休息者。先帝知其然，故为免役，使民以户高下出钱，而无执役之苦。行法者不循上意，于雇役实费之外，取钱过多，民遂以病。若量出为入，毋多取于民，则足矣。君实为人，忠信有余而才智不足，知免役之害而不知其利，欲一切以差役代之。方差官置局，公亦与其选，独以实告，而君实始不悦矣。尝见之政事堂，条陈不可。君实愀然，公曰："昔韩魏公刺陕西义勇，公为谏官，争之甚力，魏公不乐，公亦不顾。轼昔闻公道其详，岂今日作相，不许轼尽言耶？"君实笑而止。公知言不用，乞补外，不许。君实始怒，有逐公意矣，会其病卒乃已。时台谏官多君实之人，皆希合以求进，恶公以直形己，争求公瑕疵。既不可得，则因缘熙宁谤讪之说以病公，公自是不安于朝矣。

寻除翰林学士。二年，复除侍读。每进读，至治乱盛衰、邪正得失之际，未尝不反复开导，觊上有所觉悟。上虽恭默不言，闻公所论说，辄首肯，喜之。三年，权知礼部贡举。会大雪苦寒，士坐庭中，噤不能言。公宽其禁约，使得尽其技。而巡铺内臣伺其坐起，过为凌辱。公以其伤动士心、亏损国体奏之。有旨送内侍省挞而逐之，士皆悦服。尝侍上读《祖宗宝训》，因及时事，公历言今赏罚不明，善恶无所劝沮；又黄河势方西流，而强之使东；夏人寇镇戎，杀掠几万人，帅臣掩蔽不以闻，朝廷亦不问；事每如此，恐浸成衰乱之渐。当轴者恨之，公知不见容，乞外任。四年，以龙图阁学士知杭州。时谏官言前宰相蔡持正知安州，作诗借郝处俊事以讥刺时事，大臣议逐之岭南。公密疏言：朝廷若薄确之罪，则于皇帝孝治为不足；若深罪确，则于太皇太后仁政为小累。谓宜皇帝降敕置狱逮治，而太皇太后内出手诏赦之，则仁孝两得矣。宣仁后心善公言而不能用。公出郊未发，遣内侍赐龙茶、银合，用前执政恩例，所以慰劳甚厚。

及至杭，吏民习公旧政，不劳而治。岁适大旱，饥疫并作，公请于朝，免本路上供米三之一，故米不翔贵。复得赐度僧牒百，易米以救饥者。明年方春，即减价粜常平米，民遂免大旱之苦。公又多作饘粥、药剂，遣吏挟医，分坊治病，活者甚众。公曰："杭，水陆之会，因疫病死比他处常多。"乃裒羡缗得二千，复发私橐，得黄金五十两，以作病坊，稍畜钱粮以待之，至于今不废。是秋，复大雨，太湖泛溢害稼。公度来岁必饥，复请于朝，乞免上供米半，又多乞度牒以籴常平米，并义仓所有，皆以备来岁出粜。朝廷多从之。由是吴越之民，复免流散。

杭本江海之地，水泉咸苦，居民稀少。唐刺史李泌始引西湖水作六井，民足于水，故井邑日富。及白居易复浚西湖，放水入运河，自河入田，所溉至千顷。然湖水多葑，自唐及钱氏，岁辄开治，故湖水足用。近岁废而不理，至是湖中葑田积二十五万余丈，而水无几矣。运河失湖水之利，则取给于江潮。潮浑浊多淤，河行阛阓中，三年一淘，为市井大患，而六井亦几废。公始至，浚茅山、盐桥二河。以茅山一河专受江潮，以盐桥一河专受湖水，复造堰闸，以为湖水畜泄之限，然后潮不入市，且以余力复完六井，民稍获其利矣。公间至湖上，周视良久，曰：今欲去葑田，葑田如云，将安所置之？湖南北三十里，环湖往来，终日不达，若取葑田积之湖中，为长堤以通南北，则葑田去而行者便矣。吴人种菱，春辄芟除，不遗寸草，葑田若去，募人种菱，收其利以备修湖，则湖当不复堙塞。乃取救荒之余，得钱粮以贯石数者万。复请于朝，得百僧度牒以募役者。堤成，植芙蓉、杨柳其上，望之如图画，杭人名之"苏公堤"。

杭僧有净源者，旧居海滨，与舶客交通牟利，舶至高丽，交誉之。元丰末，其王子义天来朝，因往拜焉。至是源死，其徒窃持其画像，附舶往告。义天亦使其徒附舶来祭。祭讫，乃言国母使以金塔二祝皇帝、太皇太后寿。公不纳而奏之曰：高丽久不入贡，失赐予厚利，意欲来朝，以未测朝廷所以待之薄厚，故因祭亡僧而行祝寿之礼。礼意鲜薄，盖可见矣。若受而不答，则远夷或以怨怒，因而厚赐之，正堕其计。臣谓朝廷宜勿与知，而使州郡以理却之。然庸僧猾商，敢擅招诱外夷，邀求厚利，为国生事，其渐不可长，宜痛加惩创。朝廷皆从之。未几，高丽贡使果至。公按旧例，使之所至吴越七州，实费二万四千余缗，而民间之费不在，乃令诸郡量事裁损。比至，民获交易之利，而无侵挠之害。

浙江潮自海门东来，势如雷霆，而浮山峙于江中，与渔浦诸山犬牙相错，洄洑激射，岁败公私船不可胜计。公议自浙江上流地名石门，并山而东，凿为运河，引浙江及溪谷诸水二十余里，以达于江。又并山为岸，不能十里，以达于龙山之大慈浦。自浦北折抵小岭，凿岭六十五丈，以达于岭东古河。浚古河数里，以达于龙山运河，以避浮山之险。人皆以为便。奏闻，有恶公成功者，会公罢归，使代者尽力排之，功以不成。公复言：三吴之水，潴为太湖。太湖之水，溢为松江以入海。海日两潮，潮浊而江清，潮水尝欲淤塞江路，而江水清驶，随辄涤去，海口尝通，则吴中少水患。昔苏州以东，公私船皆以篙行，无陆挽者。自庆历以来，松江大筑挽路，建长桥以扼塞江路，故今三吴多水。欲凿挽路为千桥，以迅江势。亦不果用，人皆恨之。公二十年间，再莅此州，有德于其人，家有画像，饮食必祝，又作生祠以报。

六年，召入为翰林承旨，复侍迩英，当轴者不乐，风御史攻公。公之自汝移常也，授命于宋，会神考晏驾，哭于宋，而南至扬州。常人为公买田，书至，公喜作诗，有"闻好语"之句。言者妄谓公闻讳而喜，乞加深谴。然诗刻石有时日，朝廷知言者之妄，皆逐之。公惧，请外补，乃以龙图阁学士守颍。

先是，开封诸县多水患，吏不究本末，决其陂泽，注之惠民河，河不能胜，则陈亦多水。至是，又将凿邓艾沟，与颍河并，且凿黄堆，注之于淮，议者多欲从之。公适至，遣吏以水平准之。淮之涨水高于新沟几一丈，若凿黄堆，淮水顾流浸州境，决不可为，朝廷从之。郡有宿贼尹遇等数人，群党惊劫，杀变主及捕盗吏兵者非一，朝廷以名捕不获，被杀者嗫不敢言。公召汝阴尉李直方，谓之曰："君能擒此，当力言于朝，乞行优赏；不获，亦以不职奏免君矣。"直方退，缉知群盗所在，分命弓手往捕其党，而躬往捕遇。直方有母年九十，母子泣别而行。手戟刺而获之，然小不应格，推赏不及。公为言于朝，请以年劳，改朝散郎阶，为直方赏。朝廷不从。其后吏部以公当迁，以符会考。公自谓已许直方，卒不报。

七年，徙扬州。发运司旧主东南漕法，听操舟者私载物货征商，不得留难。故操舟者富厚，以官舟为家，补其弊漏，而周船夫之乏困，故其所载，率无虞而速达。近岁不忍征商之小失，一切不许，故舟弊人困，多盗所载以济饥寒，公私皆病，公奏乞复故，朝廷从之。

未阅岁，以兵部尚书召还，兼侍读。是岁，亲祀南郊，为卤簿使，导驾入太庙，有贵戚以其车从争道，不避仗卫。公于车中劾奏之。明日，中使传命申敕有司，严整仗卫。寻迁礼部，复兼端明殿、翰林侍读二学士。高丽遣使请书于朝，朝廷以故事尽许之。公曰："汉东平王请诸子及《太史公书》，犹不肯与。今高丽所请，有甚于此，其可予之乎？"不听。公临事必以正，不能俯仰随俗，乞守郡自效。

八年，以二学士知定州。定久不治，军政尤弛，武卫卒骄堕不教，军校蚕食其廪赐，故不敢呵问。公取其贪污甚者配隶远恶，然后缮修营房，禁止饮博。军中衣食稍足。乃部勒以战法，众皆畏服。然诸校多不自安者，有卒史复以赃诉其长。公曰："此事吾自治则可，汝若得告，军中乱矣。"亦决配之，众乃定。会春大阅，军礼久废，将吏不识上下之分，公命举旧典，元帅常服坐帐中，将吏戎服奔走执事。副总管王光祖自谓老将，耻之，称疾不出。公召书吏作奏，将上，光祖震恐而出，讫事，无敢慢者。定人言：自韩魏公去，不见此礼至今矣。北戎久和，边兵不试，临事有不可用之忧，惟沿边弓箭社兵与寇为邻，以战射自卫，犹号精锐。故相庞公守边，因其故俗立队伍将校，出入赏罚，缓急可使。岁久法弛，复为保甲所挠，渐不为用。公奏为免保甲及两税，折变科配。长吏以时训劳，不报。议者惜之。时方例废旧人，公坐为中书舍人，日草责降官制，直书其罪，诬以谤讪。

绍圣元年，遂以本官知英州。寻复降一官，未至，复以宁远军节度副使安置惠州。公以侍从齿岭南编户，独以少子过自随，瘴疠所侵，蛮蜒所侮，胸中泊然，无所蒂芥。人无贤愚，皆得其欢心，疾苦者畀之药，殒毙者纳之窆。又率众为二桥以济病涉者，惠人爱敬之。

居三年，大臣以流窜者为未足也。四年，复以琼州别驾安置昌化。昌化，非人所居，食饮不具，药石无有。初僦官屋以庇风雨，有司犹谓不可，则买地筑室。昌化士人畚土运甓以助之，为屋三间。人不堪其忧，公食芋饮水，著书以为乐，时从其父老游，亦无间也。元符三年，大赦，北还。初徙廉，再徙永，已乃复朝奉郎，提举成都玉局观，居从其便。公自元祐以来，未尝以岁课乞迁，故官止于此。勋上轻车都尉，封武功县开国伯，食邑九百户。将居许，病暑，暴下，中止于常。建中靖国元年六月，请老，以本官致仕。遂以不起。未终旬日，独以诸子侍侧曰："吾生无恶，死必不坠，慎无哭泣以怛化。"问以后事，不答，湛然而逝，实七月丁亥也。

公娶王氏，追封通议郡君。继室以其女弟，封同安郡君，亦先公而卒。子三人：长曰迈，雄州防御推官，知河间县事。次曰迨，次曰过，皆承务郎。孙男六人，箪、符、箕、籥、筌、筹。明年闰六月癸酉，葬于汝州郏城县钓台乡上瑞里。

公之于文，得之于天，少与辙皆师先君。初好贾谊、陆贽书，论古今治乱，不为空言。既而读《庄子》，喟然叹息曰："吾昔有见于中，口未能言，今见《庄子》，得吾心矣。"乃出《中庸论》，其言微妙，皆古人所未喻。尝谓辙曰："吾视今世学者，独子可与我上下耳。"既而谪居于黄，杜门深居，驰骋翰墨，其文一变，如川之方至，而辙瞠然不能及矣。后读释氏书，深悟实相，参之孔、老，博辩无碍，浩然不见其涯也。先君晚岁读《易》，玩其爻象，得其刚柔远近喜怒逆顺之情，以观其词，皆迎刃而解。作《易传》，未完。疾革，命公述其志。公泣受命，卒以成书，然后千载之微言，焕然可知也。复作《论语说》，时发孔氏之秘。最后居海南，作《书传》，推明上古之绝学，多先儒所未达。既成三书，抚之叹曰："今世要未能信，后有君子当知我矣。"至其遇事所为诗、骚、铭、记、书、檄、论、撰，率皆过人。有《东坡集》四十卷，《后集》二十卷，《奏议》十五卷，《内制》十卷，《外制》三卷。

公诗本似李、杜，晚喜陶渊明，追和之者几遍，凡四卷。幼而好书，老而不倦，自言不及晋人，至唐褚、薛、颜、柳，仿佛近之。

平生笃于孝友，轻财好施。伯父太白早亡，子孙未立，杜氏姑卒未葬，先君没，有遗言。公既除丧，即以礼葬姑。及官可荫补，复以奏伯父之曾孙彭。其于人，见善称之，如恐不及，见不善斥之，如恐不尽，见义勇于敢为，而不顾其害。用此，数困于世，然终不以为恨。孔子谓伯夷、叔齐古之贤人，曰："求仁而得仁，又何怨。"公实有焉。铭曰：

苏自栾城，西宅于眉。世有潜德，而人莫知。猗欤先君，名施四方。公幼师焉，其学以光。出而从君，道直言忠。行险如夷，不谋其躬。英祖擢之，神考试之。亦既知矣，而未克施。晚侍哲皇，进以诗书。谁实间之，一斥而疏。公心如玉，焚而不灰。不变生死，孰为去来。古有微言，众说所蒙。手发其枢，恃此以终。心之所涵，遇物则见，声融金石，光溢云汉。耳目同是，举世毕知。欲造其渊，或眩以疑。绝学不继，如已断弦。百世之后，岂其无贤。我初从公，赖以有知。抚我则兄，诲我则师。皆迁于南，而不同归。天实为之，莫知我哀。

东坡集

作者 _ [宋] 苏轼　　导读 _ 朱刚

产品经理 _ 马宁　　装帧设计 _ 王楠莹 何月婷　　产品总监 _ 李佳健

技术编辑 _ 顾逸飞　　责任印制 _ 刘淼　　出品人 _ 路金波

营销团队 _ 王维思

鸣谢 (排名不分先后)

赵惠俊 刘朋 朱可欣 王媚

果麦
www.guomai.cn

以 微 小 的 力 量 推 动 文 明

图书在版编目（CIP）数据

东坡集 ／（宋）苏轼著；朱刚导读. — 西安 ： 三
秦出版社，2022.6（2024.6重印）

ISBN 978-7-5518-2620-4

Ⅰ. ①东… Ⅱ. ①苏… ②朱… Ⅲ. ①中国文学－古
典文学－作品综合集－北宋 Ⅳ. ①I214.412

中国版本图书馆CIP数据核字（2022）第079055号

东坡集

[宋] 苏轼　著　朱刚　导读

出版发行　三秦出版社

社　　址　西安市雁塔区曲江新区登高路 1388 号

电　　话　（029）81205236

邮政编码　710061

印　　刷　北京盛通印刷股份有限公司

开　　本　1092mm×840mm　　1/32

印　　张　19

字　　数　375 千字

版　　次　2022 年 6 月第 1 版

印　　次　2024 年 6 月第 8 次印刷

印　　数　38 001 — 43 000

标准书号　ISBN 978-7-5518-2620-4

定　　价　138.00 元

网　　址　http://www.sqcbs.cn

如发现印装质量问题，影响阅读，请联系 021-64386496 调换。